凸凹
文集

05
·
札记

西典新读

凸凹 著

北京日报出版社

图书在版编目（C I P）数据

西典新读 / 凸凹著. -- 北京 ：北京日报出版社，
2017.6
（凸凹文集）
ISBN 978-7-5477-2507-8

Ⅰ. ①西… Ⅱ. ①凸… Ⅲ. ①随笔－作品集－中国－
当代 Ⅳ. ①I267.1

中国版本图书馆CIP数据核字(2017)第070372号

西典新读

出版发行：北京日报出版社
地　　址：北京市东城区东单三条8-16号东方广场东配楼四层
邮　　编：100005
电　　话：发行部：（010）65255876
　　　　　总编室：（010）65252135
印　　刷：廊坊飞腾印刷包装有限公司
经　　销：各地新华书店
版　　次：2017 年 6 月第 1 版
　　　　　2017 年 6 月第 1 次印刷
开　　本：880 毫米×1230 毫米　1/32
印　　张：12
字　　数：300 千字
定　　价：30.00 元

目录

德国篇

英国篇

美国篇

俄国篇

日本篇

印度篇

爱尔兰篇

西班牙篇

保加利亚篇

奥地利篇

自序

我是一个有强烈阅读嗜好的人。

我仔细思考过，感到阅读的快乐或许就是我的第一快乐了。为什么用“或许”这两个字呢？因为在物质至上的现实生活中，这样的感觉多少有些奢侈，甚至有与物质相对抗的味道。同时，跟真正的学问家相比，我辈的读书快乐只能算是一种小快乐，过分夸耀，便显得浅薄，至少也有些不知天高地厚。

但反复比较之后，除了读书的快乐之外，我还真不知自己还有什么别的快乐——对于金钱，我从小过简朴的生活已成了习惯，花销极小，并没有感到金钱的压迫，所以，也就没有过于强烈的需要。因为没有强烈的需要，便也就没有欲望被满足之后的快乐。对于地位，我出生于贫寒之家，父母从来不灌输在社会上的晋升之道，总是叮嘱道，只要不愁吃喝，便不要自讨烦恼。因为这个世界是强梁的世界，我等弱无支撑的小民，不要不自量力地去争持，一旦争持，便会受到伤害。至于女人，我等造化不够，好女人不会跟你，荆钗布衣、柴米油盐，能跟你生一个不傻不奸、不聪不慧的儿子，给你延续来世足矣。因为父亲是个农民，农民很讲来世，而他早早过世了，他已完成了自己的使命。如果我不落实他给我的薪火相传的“密诏”，作为他生前钦封的“大孝子”，我会愧疚不安。而这个任务我也完成了，男女之事，我也不会有太大的作为了，便也不去想它了。

由于许多事情我不会去做了，人生就有了许多空白，怎么填补呢？便只有读书。所以，读书之乐，其实是我唯一的快乐了。之所以不能理直气壮地说出来，盖所得太少，怕被人误称大雅的缘故。

但我的读书生活，是虔诚的：每拿到一本值得读的书，都怀着一种崇拜的心理，仔细研读，生怕把书中的要义错过了。日子久了，就生出了习惯，即一种沉浸其中的习惯。能沉浸其中，便是一种痴迷；一旦痴迷，就有乐趣。所以，我的读书之乐是真快乐，没有附庸风雅的虚伪。正如与质素凡常的自家女人厮磨得久了，也能感到几分可爱一样，是心无旁骛的结果。

我曾跟友人说过，我从阅读中得到的快乐比从写作中得到的要多得多，所以我更喜欢阅读。这跟人性中的懒惰习性有关：种植是一个艰苦的过程，而品尝果实却是唾手可得的享受；只要你的胃口好，万千美味中的每一味，都会给你一丝快感。所以，阅读的快乐是一种自私的感受，它不好传达给别人，一不可传达，就是真幸福了。有人说，无节制的阅读会荒废事功，这或许有道理。但人们追求事功的目的是什么？也无非是在价值实现之后所得到的人生快意而已。而阅读本身也得到了心灵的抚慰，从生命快乐的层面，作用是一样的。在外在的世界中，正如曾文正公所说，事功是“半由天命，半由人力”的事情，在“天命”不授的时候，要保持人性的贞纯、人格的独立和生命的高贵，假阅读以自守，也是“抵抗”物质主义侵蚀人性的可选之途。

其实，读书人正如水一样，平静地流淌着，素日，并不让人感到它特别有价值——但染以污浊的时候，便想到它可以洗涤；口干舌燥之时，便想到它可以疗渴。“无用”之处，正是它的价值所在。读书人所氤氲的书香，正是人性的土壤，无声无形地涵养着真善美的质子，也淘洗着恶的泥沙。所以，我总是认为，即便是逆子匪盗，只要他对书籍还葆有着一些难得的情感，便不会有大恶，便会有回心转意的那一天，且成为比常人更忠烈的赤子，且成为比市井小人更忠诚的爱人。

我之读书，总想读出自己的心得，总想读出人性的含量，不是为了示人而教化，而是为了自己受用。所以，对于所谓的“名著”，我总是读了又读，以期在年龄的自然增长和阅历的自然丰富的前提之下，得到精神的“自新”，以得到更大的受用。因为人生有涯，知也有涯，能得到深刻而丰富的人生体验，唯有读书。读书可以增加人生的时空，把一辈子活成几辈子，以有限的生命成本，获得无限的生命历程。

所以，我说自己是一个有强烈阅读嗜好的人，既不是欺人，更不是自欺，而是呈现一种真实的生命状态。也就是说，读书之于我，已远离功利的获取，而成为生活本身——是一种个人的生活方式。读后有没有作为，已不重要了。

由此可以看出，我之所说阅读比写作更让我感到快乐，是实话，而非矫情。

阅读之后，当然会有些个人的感受，作为眉批写在册页的空白之处，得闲把玩一下，竟尚有可供咀嚼的货色，便感到：书有大恩，它不欺有心之人。所以，如果说书籍是上帝对人类的精神之赐，读书人的阅读心得便是它假读者之手写下的眉批，是永恒精神的延续，便不敢私昧，恭恭敬敬地抄下来，传呈到世间中去。所以，阅读者变成思想者，再变成写作者，是一个很自然的精神流变过程，无丝毫神秘感可言，更无一点骄人之处可资。

我要说的还有一点，便是为什么要研读“名著”？因为名著是时间深处的精神土壤，它记述的是人类的典型形状、典型情感，是人性不断提升的基础和平台，是人性从兽性中脱颖而出的见证和坐标。所以，阅读的过程，为的是寻找来路，理性地找到继承和发扬的精神命脉，不蹈“覆辙”，不费虚工，节省精神追求的人生成本，更好地进行新的思想建构。“太阳底下无新事”，这不是一句消极的话，而是告诉我们，所谓“名著新读”，便是不断摆脱历史的“催眠”作用，从“定评”中读出原生态的人性内涵，为现世生活找到新的精神昭示，让人活得不仅现代，而且纯粹。“名著”当然要分中外，而我对本国的经典，只是摩挲着品，做到心知肚明、涵养借鉴即可，一如对祖上的传统，虽察其短长，却不能放口而言，以免误判，或留下欺师灭祖的嫌疑，遭人非议。至于国外经典则不同，因无“家里”的禁忌，可不顾来路，不看脸色，任意评点，即便是歪理，也疑为“卓见”，至少聊备一格，让人批判。所以，我的“名著新读”只选取国外经典，虽离学贯中西的美誉远些，但心中无碍，可安心入眠。

2016 年 1 月 18 日于改定于北京石板宅

希腊篇

人塑其形

午睡之后，是慵懒的，抬一抬手腕，好像连握笔展卷的力气都没有。

便仍想睡去。既然个体的人，在这个广大的世间是那么的无足轻重，又何必醒呢?

然而还是醒来，因为依着人间的惯例，午后的时光，“人”应该是醒的，紧闭的门，是抵挡不住敲的。你应该衣冠齐整地为他人预备着，即便你是个“私人”，又居停在私人的空间之中。就如一句俗语所说：做人就应该有人样。

坐在沙发上，随手翻一本萨福的诗，以此等待一个什么来客。那个人并没有来，整本诗集却读完了。接下来的时间，整个思绪都被萨福萦绕着，倒也感到一种意外的充实。

古希腊的萨福是很“私人的”，因为她的生平几乎是个空白。但是，后人却根据她的作品和一鳞半爪的记述，把她“塑造”成一个有历史的“全人”，供别人思量与拷问。直让你感到，只要你有了一个名字，旁人就会给你组织起血肉，让你有“人样”，成为公众人物。所以，纯粹的“私人化”，是不存在的。

对萨福的阅读，给我一个印象：少有哪个古代人物，在欧美的文学史中，像她那样被如此经年累月塑造成形象迥异的种种神话。她的声音被篡改、被发明、被模拟、被重构，到了任意的程度。人们根据自己的情趣和欲求，将其“还原”成自己需要的那样。

和萨福时代相近的希腊政治家梭伦，在酒会上听到自己的侄儿吟唱萨福的诗，极为喜爱，立即请侄儿教他。一个友人问他何以这般急切，他说：“我学会了它，就可以死而无憾了。”

米雷格在他编选的《希腊诗铭集》的绪言里，以花喻诗，他称颂萨福的诗：虽然不多，但朵朵都是蔷薇。历史学家狄奥尼索斯赞誉萨福诗的风格，评论道：“永远选择最婉妙最和谐的字眼，追求悠扬的音节，已达到优美动人的效果。”

以上的几位都是君子，都有端庄的理趣，他们只流连女诗人的诗美，而不感兴趣她的身世，这时的萨福便有神圣的光晕，便是：婉妙与雅洁。

在中国，第一个介绍萨福的，是周作人。1914 年，他在《中华小说界》上著文说道：“（萨福的诗）情文并胜……譬如蝶衣之美，不能禁人手沾捉。”在中国老派文人眼里，萨福岂止是一个“雅洁”了得，简直就是不食人间烟火的仙人。

看来，在以“精神”为着眼点的人那里，东西方的趣味是相近的，至少是相通的。

但是，在另一种趣味“引导”下的“破译”就不同了，萨福不仅“卑微”“低贱”，而且是“污浊”“变态”的象征。

一种说法是，萨福名下的作品，其实是口头文学的集成，因为她不仅不通诗艺，甚至是否能够阅读都值得怀疑。所以，“萨福”只是个符号，是和“萨福的诗”没有关系的。

因为萨福组织了一所女子诗歌学校，专门向未婚少女传授诗艺，那种亲热唱和的场景还被陶画描绘下来，又因为她的诗中对女子表现出一种特别的热情，有人就认定萨福有畸形趣味，是个同性恋的爱好者。安妮·卡尔森在她的萨福新译本的序言里就写道："我们只知道，萨福爱女子就和她爱音乐一样深。让我们就到此为止吧，行吗？"这是欲擒故纵别有用心的暗示，因其暧昧，就更强烈地激发了人们对萨福"形而下"的好奇，便使女诗人的"蝶衣之美"湮没在一片风尘之中。

到了后来，萨福的"沦陷"味道就更浓了。人们把萨福之死，归结为对一个无足轻重的男子之爱。这个男子居然是个一无所长的渔夫。他名叫法翁，无知无识，且放荡成性，唯一的资质，是有一副好皮囊。著名喜剧作家米南德写了一部《来自卢卡斯的女子》，称萨福为了对法翁无望的爱，从卢卡斯的悬崖投海自尽。在奥维德的诗里，更是把萨福这种失去自我的"委身"渲染得淋漓尽致：

> 我爱过上百的人——作孽的爱——可是现在，
> 你这冤家，以前为众人所有的，现在属了你一人。

这出自男性作家之手的内心独白，似乎比女诗人的断简残篇更凄楚迷人。在我看来，其实不过是一种伧夫心理：女人的卑贱，是男人的快乐；女才子的卑贱，更是男人的欢宴！

这迎合着一般人的心理，对杰出者的无奈与嫉恨，使他们愿意看到高雅被庸常蹂躏，那里有一种无法言说的快感。不禁让人联想到，普希金如果不是被枪弹击中，拜伦若不是死于疟疾，雪莱要不是意外地溺毙，他们便不会那样地被世人尊敬和爱戴。杰出者是不能活得好的，更不能长寿。正如中国人的一句老话：寿则多辱。

到了公元二世纪，在萨福离世将近八百年，有限的记载漫漶得更加模糊不清的时候，人们连起码的顾忌都不顾忌了，索性把她彻底演绎成他们希望的那样——萨福“相貌丑陋，皮肤黝黑，身材矮小”。至此，人们心中的不平，便彻底平息了。女诗人的丑陋，与凡常人的弱智，扯平了。

从萨福身上，我深刻地体会到，所谓“人样”，特别是公众人物的“人样”，是众人按照自己的标准和想象塑造和推演的，与人物的本来面目无关。

依古希腊的历史风情和萨福的个人处境，萨福本真的“人样”，似乎应该是这样的——

萨福的作品是一种叫“歌诗”的东西，它不是用来阅读的，而是用来唱和的。荷马史诗之后的古希腊诗歌，是在竖琴（Lyre）伴奏下演唱的——这也是抒情诗（Lyric）一词的起源。演唱通常分合唱与独曲两种，独曲总的特征是体质短小、音节简单，具有个人化的风格。萨福所作，多为独曲，再糅以亲密的音调，便形成了被后人称为“萨福体”的格律。

由于是“歌诗”，作品的发表，当然是多以“唱”的形式，之所以流传，也是得益于爱好者的传唱。其中的一些有心人，为了抵御忘却，便用文字记录下来。所说萨福不通文字，是因为人们难以看到她的手迹。还有一层原因，是书写的困难。那时的书写，是写在一种叫“芦纸”的特殊材料上的。那是一种稀缺纸张，本性节俭的萨福，是舍不得用的。

然而——芦纸卷子，萨福歌诗。

这个意象有多美啊！尚未垂目，心已经就醉了。

芦纸卷子被人从墓穴里挖出之后，由于时间的风蚀，即便是小心翼翼地揭开，也难免一条条、一片片地破碎，萨福的歌诗就残了。诗句便有断续的空白，就跳跃、就跌宕，像爱的呓语一样，需要用心猜读。这种无意的残缺，竟被庞德“提升”为一种主义，即：意象主义。偶然的历史事故，反而被认为是一种精心策划的现代美学，给萨福蒙上了一种揣摩不尽的神秘。这种神秘，既成就了她，也损害了她——人心深处，既有明媚的底色，也有不良趣味。

说到萨福与未婚女子的关系，还是跟歌诗的性质有关。少女是喜歌唱的，那种亲密的旋律与她们的心率是共振在一起的。在歌诗的神圣氛围之中，她们会忘记现实的哀愁——沈从文就说过：美丽是哀愁。从本质上说，萨福的声音——女儿和女性的声音，“挣脱”了希腊城邦父权体制的钳制，骄傲地宣扬了文字和书写的力量。这是一种“非法的热情”，被体制和传统“催眠”了的群体和个人是很不习惯的，被视为“变态”，而不被“见容”，便是很自然的事。

那个世道，以后的世道，是以女性的“失语”为前提的。便可以说，萨福是因为拥有言说之美，而被塑以“恶形”的。

或许，这样的解读，也是一种自以为是的误读。所幸的是，萨福生前就清醒于这种种的误读，她在一首歌诗里写道：

经常，
那些
我以温柔相待的人，
伤我最多。

伤害并没有摧垮她对人类的信心，她温柔的内心，反而增加了一种更坚韧的东西，她说：“我对你们，美丽的人啊，永不会变心。”

这样一个愉悦的人，怎么会为一介屑小的渔夫而自贱投崖？“歌诗”的皇后怎会凭空就俗媚了呢？

还是周作人的意象好：譬如蝶衣之美，不能禁人手沾捉。

诗歌的永恒

亚里士多德的《诗学》与贺拉斯的《诗艺》是两部齐名的古典文艺理论著作。《诗学》是对柏拉图的哲学思想与美学思想的反拨：柏拉图否定物质世界的真实性，否定艺术作品的真实性，因而也就否定了文艺的认识价值；亚里士多德抛弃了柏拉图的唯心主义观点，尽管他不是彻底的唯物主义者——他肯定了现实世界是真实的，因而摹仿现实世界的文艺也是真实的，这就肯定了文艺的认识作用和教化作用。

他提出了两个著名的观点：

第一，“人对于摹仿的作品总是感到快感”；第二，诗可以使人产生畏惧和悲悯的情感，使人性得到“陶冶”，因而产生一种中庸化的理性，他说：“美德乃善于求适中的中庸之道。”

然而，亚里士多德的《诗学》过多地就诗的技术问题作了论述，没有对他的美学观点进行深入彻底的阐述，缺乏理性深度；因而是“做法说”，而不是“诗魂说”。同时，他的诗论只停留在“摹仿”和“陶冶”的层面，即对生活的“反映”和对人性的“濡染”层面，而没有上升到对灵魂的超越和精神的引领层面，便把诗的功能表面化、功利化了。

这可能是妄断，也可能是过于个人化的感觉，但至少可以说，再伟大的“经典”也有着它时代性的局限：可以站着参阅，不可以跪着崇迷；每个世纪都应该有自己的“诗学”。

诗歌发展到了今天，更应该是一种人性的高度和精神的状态。它的“事功”作用愈来愈淡了，但在健全的灵魂生活中，却愈来愈不可缺少了——诗歌可以忽略“做法”，但只要葆有对人性非物质性的表达，诗歌就会在时间的深处放射出永恒的光彩。何以见得？我有以下表述——

一

有人说，现在不是诗歌的时代，诗歌被逐出了当代人的生活。这是一种无知与妄断，他不知道什么是诗歌。

物质的，现实的，实用的，是人之所需；精神的，梦幻的，神秘的，亦是人之所依。这是人类生活的两翼，缺一不可。其后者，便是诗歌。物质的世界是功利的、冰冷的；精神的世界是非功利的、温暖的。冰冷使人对温暖生出渴望，温暖给人以在冰冷中生活下去的信念；功利的生活使生命紧张而疲惫，非功利的生活使生命舒缓而轻松。梭罗说，我之所以生活得自由而幸福，是给生命以余裕。给生命以余裕的本源恰是人性中的诗性，其外化形式，便是诗歌。

二

人的现实生活是一种有限的存在，而人又有与生俱来的追求无限的天性，这一对矛盾，是人的痛苦之源。诗歌之境是任心灵纵横驰骋的无限世界。只要人的想象功能未曾消退，心灵可以浪迹天涯、触抚宇宙，心性可得以大解放。

三

现实的，往往是沉闷的；梦幻的，却是飞扬灵动的。诗歌，是梦幻的果实，它甜蜜的滋味，是一种酸性的酶，化解了生命中难以承受之重。

实用的，便是实际的；实际的终极便是枯槁，便是厌烦。金钱除了用以消费之外，还能买到什么呢？什么也买不到。所以，实际的，是了无趣味的东西，是人们容易餍足的东西。相反，非实用的东西是神秘的东西，它刺激人们的好奇之心，撩拨人的探究之欲——神秘便是无尽的兴味、无边的吸引：科学因为神秘才吸引人去探索；爱情因为神秘才吸引人去追求……科学与爱情，皆乃诗歌之境，诗歌永生。

四

“桃之夭夭，灼灼其华；之子于归，宜其室家。”这是《诗经·周南·桃夭》中的一段。这是一种人间仙境的美丽况味，是爱情的理想之所，所以，“夭夭”与“灼灼”的红花乃是人们心灵的旗帜。在这荒凉的世界上，在这虚无的人生中，这飘扬的红色象征着人类对荒凉与虚无不屈的反抗。不熄的愿望是人类存在的原动力，诗中的夭桃便是人类的愿望树。那么，诗歌所状，乃人类生活的理想，乃对世俗生活所作的美丽的补充与超越。诗歌本身便是人类的愿望树。愿望不熄，诗歌不熄。

五

诗歌是有生命的，诗歌无处不在。

诗歌是有颜色的，它有“天青”的颜色。天青，是梦的色彩，是神秘的色彩，是爱的色彩。因而，诗歌是不老的，是不会衰竭的，是永远迎着阳光向上生长的。一个文明开放的年代，怎么会没有诗歌呢！况且，诗歌，并不是某个时代的产物，它超越时空，是人类一切美好性情与情感的凝聚与表达。只要人类不灭，诗歌的花朵，便会尽情地开放在美好的人间。

英雄的诞生

二十世纪八十年代初,《自由或死亡》的文字版和电影版都给我以震撼与激荡，使我感到：作为一个男子汉，天生就跟英雄与伟业相联系着；“不自由，毋宁死”，既是争取民族独立的宣言，亦是英雄自我实现的一种形式。

现在是一个非英雄的时代，靡软温颓的生活气象，令人不可忍受，便渴望呼吸到一点英雄的气息，便率然再读《自由或死亡》(卡赞扎基著，王振基译，外国文学出版社，1982 年 8 月第一版)。

卡赞扎基是新希腊文学的缔造者之一，生于 1883 年，从青少年时期就开始写作。他曾被选为希腊社会党高级议会主席，并被任命为内阁部长。由于不能容忍英国凌驾于希腊之上，使希腊无法摆脱屈辱地位，便断然辞去公职，从此离开祖国，定居法国，继续为自由、和平事业而奋斗。所以,《自由或死亡》，既是他的代表作，又是他的信念之作。文学与信仰的高度统一，使他赢得了被压迫社会的广泛尊重，中国人民保卫世界和平委员会，曾于 1957 年邀请他来中国访问，受到周恩来、郭沫若和茅盾等的亲切接见。感于中国人对他的崇高礼遇，他写了歌颂中国的文章，并把包括《自由或死亡》在内的他最重要的几部著作的版权赠送给了中国作家协会。

重读《自由或死亡》，感到它与中国的英雄主义诗篇的最大的不同，就是它的非概念化。

卡赞扎基笔下的英雄人物，不是神灵与圣子，而是活生生的人。他们既不是纯粹的利他主义者，也不是一成不变的自私自利者。好人、勇敢的人会变成懦夫；而懦夫、坏人也会有善良和勇敢的行为。善与恶互相渗透着，英雄与懦夫互相转化着，一切都缘于生活本身的变化与诱惑。在他的小说里，英雄会随时跌倒，又会随时重新站起来；没有大功告成的终极胜利，有的却是自我不断的迷失而又得救的过程。因而，英雄的产生不是教条的产物，亦不是空穴来风，而是生活之赐、人性之赐，是美好的人性受到时事挤压之后的裂变与突变。所以，《自由或死亡》既是一部英雄史诗，又是一部平常人的生活史和心灵史。正如 1956 年法国《知识生活》所说："小说气势磅礴而又充满人情味和生活气息，理所当然地置身于世界文学巨著之林。"

《自由或死亡》的几个英雄人物，均是男性，他们英雄气概的迷失与复得，亦集中体现在他们与女性的关系上。

在土耳其未进犯之前，努里·贝是个好汉，其标志在于，他拥有了克里特最美丽最风情的女人爱米奈。爱米奈有雪白的胸脯、优美的腹线，身上常常散发出蚀人心魄的麝香味。这一切，让克里特的权贵人物米哈伊队长心中不快，他想铲除掉努里·贝。因为努里·贝是个异教徒，米哈伊便有了行动的口实，他要努里·贝离开克里特。当要求被拒绝之后，米哈伊在爱米奈面前捏碎了一只酒杯，显示自己的男人气概。敏感的爱米奈懂得男人的心，便提醒她的丈夫努里·贝："砸碎一个曼陀林，你能行，努里，真的，你能行。"

然而，宽容的努里·贝并没有以牙还牙去砸那个曼陀林，而是主动表示与米哈伊和解。因此，好汉努里·贝在女人心中的地位陡然下降了——从英雄变成了懦夫。米哈伊从此获得了心理平衡。后来，努里·贝终于遭到暗算，伤了阴囊，失去了男性雄风。在绝望中，他用匕首刺进了自己的心脏，悲壮地挽回了自己的面子。

米哈伊终于以能够拥有爱米奈而称雄了，却痛苦地发现，他的伙伴波里辛吉斯队长捷足先登，成了爱米奈的情人。他开始鄙视爱米奈并与伙伴展开了无情的明争暗斗。正在此时，土耳其人进犯了，在民族危难关头，两人只好一致对外，但内心深处，却产生了难以弥合的裂痕。在一次战斗中，米哈伊得到爱米奈被土耳其人劫持的报告，出于一种本能的爱，他放下正在战斗的波里辛吉斯支队，悄悄地离开了主战场，去救爱米奈。米哈伊中了土耳其人的离间计，爱米奈得救了，但波里辛吉斯的队伍却受了重创，两人的分歧愈来愈深了。

这时，米哈伊陷入两难境界：他既想拥有美丽的女人，又想在民族危亡关头充当拯救者的角色；他想主动放弃爱米奈，又经不住她美色的诱惑。在时局逼迫下，他感到爱米奈是个障碍——她的存在，涣散了他的战斗意志，分散了他与波里辛吉斯的战斗合力；美色像一条温柔的绳索，羁束着他建立功业的英雄壮举。于是，男性内心的软弱，使他做出了一个最有悖于人性的选择，把美丽的女人杀了——

> 他一个箭步窜到房间中央，慢慢拔出匕首，屏住气，踮着脚尖，迈着轻步走到床前，伸出左手，揭开毯子。这时，女人的胸脯露了出来，发出白光。米哈伊的眼睛顿时显得明亮，但思想仍然阴郁。熟睡的女人轻轻叹了口气，动了动。她准是做了一场美梦，因为她在微笑，嘴唇在动，像是悄悄地说了几句秘密的话。米哈伊低下头去，在长明灯的微光照耀下，刀刃反射出一道寒光，然后猛地一下，利刃插进白色的乳房，一插到底。爱米奈叫了一声，眼睛睁开了一刹便又合上了。

她看见并认出了米哈伊，既惊又喜，既是疼痛又是责怪，都在这一短促的最后一瞥中闪现出来。“哎呀！”这男子汉全身被痛苦所撼动，发出一声吼叫。他迅速地拔出武器，一时妄想对方不致丧命，但为时已晚，爱米奈的眼睛已暗淡无光。

（《自由或死亡》第 399 页）

这是一段凄美得令人心碎的文字，读到此，我失声大哭——为美丽的无辜者而哭。

爱米奈消失了，两个男人又重新结成英雄的联盟，毫无牵挂地，亦是决绝地走上反抗侵略的征途。最终，他们高喊着“自由或死亡”的口号，流尽了最后一滴血。英雄便如此而诞生了。

那么，是谁给了英雄自由？不是英雄自己，而是英雄的祭品——无辜的女人。

这不禁使我想起水泊梁山的诸位好汉，比如宋江、武松、石秀、杨雄等，他们披荆斩棘的英雄之剑上，哪一个不沾染着女人的鲜血！这些英雄的本质，都是怯懦的、好色的，有着双重的人格。他们有享乐的欲念，经不住世俗的诱惑，对女色的觊觎与占有是一种代表，这构成了他们把自己造就成英雄的障碍，所以他们惶恐而自卑。但他们个个都好面子，便把一切归罪于女人，从鄙薄到斩除，以消灭女性来医治他们六根不净的致命伤。这路英雄的心理，已有人描刻得极其深刻和细致了，那就是“新感觉派”的作家，比如施蛰存。他的《将军的头》和《石秀》可以算是经典文本。

由此看来，无论中国，无论希腊，世界上的英雄之途差不多都走着相同的轨迹——是女人的血，或者说，是人性的淬火，才使他们的懦夫之剑，有了英雄的钢性，他们都有着并不光彩的“出身”。

也不难看出，男人的天性是享乐的，容易迷醉于世俗的快乐。在和平时期，他们以能否拥有和享受女人为荣誉的标记；在战争年代，是外部的压力，迫使他们树起反抗之旗，但贪恋享乐的劣性，使他们不得不以牺牲女人作为成就英雄的前提。换言之，和平时期，男人是以拥有女人的利益为荣；战争年代，男人是以牺牲女人的利益称雄。无论如何，英雄的在线，总是以对女人的占有来点击登录。

于是，一想到英雄的桂冠上常常沾染着无辜女人之血，我们敬慕的眼神便有些黯淡了。那么，从感情上，我们便真的痛恨战争与不义了。

正由于《自由或死亡》揭示了英雄产生的真实样相，它人道主义的伟大光辉便穿越了时空，沐浴着我们凡庸的心灵，让我们更加渴慕真正的英雄。

波斯篇

哈菲兹情结

上专业学校的那三年，正是我“十六岁的花季”。由于对所学专业（蔬菜栽培）缺乏兴趣，课上课下便拼命地阅读文学。那时阅读的兴奋点在诗歌之上，因那跳动的音韵正与青春的节律合拍。

最早阅读的一本诗集是《哈菲兹诗选》（古波斯文化稀有的一份遗产）。这是一本歌颂醇酒妇人的歌集，诗中最常用的词汇是：夜莺、蔷薇、玫瑰、丰美的乳房、温馨的素手、芬芳的迷醉、忧伤的甜蜜……诗境之中，必然要有一个花园，带露的花朵，丰美的妇人和甘润的醇酒。诗中弥漫的甜蜜而忧伤的爱情情调，美酒妇人夜光杯的绮丽境界，使一个少年心旌摇荡，沉溺不醒。

我时常在暮色中，低垂着忧伤的额头问自己：一旦拥有一个花园，一园子的玫瑰，满地窖的醇酒和一个钟爱的妇人之后，还需要什么呢？什么也不需要！

便首先学着喝酒。逃出校园，在稻田旁的一个乡村小店中要了一壶酒。壶是普通的白瓷壶，酒是八毛钱一斤的烧酒。因为是被家里供养的穷学生，不敢要好的酒菜，就要了一盘鸡脚。盘子是个尺盘，孤独地放在酒桌中央，显得贼大贼大；盘中有数十只鸡脚，黄澄澄地闪着宿油的光泽，却仅仅三毛钱。独自坐在桌前，似有百结的愁肠，一口一口地呷酒，一口一口地咂那鸡脚。眼前渐渐地朦胧了，心头却莫名地热起来，以为此刻就坐在花园的荫下，被一个美丽的妇人脉脉地注视着，妇人的手中摆弄着一枝带露的玫瑰。

“玫瑰，我的爱！”喃喃地叫着，睁定了醉眼，却还是那个黄脸的店婆，在昏暗的灯下，幽魂般地用炭黑的火锅炖排骨。心嗒然失落，酒也突然就苦起来，看着剩余的几只鸡脚，竟生出一些联想：乡下的鸡婆，常造访处，绝不是花丛草圃之上，而是猪舍厕间，玉足亭立处，正是黄澄澄的粪便之上。胸膈中便生出异样感觉，豁然大吐，诗意顿消。

但醉酒之人反不忘酒。以后的时日，一有机会还要去喝两杯烧酒，未寻得“醉酒”境界，却将自己培养成一个嗜酒如命的“南阳酒徒”。这便是《哈菲兹诗选》的第一“功效”。

第二个“功效”，便是它铸定了我看女人的基本态度。哈氏诗中的妇人，均是硕乳、丰臀的丰美形象，他对妇人的这些感官作击节的歌叹。花园中的玫瑰、蔷薇是饱满的，花枝上的露滴是饱满的，走进园子的妇人亦必然是饱满的；酒钵、酒瓮是腴圆的器具，“醇酒妇人”中的妇人，丰美娇艳，是自然而调和的事情。

我接受了他的“丰美”观。首先的实践，便是轻易地结束了我的初恋。那是个娇小而素洁的女孩，在校园里，她对我的衣食起居给了无微不至的妻性的关怀：人性的朴质，使我感到她会成为一个好妻子。但诗情的浪漫，使我产生一种推拒：如此娇弱的女孩，怎会陪伴我走进梦幻般的那个丰灿的玫瑰园呢？

也许是一种宿命，以后的人生过程，爱我疼我与我友好的女人，竟都是一些娇小的妇人。心里便颇不平衡，常在受到她们照拂的时候，喊出“我愿与丰美的妇人为伍”的不合时宜的口号，徒然惹起她们的一阵伤心一阵痛骂。

醇酒妇人，到底不是现实人生啊。

青春的早期，乃一个敏于吸收的时期，最初读到的书籍和结交的第一个友人一样，对人的一生有不可磨灭的影响。鲁迅所说，对讲扶乩的书、讲婊子的书都不妨翻一翻，是对有深厚人生修养的人讲的，对少不更事的人却未必如此。大人们要努力看管好自己的读物，当不是饶舌的话。

> 我被她丰美胸房的芬芳迷醉，
> 被梦幻般的冲动麻木。
> 若我痛苦地死去了，
> 那就是她把盐撒在了我的伤处。
> 若我春醉般地睡去了，
> 定是她把我疲惫的头拥在了她的胸口。

这是我读哈诗时信笔所作。如果有一天，我的儿子读到它，知道他尊敬的老爸竟写出这么俗艳的诗句，他将作何想呢？

法国篇

坐行者之歌

《蒙田随笔全集》(译林出版社，2002 年 5 月版，全三册)，我终于用了近一年的时间读完了。在这么宏富的思想大典面前，我有一个突兀的感觉：在生有涯、行有涯而知亦有涯的有限主观世界中，要求“无涯”之境，读书简直是唯一之途。

这种感慨，或许偏颇，却是典型的读书人的情怀，而且，是一种自信的、乐观的而又健康的情怀。它体现着一个求知者对知识的敬畏，也体现着对自已价值追求的自我认同与自重。

后来在读梭罗的《瓦尔登湖》的时候，知道一个叫密尔·喀玛·乌亭·马斯托的诗人说过这样一段话：“要坐着，而能驰骋在精神的领域内，这种益处我得自书本。一杯酒就陶醉，当我喝下了秘传教义的芳冽琼浆时，我也经历过这样的愉快。”不禁会心一笑，原来古今中外的读书人，其情怀是相通的。

坐在安静的室内，未沐风尘苦雨，便可以在书的世界中做穿越时空的心神之游，古典况味与现代情怀调一杯热酒一饮而下，占尽风流。所以，读书人，不是苦役之夫，而是幸福之子。

阅于室，思于室，并非囚于室。不动的是肉身，飞动的是心神——读书人，乃坐行者也。

静下来想，最具有历史性和世界性的东西恐怕就是书了。哪个民族、哪个国家其亘古以来的历史旧景不是以文字记载？哪个民族、哪个国家走出疆域之外的信使不是书籍？

文字是一切圣物之中最珍贵者：它使文明在人世间行走，却免受时间的剥蚀。

古典作品是最崇高的人类思想的记录，它们几乎便是远古对今人的神示与卜辞。读书人的阅读，便是向时间的深处伸出双手，去承接这永久的暗示，为现世注入永恒的激情。这是一种圣举。

神圣之处，便是在孤寂的"行走"之后，为今人取回了"秘传教义"。

因为文字是神圣的，书的作者自然而然地、不可抗拒地成为任何一个社会中的贵族，正如梭罗所说，"他们对于人类的作用还大于国王和皇帝的影响"。这也不难理解，人类之中，思想者是少数，将思想提炼而凝聚成文字的人当更是少数。帝王拥有的是权力，而权力是个易变的东西；思想却是恒久的，有可以穿越时空的力量，说书籍的著者对于人类的影响大于帝王当不是妄断。

那么，著作者以思想形态干预并介入人类的实践活动，虽未躬行，却已生效用，亦是坐行者，便无疑也。

坐行，并非不行，乃另一种形态的行动。所以，思想者（著作者、读书人）本身就是实践者，不是闲人，更非迂者，是行动的智者，是社会行为的设计师和质量监督员。

而且，坐行者，虽足未出户，肩未荷锄，却有令人慨叹的力量：多少人在读了一本书之后，开始了他生活的新纪元，从而创造了新的人间奇迹，其例也繁，数不胜数。再有，那些目不识丁者，傲慢的商人，当他们苦心经营挣得了闲暇及独立，厕身于财富与时髦的世界之后，往往不可避免地转向更高级的生活领域——智力、知识和天才的领域，他们感受到了精神生活匮乏的压力，或者说，感受到了灵智对其肉体的压力。

亡灵之有灵

某日整理藏书，弗朗索瓦·费讷隆的《亡灵对话录》(商务印书馆，2012年4月版)赫然入目，何时买下，已遗忘了。

对这个人，我早就有所了解，他不仅是个哲学家，还是个神学家，是天主教的大主教。他于1693年创办了巴黎的第一所女子学校，即著名的“费讷隆中学”。他出版过一部《论女孩的教育》，论述了女子教育的重要性。他办学校，是为了践行他的主张。

他认为，女子教育之所以重要，是因为关系到儿童的成长。儿童与母亲须臾不可离，母亲不仅是儿童的第一个老师，也是其终生的导师。所以，女子的教育，不仅关系到女子个体在社会的安身立命，更关系到为社会培养什么人的问题。

他阐述道，女子教育的基础，是要教会她们如何正确地读写，进而具有自我学习的能力。人应该崇尚简单、自然、朴素的生活，所以女子的言谈举止，要与之对应。说话要简练、精确，避免矫揉造作，冗长无味；穿着打扮要像古希腊、古罗马女子那样自然得体，不可刻意修饰——应该克制女子的虚荣心，培养她们喜欢单纯、优雅的审美情趣。在他看来，在女子教育中，应重视环境和生活状态对她们的影响，社会和家庭要有和谐、纯朴的氛围，不要让她们过早地接触奢侈和浮华的东西。

费讷隆的论断，放在今天，也有着极为重要的现实意义。世风靡丽、奢华当道、欲望横流，对女子的本性有大的伤害。女子的失身、失德都与物质的诱惑和虚荣空气有关。所以，他的《论女孩的教育》不仅应该被指定为女子在校学习的必读书，也应该提倡社会女性把其作为枕边读物，自觉地涵养妇德。

怀着对他的敬意，整个晚上都在耽读他的《亡灵对话录》。

在对话录中，他假设历史人物在天堂或地狱相见，在对话中倾诉自己的思考和感想。这些人物往往不是同时代的，而且是一些根本不可能相遇的人，有著名哲人、作家、君王、政治家、军事家。之所以让他们相见，是因为他们生前的主张多有不同，人为地把他们放在一起，自然会有交锋、对抗和碰撞，这样就会使论断有了互补和衬托的维度，就透彻和深刻了。

每一篇对话都环绕一个主题，涉及的方面很广，或谈论治国之道，或谈论权术、道德、信仰、荣誉、诗歌、绘画，不一而足。其中，《阿喀琉斯与荷马》中指出了"文学和荣誉是一种爱的方式"。《希罗多德和卢奇安》中阐述了修养对品格形成的重要意义，告诫人们，"怀疑是比轻信更有害的极端行为"。《奥德修斯和格里吕斯》中认为"人要是缺少强有力的哲学思想和真正的宗教信仰为依仗，真会变得猪狗不如"。《罗慕路斯和雷穆斯》中的对话是对马基雅维利主义的驳斥，严正地指出，"靠罪孽赢得的伟大，不会带来持久的荣誉和幸福"。在《贺拉斯和维吉尔》中，两位大作家彼此称颂对方的文学成就，并坦言不足，堪称是一篇真知灼见迭出的评论杰作。《苏格拉底和亚西比德》中则充分阐释了人文主义和宽容精神对人类进步的推动作用——作者借苏格拉底之口，指出"战争是人世间最大的灾难"，因为战争就是人反对人，不仅会流血，还会涂炭人性，使人类退化。

因为这部对话录是费讷隆为贵族王孙所写，旨在让未来的统治者爱民众、爱和平、爱真理、爱正义，所以它不仅是一部学术著作，也是一部以德治国的教科书，理该引起官员的重视。另，费讷隆是古典主义的最后代表，他的对话录浓缩了他的美学主张，体现了他信古、好古的思想特点，因而直让人觉得，其实天下的道理已都让古人说尽了，所以，对优秀人文传统的继承和弘扬，是现代人立身的精神起点。

因为对话录这种文体，有简洁明快、直抒胸臆的特点，生动好读，两百四十页的书，居然在凌晨三点钟读完。虽是持久的阅读，但掩卷之时，仍神清气爽，不觉疲倦。

另眼看卢梭

路上霾重天暗，车辆徐缓，不宜远行，就到办公室读卢梭。

自然是浏览，先享一时之快。始发现，九卷全集，均是李平沤的译本，风格一统，文字俊朗，颇好读。感到，这套卢梭，买值了。

读得昏天黑地，省却了午餐，从桌案到床榻，一径读下来，也不觉得疲倦。

约翰·麦克里兰在《西方政治思想史》中这样评价卢梭：

> 他的性格里有很大的狂热成分，也像无数偏执狂，时时把老友化为敌人，在他生前如此，死后犹然。同一个人，今天可能爱他欲其生，明天可能恶他欲其死。有一点是确定的，与卢梭接触一久，没有人能够无伤而退。

赫恩肖也不无轻蔑地说：

> 他是个没有体系的理论家，在形式逻辑方面缺乏训练，他无书不读，然而消化能力欠佳。他是个感情用事的狂热者，

说话不经大脑。他是个不负责任的作家，却拥有写作隽语警句的天赋。

可是，不管别人如何评价他，卢梭的“伟大”是不可磨灭的——两百多年来现代世界的走向，几乎都遵循着他的意向。他在政治学、社会学、教育学及文学的各个领域，都产生了无与伦比的深远影响。从某种意义上说，这个世界正是依照他的理念打造而成的。自由、平等、博爱，这现代社会的三大信念，都是卢梭的形象标志。法国革命、俄国革命、中国革命，其施工图纸，都是卢梭所绘。而杰斐逊起草的《独立宣言》，也是卢梭思想的拓本。歌德、席勒、荷尔德林、拜伦、雪莱、雨果、福楼拜……卢梭的重量级拥趸者可以开出一张长长的名单。康德把卢梭的像挂在自己的书房里，尊之为内心世界的牛顿。托尔斯泰十五岁就将卢梭的像章挂在脖子上，说卢梭与福音书对自己的意义同样重大。

在我看来，卢梭忧人、忧世，忧伤的情调，特别能打动卑贱者优柔的心。他的言说，感性、浪漫，激情涌动的文脉，特别能击中人性最温柔的部分。一如天问，无体系处，常有振聋发聩之音。譬如《社会契约论》劈头就是一句：“人生而自由，却无往不在枷锁之中。”《爱弥儿》也是开门见山：“自然曾让人幸福而良善，而社会却让人堕落而悲惨。”种种论断，都是人人心中欲言而未言之语，使人一读难忘。难怪法国大革命的领袖，个个奉卢梭之论为他们的“圣经”标准，而许多中下层人士，更是把卢梭视为自己的精神之父。

可以这样说，卢梭的学说，对历史进程的影响是个巨大的存在。正如彼得·盖伊为恩斯特·卡西勒《卢梭问题》所作导言中所说的那样：如果旨在反抗，在破，则卢梭的思想非常伟大；如果目标在建设，在立，则卢梭的思想非常危险。而一旦反抗者变成了建设者，破坏者变成了立法者，卢梭的教义就变成了镣铐。换言之，卢梭适合走向街头，而不能升入庙堂。在这一点上，很不政治的钱钟书，也说了一段很“政治”的话——

> 所以要“革”人家的“命”，就是因为人家不肯“遵”自己的“命”。“革命尚未成功”，乃须继续革命；等到革命成功了，便要人家遵命。这不仅文学上为然，一切社会上政治上的革命，亦何不独然。所以，我常说：革命事实上的成功，便是革命理论上的失败。这诚然有些乞斯透顿式“诡论”的意味，但是叔本华说得好：“假如在这个世界里，真理不同时是诡论，这个世界是何等的美丽呢！”后之视今，亦犹今之视昔，世间有多少始于“革”而不终于“因”的事情？

钱氏的话，颇耐人寻味，让我不禁想到法国历史学家亚历克西·德·托克维尔的《旧制度与大革命》一书（冯棠译，商务印书馆，1992年9月版），两相参阅，不难看出，卢梭的根本问题就是，他从自由平等出发，而演化成绝对的专制。

托克维尔是十九世纪最聪明的法国人之一，是富有前瞻性的自由主义政治思想家、历史学家。他出身贵族（文官型的“穿袍贵族”），其家族在大革命中蒙受了巨大的苦难，但仍能对大革命持客观、公允甚至部分肯定的态度，因为他深切认识到，自启蒙运动、美国革命以来，王公贵族的独占统治再也难以为继，民主已经是不可抗拒的历史大潮，法国大革命是在此时代背景下必然要发生的一个事件，具有不容否认的历史必然性和正当性。

但作为自由主义者，托克维尔内心深处最珍视的还是“自由”的价值，并且终其一生，他都对民主政治可能导致的对自由的侵害，有一种深深的隐忧。这一点早在《论美国的民主》（上下卷，董果良译，商务印书馆，1988年7月版）中就有所体现：一方面，他承认民主是世界潮流；另一方面他也担心，民主政治强调人人平等，搞得不好很有可能导致“多数人的暴政”。他在《回忆录：1848年法国革命》中坦言：

> 在思想上，我倾向民主制度，但由于本能，我却是一个贵族——这就是说，我蔑视和惧怕群众。自由、法制、尊重权利，对这些我极端热爱——但我并不热爱民主。……我无比崇尚的是自由，这便是真相。

在美国革命和法国革命之间，托克维尔当然更认同美国革命，因为他感到美国革命建立的制度有效地削弱了多数的暴政，而法国革命在这方面则完全失败。在《旧制度与大革命》一书中，他就明确表达了他对法国大革命的这种失望情绪，认为法国大革命没有处理好自由与民主（平等）的关系。在他看来，大革命本来是要建立一个能够保障个人自由的平等社会，而这也正是“民主政治”的真谛，但是人们很快就忘记了自由，甘当独裁者拿破仑统治下的“平等的奴隶”。

所以，尽管法国大革命开启了政治民主化的世界潮流，但是法国革命并没有为我们提供一个实现政治民主化的理想模板。盖缘于他们的革命太激进了。法国大革命充斥着一种平等主义的梦幻，还有一种“民族再生”即要实现“人尽舜尧”的道德狂想。同时，强劲的贵族社会传统还使法兰西民族养成了崇尚暴力的习惯，结果这个民族在它的革命中，自觉不自觉地总要诉诸专制的、专横的暴力手段，最终导致了其民主实验的流产。法国大革命的确一贯地带有某种和现代民主格格不入的专制主义气质，不是搞“议会专制”，就是搞“群众专制”，后来还滑向了拿破仑的个人独裁。

法国大革命的激越浪漫、血雨腥风，很大程度上也缘起于其间法国特有的“文学政治”——即一帮在旧制度下没有政治自由也没有政治经验的文人掌握了权柄，这些人无知无畏，勇于标新立异，也“更热爱那些普遍的思想和体系，更蔑视古代的哲理，更相信他们个人的理性”，而造成这一局面的根本原因又应归结为旧制度言论自由的缺失——按托克维尔的原话来说，就是“政府的种种罪恶所造成的所有政治反对精神，既然不能在公共场合表现出来，就只能潜藏在文学之中，而作家已成为旨在推翻国家全部社会政治制度的强大政党的真正首领”。

而这些首领中的首领，正是圣卢梭。

在中纪委召开的某次反腐败专家座谈会上，王岐山向与会专家推荐了托克维尔的这部《旧制度与大革命》，这颇有令人会心的味道，让人感到，现在的执政者，因袭渐少，开明渐多，有了必备的人文眼光和历史理性。

一句话，中国的改革与实践，既要师从于卢梭，又要警惕卢梭。

从文学的角度读卢梭，竟读出了这么多“革命道理”，可见自己的“治学”不纯。这也难怪，长期身跨两界，既从政，又从文，有鸡肋形状——文人认为我是官员，官气十足，不可亲；官员认为我是文人，迂腐冬烘，不可信。身份的暗示作用，使自己有了混杂的思维习惯。但这未必就是坏事，至少看人看事，不钻牛角，能够左右调和，得出较为公正的结论，甚至还可以逼近一种境界，即：练达与洞明。

欲念之上的德行

读了两遍卢梭的《爱弥尔》，感到：这是一部讲德行的书。

然而，当今是一个煽情的时代，讲德行，便是一种奢侈。但德行毕竟是人类高贵的理想层面，有提升人性的意义，所以还是要讲的。

怎样才能拥有德行呢？卢梭在《爱弥尔》中说：

> 一个有德行的人，是能够克制他的感情的，因为只有这样，他才能服从他的理智和他的良心，并且能履行他的天职，严守他做人的本分，不因任何缘故而背离他的本分。

所以，德行从本质上说是一种情感伦理的观念，而非政治伦理之范畴。德行之操作，须远离欲念，以理智和良心作为情感调控之工具，克制一己的感情，守本分，尽天职。

这未必是说，欲念就是一种罪恶。正向的欲念，是人类生存和发展的动力，但机械地把欲念分成可以产生的欲念和需要禁止的欲念，亦是不正确的。产生欲念，是人的本性使然，故产生不产生欲念，不取决于我们；能不能控制欲念，才是我们自己的事。如爱情，若你被它使役，它亦会变成坏的欲念。大自然不许可我们的爱好超过我们的力量可能达到的范围，理性不许可我们得到我们不该得到的东西。良心并不是不许可我们受到引诱，而是不许可我们屈服于引诱。武断地说，一切我们能够控制的情感都是合法的，而一切使我们受到控制的欲念都是非法的。

一个人爱他人之妻，这未必就是犯罪，如果他有能力使这不好的欲念规束在本分和天职的法则之内；反之，若一个人爱他自己的妻子竟爱到了不顾一切社会和人伦的法则，不惜牺牲自己和他人的一切而去取悦她的话，那亦是一种地地道道的犯罪。

这是世俗生活中，人人都可以体悟的例证。

于是，德行，是超拔于欲念的精神存在。

面对现实，深感这种超拔的艰难。环境正煽动欲念，流行的价值取向亦使人们的私欲永远不能餍足。讲德行，便意味着在个人占有和享乐上的自我牺牲，做到这一点，非有大毅力大意志不可矣。

> 看来，德行这个词就含有困难和斗争的意思，没有果敢的心，是不能够完成的。
>
> （蒙台涅《论文集》）

德行的产生，便要有“斗争”的力量做保证，力量是一切德行的基础。一个人本身是很柔弱的，在实践德行中，便必须凭借他的意志和毅力，在自我强制的力量积累中完成。只有那些有相当的意志和毅力的人，能够从他人的错误中接受教训而不受引诱的人，能够借鉴别人的恶事而自己不去做恶事的人，才可以成就德行。

所以，完美的德行的养成，对一般人来讲，也许是以一生的磨炼为代价。在芸芸众生中，有德行的人少一些，便不足为怪。

正因为此，有德行的人，才是真正的人类精品，即便他再贫穷、再卑微、再孤寂、再平凡，而不是那些在市井人眼中地位高的、金钱多的、声名显赫的人。

作为普通人，难禁一些世俗欲念，但不该丧失对美好德行的向往和追求。在对自己利益的追逐中，多一些理智，便多一份本分；多讲一点良心，便少一份对他人的伤害。人人若都作如是想，人伦风尚，便不会缺少鲜妍的颜色和宜人的温暖了。

退一万步讲，人之占有，终将失去；今之欲求，恰是明日尘泥，欲念是一个永远也满足不了的黑洞。若放纵自己的欲念，沦为欲念的奴隶，你便会永远在患得患失中生活，便会在诚惶诚恐中，饱尝空虚失落之苦，你的心灵便一刻也得不到平静。得不到心灵平静的人，是可怜的人，因为他已享受不到生活的自由与率性。

“上帝”的眉批

《狄德罗哲学选集》（商务印书馆，“汉译世界学术名著丛书”之一）的谋篇布局一反西学的庞大体系，采用了中国式的语录体，但却显得极其灵动而深刻，让人感到：所谓哲学，就像上帝在宇宙的巨大书页上的眉批，虽零散，却是至高无上的训谕，给人的心灵以照耀和引领。尤其《哲学思想录》一篇，我每读一过，都有不少心得，便不揣浅陋，做一些眉批。把这些零散文字，加以整理，竟也感到一种说不出的充实感，觉得学与思是相得益彰的论证过程。眉批虽然是对文本的诠释，却也是一种独立的思想。从上帝那里得来的启示，是不能私昧不宣的，便抄录如下。

一

在狄德罗的哲学里，上帝是一个被众人背叛、挤压的人，为了复仇而在岩洞中冥思苦想得出的臆想物。当他想出“上帝”这一名字的时候，他立即从洞中蹿出来，大喊着：“上帝！上帝！……”这个惊惧的声音把人们震撼了，“上帝”便在人间流传开来。

由于上帝是个臆想物，便没有确当所指与解释，所以，人人心中有一个上帝，而且人人都以为自己那一位上帝是真正的上帝。

当人们听到上帝的名字，首先会匍匐下拜，然后他们站起来讨论教义；由于诠释内容的不同，他们开始质问、争论，继而恼怒、痛斥、仇恨，直至发生械斗，互相杀戮。

这正满足了那个臆想者复仇的愿望。因为他当初想："这些坏东西，我将做些什么来惩罚人们的不义，并且使他们全都罹受他们所应承受的不幸呢？啊，要想出一个办法……使他们都怀抱一个巨大的怪诞的妄想，他们执迷于这种妄想，却根本不懂得它，于是便会发生永远的争执……"

所以，上帝既然是人心中的上帝，其所谓的公正、公平与良知，亦无不是从人心中各自生成，而人心的尺码永远不会是同一个刻度，那么，真正的公平与公正是不存在的，误解与隔膜却是一种永恒。

所以，当你被不公平地对待了，当你被他人误解并产生成见，你的辩解与论争，几近于徒劳。那么，要想继续生存下去，就要学会两种本领——一是无怨地承受和坚忍地克制；二是默默地雕铸自己心中的上帝，令他不讲话则已，一旦发言，便能遮盖了他人的声音。届时，你便是公正，你所代表的，就是被公认的良知。

道理就这么简单。

这或许才是积极的人生哲学。

二

一个父亲在临终前对他的孩子们说，在他的田地里埋着一个宝藏，但他对埋藏的地点已不确知。他的孩子们便大肆掘地，将整块田地都掘遍了，却没有找到那个宝藏。但在那一年里，他们的粮食却获得了出乎意料的大丰收。

这个事例，可以有两个层面的理解：一是对觊觎者尴尬的捉弄，二是对追求者意外的补偿。

前者是贬义的，后者则是褒义，但问题的背后，并不是简单的词性问题——觊觎者，以获取的对象为目的，这种“特指性”的索取，视其他所得为无物；追求者，追求是一种信念，其所享受的是追求本身的快乐，一有所得，便会感到“意外”的满足。

这一点，为追求者的生活增添了明媚的色彩——我们追求的目标或许难以达到，但在追求过程中，常常会得到许多更重要的发现。我们所应该做的，是要珍惜每一种“发现”，并学会享受“发现”中的乐趣。这是一个有益的积累过程，我们心灵的丰富即缘于这一过程，在不断挖掘矿藏的过程中，我们的心灵，其本身就是一座矿藏。

心灵的丰富，散发出诱人的光芒，引起了众人的回眸与探寻——追求者本身被开掘的时光便到来了。

三

一个西哲说：人类一思考，上帝就发笑。

这并非戏言。原因有二——第一，抽象思维占据最优秀的心灵的时间太长而思考的结果太少；第二，感性的文字虽无穷无尽地增加了，但对事物本质的认识却依旧落后。

从根本上，这是一个思想如何表达的问题。

大学问家慎于表达，并且固守于系统的表达，“大音无声”，是他们的心象也。但惜音过苛，常使他们的思想与他们的身体一起被埋葬。我思故我在。但这是建立在“思”的表达之上的；思而不述，近于无思。所以，胎死腹中的系统表达，不如存活于人世间的思想絮语。

与此相反，字纸里多的正是一些无思的率性表达。如果是感性的纯粹记述，也不失为鲜活的观察资料，或可以动情，或可作为思考的质素。不幸的是，此等率性文字均冠以思想的名号，坦然地招摇着，其特征：记述一些现象、一点事实，便得出结论，感慨成“哲理”，点化成“思想”，以“睿智”的姿态，要你接受。

还是套用西哲那句话，“我思故我在”，不思便无我；无我之语，不是鬼话，也是妄言，如癫子发飙、酒徒行令、痴人说梦。如此，上帝便不能不发笑。

四

其实我们什么也没失去，却凭空感到凄惶，其缘由有二：或期望得到的太多，或不知道期望什么。

期望太多，是贪心；不知期望，是蒙昧。贪心使人不平，蒙昧使人不争，均让人沦入虚妄。太饱满的，太虚空的，都让人难以接受，这是个很简单的问题。

那么，要使我们获得平静的生活，就要懂得期望，但懂期望，还不能期望太苛，更不能期望太奢。

五

人们经常抱怨，抱怨生活的空间太小，获得的自由太有限。这多少有些怨天尤人的味道，并未做一番必要的自省。

人的生活自由，其实与自己的境界和作为有关——

如果真的达到忘我之境，生活的空间已不是一个可触可摸的物象，灵魂神游八极，虽处蹇仄之地，亦不感遮蔽之苦；生活的自由与不自由，在忘我之人那里，已了无界限。

但凡常人均迷执于自我，很难入无我之境，便会时时感到生活的挤压。摆脱这种挤压，别无他途，须有大作为。

穷人，受制于金钱；小富者，役使于金钱；而大富者，则无视于金钱。

小智者，惑于世俗精神；中智者，抵抗于世俗精神；而崒然大儒，则安享于自己的精神风景。久而久之，“自己的风景”反而成了他人仰慕并观赏的风景。

通俗地说，无论心系于何种业绩，均要有大成就；无论立身于何种职业，都要创第一的业绩。末流，甚至于中流，受制于周围的生活环境；卓越者，则支配身边的一切。

六

青春者，非缘于人的年龄，而缘于人的心。

重功利，而轻是非者，虽二八佳期，亦垂垂老矣；重是非，而轻功利者，虽耄耋迟暮，也生命如春。

所以，看一个人是否有生命活力，是否有激情迸溅的创造力，一个根本的标准，是看他对功利与是非的态度。

重是非者，气度恢宏，率真无畏；重功利者，蝇营狗苟，委琐怯卑。重是非的人，是重生命品格的人，唯有品格高标，才会有清俊挺拔的生命气象。

功利主义对人心的侵蚀，已令人痛心；追求理想的人，已发出抵抗之音。我们欣喜于这种抵抗，但我们更希望在这种抵抗中葆有深刻的自省。

我们要同时抵抗两种功利主义的侵蚀：一种是“权势功利主义”，

一种是“物质功利主义”。前者是一种外在的挤压，能够引起我们本能的反抗；而后者却是一种内在的诱惑，意志不坚定者，会在物欲的甜蜜满足中，自己缴械投降。

所以，反抗“权势功利主义”，更反抗“物质功利主义”，才是最彻底的反抗。前者只是初级境界，后者才是高级境界，而且是自觉的境界。

七

过简单、实在而自己乐于接受的生活，是最高的生活原则。

简单而实在的生活不必耗费太多的精力和金钱，使我们免受金钱的压迫和心智劳顿之苦。

简单而实在的生活会使我们自然而然地远离时尚——时尚的东西，可能是最耀眼的、最热闹的东西，却未必是最好的东西。时尚不是真理，没有必要被我们视为生活的理想，便没必要被我们刻意地追求。当你冷眼看时尚的时候，会发现，时尚其实是一种很无所谓的东西，不会影响你的生活质量，如云烟过眼。

时尚不是根本的生活原则，人们却不遗余力地追逐，让人感到，败坏人类生活真实情味的，不是外界的什么，而正是人类自己的虚荣心。

虚荣诱发奢望、贪婪和不择手段，导致道德、羞耻观念的异化，把生活的途径和手段当成了生活的目的，真实的生活便离我们越来越远了。

八

在生活中，理智中往往有偏见，想象中往往有朦胧。美好的感觉总是不能确定，温柔的记忆总是飘逝如风。现象是无限的，原因是隐蔽的，人总是跟不上生活变化的行踪。所以，生活是不圆满的，它总让人看到不愿意看到的残缺。

但唯有这残缺，才激起了人们“缝合”的欲望，才唤醒了人们追求完美的生命冲动。没有这种冲动，人们对生活的体验便钝化了，到那时，便真的没有什么幸福感可言了！

“人”的视角

夏多布里昂是法国十八至十九世纪的伟大作家，法国浪漫主义文学的奠基人。他出生在布列塔尼一个没落贵族家庭里。在法国大革命的疾风暴雨中，他站在了保皇势力一边。为了逃避现实，也为了寻找光荣与财富，他到北美去探险。得悉国王被捕后，他赶回欧洲，参加了勤王军，受伤后，又流亡英国，生活在穷困中。流亡期间和返国后，他先后发表了《革命论》《阿达拉》《勒内》《基督教真谛》等著作，一举成名。1814 年波旁王朝复辟后，他曾经担任政府要职。《墓畔回忆录》是他积数十年之功写成的卷帙浩繁的皇皇大著，描绘了十九世纪法国的风云变幻，具有极高的历史价值和文学价值。

我读的《墓畔回忆录》是上海文化出版社的选译本，能够买下它，纯粹是冲着它在书界的名气。读第一过时，感到它所精心描绘的旧景旧人与我极为隔膜，尤其是它对著名的历史事件的评判，多与我固有的价值观相悖，便有些反感，感到它是一部名实不副的书。后为处理一件职务上的事，要住乡下，便随手拿了一本读物，便是这部《墓畔回忆录》。夜深人静，孤人孤书，便沉潜地读下去。读到后来，感觉竟大变，觉得这是一部情感真挚而细腻的书，可回味之处多多，而这些动人之处，大多都分布在对生活事件的叙述之中。我不禁笑了——明明他在书中挥洒的是旧时的书生意气，我却用今日的书生意气去感应，自然会不甚投机，不能接应。我的阅读视角选错了，我应该关注他的个人生活。因为远距离的社会景象是迷离漫漶的，也是变化不定的，令人不好把握，或者无从把握，但是蕴涵在私人生活中的人性因素，却具有永恒的认知价值。

所以，《墓畔回忆录》真正打动我的地方，是夏多布里昂对复杂人性的生动描述和深刻揭示。

比如夏多布里昂之所以痴迷于写作，并不缘于他有什么了不得的社会抱负，而在于他对美丽女子的痴迷：

> 在此之前，我只见过家中的女性，当我看见一个外面的女子如此美丽时，有点感到不知所措。我听见姗姗而来的感情的遥远和迷人的声音，我被这未知的美妙声音吸引着，朝着这美人鱼飞奔过去。
>
> （《墓畔回忆录·雷恩中学》）

这种痴迷，使他常常与能够接受他的美人形影不离。他在与美人的耳鬓厮磨中，发现美人的模样会随着他感情的变化而发生改变，“她常常变成改造我本性的仙女”。美的迷人变幻使他感到，美是无法最终占有的，因此，他陷入深深的忧郁之中。这种忧郁，更导致了他对女性形而上的崇拜，他认为世上的一切，都不能取代一个女人的爱恋与体贴。长久的忧郁，使他想到自杀，他把自己幽闭起来。在此般情形下，他美丽的姐姐吕西儿成了他唯一的倾诉对象。他把吕西儿当作美丽女性的代表，他感受到的不是亲情的体贴与照拂，而是“一丝神圣的气息在我身上拂过”。见弟弟痴病渐深，吕西儿给夏多布里昂开了一剂药方，“你应该将这一切描写出来”。这轻轻的一声规劝，拨开了他心头的浓雾，也开启了他的文字生涯。

文字的抒情，渐渐缓解了他的情痴，并且，他还发现，文学的小小声名，还增加了他对女性的吸引，与女性关系的天平开始朝着自己的方向倾斜。于是，夏多布里昂的文学活动变得愈来愈自觉了。他在《我在圣马洛登船启程》一节中拿自己与拿破仑作比，他坦诚写道：

> 我们同时从我们的卑微无闻出发，我到孤独中去寻找声名，而他则到人群中去寻找光荣。

他的孤独所向，就是走向书斋，献身于文学；而拿破仑的走向人群，即是走向政治，以帝王之业建立自己的光荣。在夏多布里昂心中，文学与政治具有同等高贵的地位，都可以为自己攫取人生的主宰权力，只不过，拿破仑是面向社会，面向民众，夏多布里昂是面向内心，面向他女儿国里的那些美丽的女人。

当我看清夏多布里昂伟大的文学功业背后那极其卑微的原始动因之后，我反而感到亲切了，因为他把自己回归到“人”的层面，从他身上可以感受到人性的种种原生之态。他所取的“人”的视角，使他获得了“优越的智慧”，使他有了强烈的文学自信，他感叹道：“短视的智慧以为可以看见一切，因为它是睁着眼睛观察的；优越的智慧能够闭着眼睛观察，因为它看见的一切都在内部。”

循着夏多布里昂的人性视角去看一些历史人物，我渐渐地感到，他笔端的率性评点，或许有几分真实，或许就是一种合理的存在。比如他对大革命时期的风云人物米拉波的描写——“米拉波生性慷慨，重视友情，不计较恩怨。尽管他伤风败俗，他无法违背自己的良心；他的腐败仅仅涉及他自己，他正直和坚定的思想不会将谋杀说成崇高的智慧；他虽然是民主派的代表，却不赞赏屠宰场和垃圾场。”这样的一个复杂的人物，是革命双方的困惑，从各自的利益出发，双方都会为他准备好绞架。被处决，这是他逃不脱的劫数。所以，夏多布里昂评判道：

> 大自然塑造这样的头颅，要么是为了帝国，要么是为了绞架；它雕塑的这双臂膀，要么拥抱一个民族，要么劫掠一个女人。当他凝视民众，摇晃着他那一头深密头发的时候，令人驻足；当他举起他的爪子，露出他的指甲的时候，庶民发狂般跑开了……
>
> （《墓畔回忆录·米拉波》）

读到夏氏的这些句子，我心潮难以平静：米拉波不是一个政客，他是个性情人物，他的一念之差，导致了他的人生走向。于是，这样的人物，如果不从人性的角度去认识，是很难用固有的政治观点解释得通的。历史的真实，代替不了人性的真实。

重读《墓畔回忆录》，我感到，自己虽然成长在改革开放的年代，思想却已经有些僵化了。最初阅读时之所以与夏氏隔膜，是他保皇党的身份，在我眼前树了一道隐形的屏障。其实，一个因情感而选择著述的人，即便是保皇党，也不会从根本上改变他叙述的文人立场。文人立场是人性的个人化的立场，其性情化的叙述必有可观之处，可观之处，就在于对复杂人性的生命感悟。

重读《墓畔回忆录》的体验，引起我的一种警觉：历史教科书总是把复杂的历史简单化概念化，要想获得真实而丰富的立体感受，需要佐以相应的文学读本，其原始的情感与人性的状态抒写，会给枯槁的历史骨骼附以丰润可感的活的血肉。

细香

夏多布里昂的《墓畔回忆录》是一部大书，被称作十九世纪法兰西民族的心灵史。

通读全书，感到它其实是个人观察的一段段记录，个人思考的一片片絮语，是个人心灵感应的一次次捕捉，是时间的成就。

不禁想到一个词，即：沙漏。《墓畔回忆录》就是时间的沙漏。说它是一个民族的心灵史，颇有一粒沙里看世界的味道。

夏氏着手写这部书的时候，绝没有“史官”意识，是出于内心的温柔，是出于对忘却的畏惧，而乞助于笔。这一点，是与我们的一句乡间俚语相通的——好记性不如赖笔头。典雅的说法是：再漫漶的墨迹也比记忆恒久。

《墓畔回忆录》的写作是与生命结伴而行的过程，从盛年持续到死，凡四十余年。多亏他长寿，才有了那个几百万字的宏大规模。从个人资质上看，我国的陆蠡、梁遇春之辈，并不比夏氏低下，之所以失之“小巧”，没有写出鸿篇，是因为短命。这一点，巴金的境遇与夏氏仿佛，所谓“一个世纪的良心”，是假以时日，与时代同脉，对历史有所见证。

为了抵抗忘却，夏氏记了四十八本笔记，《墓畔回忆录》是笔记的“整理”，是生命结晶的凝聚，是“时光”之书。

既然如此，阅读的时候，要报以同样的节奏——每天读上一两段、三五节，从容地回味，才有满口留香的享受；如果连续阅读，一蹴而就，除了混乱、琐碎和枝蔓的感觉之外，你真的不知道它好在哪里。巴老的《随想录》也一样，每日品味一两章，顿感他的深刻，昏天黑地读下去，就感到平庸了。

所以，把大著读出低微来，不在于文本自身的质地，而在于读者的阅读姿势：与生命结伴而行的文字，偏偏用“瞬间”的打捞法，即便是满眼珠翠，也会一片黑暗——对蜂拥而至的供奉，小小的心眼，纤纤的神经，是无力承受的。

之于此，恢宏的大著倒是枕边之书，读到困倦，自然就睡了，那样，来日方有延读的兴味。这个自然而然的过程，因为符合着生命的律动，书中的血脉便款款地“浸润”到读者的灵魂里了。

正如龟裂的土地，倾盆之水反而流失，毛毛细雨倒是悉数吸收一样，只有浸润，才可“通透”。

从写作的角度看，这样的道理也是相通的。

写作的初衷，无非是要表达对世相的观察和生命的体验，无非是要记述历史的记忆和主观的思考，而表达和记述的对象，是动态中的，是不断延续和与时俱进的，是个“不断生成”的过程。这就决定了，文本的形成，也有个“自然成长”的过程，生长的四季——应该有的心路历程是不可省略的。要慢慢地写，一步一步地接近那个收获的季节。只有这样，绵密的历史信息才记录得全面，繁复的生命体验才传达得周致，世相的反映才具有应有的脉络。瓜熟蒂落，质地才结实，果肉才饱满，味道才纯正。

那些急就的篇章，往往是激情的喷泻，是“顿悟”，而不是真相的存活和思考的系统梳理，甚至只是素材，而不是成品。一经深究，就露出败相——模糊的意象，混乱的逻辑，荒谬的思绪，是不堪吟味的。

没有历史，哪有记忆？不经时日，哪有体验？绵密、繁复、深刻、完整的东西都是时间的造化与赐予。所以，不经时间“打磨”的作品，即便是鸿篇巨制，也不过是雪泥鸿爪、海天片羽而已。

博尔赫斯说：“我生命的每一时刻，就像一把黏土。”

他的意思是说，整个雕像的最终完成，是靠“时刻”的积聚，一把黏土、一把黏土地累积塑造的。

这就意味着，每把黏土都有它必然的位置，是简约不得的。简约的结果是变形、是坍塌，是无法立足的。

所以，伟大的著作家，都不会仓促行事，每个字都写在应有的位置。他们的目光所及，是时间的深处，从容地记录和准确地表达每时每刻的生命体验，而不是“在场”的虚名。

林徽因有一首著名的诗，题为《秋天，这秋天》。它的著名，只因为其中的一个句子：信仰只一细炷香。

“细香”这个意象很美，很感性。

细香，是缓慢而微弱的燃烧，在幽暗和广阔的天幕之下，那点光亮如豆、如芥，忽隐忽现，几近于无。但是，它似无却有，较之那种轰轰烈烈的燃烧，虽隐忍却绵长，给人长久的期许和安慰。况且，由于它的燃点凝聚而内敛，西风是吹不灭的。所谓“不绝如缕”，正是细香之状。

烟香之细，如游丝般无影无踪，却有钻隙、渗透的功力，可以穿透冰冷、坚硬、深厚，乃至温柔，传到每一个角落和更邈远的地方。于是，它不急不躁，不争不妒，容忍着冷遇和漠视，但是，只要有朝觐者翕动了鼻翼，它会立刻到场，直奔心田——浸润幽香，而不裹挟幽怨。

如是，用“细香”状信仰，或许有些消沉，引世人诟病。但用于状文学，却是颇得神韵的。

书香，正是绵细而悠长的性质，在似有似无中把人涵养了。书香是淡味，是容不得狼吞虎咽的，只有在细细的品味中，才有回甘渗出。就如饮茶，豪饮利水，啜饮才养性养心。所以，一部好书，是不能一气就读完的，要有耐心，要从容地消享，化到骨髓里去。

老香客与新香客的区别在于，新香客欢喜于烧高香，轰轰烈烈的燃烧，有仪式感；老香客则只烧细香，注重本质，看到沉静而持久的光芒，觉得一步一步离神近了，心里会油然地升起一种感动、一种信念：神的香火是不会断的，神的恩泽和庇佑是可以终生受用的。

据说，细香的制作，是比高香要难的。

香炷之细，是一种考验，容不得仓皇与激进。香料要优质，装填要精细，是要付诸耐心、倾尽心力的。

这就对了。持久的燃烧，绵长的香气，没有从容而精密的做工，是靠不住的。

从这层意义上来看，写作者应该用什么样的姿态对待自己笔下的文字，就不言而喻了。

互文的阅读

早在 1980 年就读到了司汤达的长篇小说《红与黑》。那时我十七岁，刚就学于我不太喜欢的一个专业——北京农职院的蔬菜专业，小说所展示的风景和情调正吻合了我的心境，遂废寝忘食地读。

讲台上班主任口沫四溅地讲遗传育种，我隐身在桌洞沉浸于于连·索黑尔和德瑞纳夫人的偷情，以至于他悄悄地移过来，我也没有察觉。书被没收还不算完，他上告到学校教导处，说我年纪虽小，但受资产阶级思想的毒害却深，有不健康的生活意识，便建议校长召开全校大会，让我在众人面前做检查，以杀一儆百。校长也觉得这多少有些小题大做，但碍于我们的这位班主任是帮派出身，有"左"的遗风，善于上纲上线，如果不从，便会惹火烧身。

于是，我便在学校大礼堂振振有辞地做检查，其效果却出乎班主任的意料——一是我因此在学校出名，大家都知道我是个爱读书的人，个别女生还对我生出敬慕之情；二是大家反而都对这部书产生了兴趣，好奇之下，偷偷地找来读。

这一切，班主任自然知道，他便对我阴冷，甚至恨。以至于毕业的时候，他搞秋后算账，使出杀手锏。因为我爱好文学，学校在党庆、国庆时让我写朗诵诗，走廊上出黑板报，也让我写。我都完成得不错，让校团委书记看重。毕业临近，他找校长要人，让我留校。班主任闻讯，找校长逼宫，说，有这个学生在身边，我心情苦闷，所以，你们留他就别留我，敬请掂量。班主任在教学上的确有一手，是学校的教师骨干，校长不忍流失，便安抚他说，你别激动，这个学生，咱就不留了。

之所以写出这段往事，是因为系统读了司汤达的散文、特别是耽读了他的《论爱情》，强烈地感到，他不仅是小说的大家，还是文章的圣手。那时的开端，好像就是为了今天的接续，让我全面地了解一个作家。也就是说，我与司汤达有缘。

他的散文有通透之象，不管是抒情、叙事，还是专论、游记以及书简都不是自说自话，而是结合了政治的、文化的、时代的、社会的发端，脉动和风致，纵横捭阖，言而及物，感性和智性交相辉映，有力透纸背的文学魅力，让人醉而忘返。

还有一点，读了他的文字，让人更确信“太阳底下无新事”——因为他旧时的阐发，能在今日找到种种对应；其在常识层面的言说，能穿透时空而折射、讽喻今天的世相，一点过时和老旧的感觉都没有。可以说，他的小说或许有时过境迁之虞，但他的散文则有恒定的“静观价值”，堪称不朽。

以他的《论爱情》举例。

既是“论”，自然要有观点，他对观点的阐述，不仅全面照拂，汲取各方经验，还层层递进，做到针脚细密、持论周匝，让人毋庸置疑。最可喜处，是他善举例，让生动的人与事予以验证，感性丰沛——虽是形而上的议论，却也活色生香，有很强的现场感。用今天的话说，他写的是在场主义散文。

比如他说整个阿拉伯世界，最能出现爱情的典范。为什么？首先，

“昏暗的帐篷”“孤寂的沙漠”，给爱情的产生提供了最适宜的环境。其二，伊斯兰教义的有关规定，不仅使情夫和情妇之间，建立了平等的关系，而感情的约定，有神圣的意义。“在阿拉伯人的帐篷里，山盟海誓绝不会遭到亵渎，背信弃义这种罪孽的直接后果就是受到被人蔑视或死亡的惩罚”。即便是一夫多妻，即便是暗通情缘，一旦确定了爱情关系，就不能厚此薄彼，都要给予尊重，也不能轻易抛弃，要切实地担负起责任。

这不免让人想到宗教在情爱中的作用。有宗教信仰的国家，不管是阿拉伯人，还是西方人，在签订感情契约，或走进婚姻之前，男女的恋爱，包括性爱，是十分自由的。但是，一旦有了契约和婚姻关系，就立刻有了极为严谨的态度，他们十分自律，绝不任性放纵。因为他们的教义中，婚姻是上帝所赐，有不可亵渎的神圣。与之相比，中国人则有着相反的态度——恋爱时虔敬，为了得到；婚姻后失敬，为了更多地得到。红杏出墙，珠胎暗结，偷情、婚外恋，屡屡发生。这一切，都是因为中国人普遍没有宗教信仰。即便也有礼教的节制，但是与信仰的力量相比，总是苍白无力。因为教化是外在的劝谕，而信仰则是内心的尊崇，一个是客观的监督，一个是主观的自觉，作用自然就不同。

司汤达把爱情放在文化背景下进行考量，让自己的结论有民族性格、人文作用的支撑，就言之有据。好像他不满足于学理和观点上的正确，更注重为爱情本身画像。他描绘道：

> 在阿拉伯塔格莱卜部落，一位富裕的基督教姑娘爱着一个年轻的穆斯林。她把自己全部的财产赠给他，以赢得青年的爱情，但倾尽财宝，却未获取真心。一切破灭之后，她付给一个艺术家一百个第纳尔，请他为自己塑一座她所爱的那个青

年的雕像。雕像塑成之后，姑娘把雕像耸立在她每天经过的地方，深情地朝拜。起初她总是亲吻雕像，后来她心力渐竭，就久久地坐在雕像前暗自垂泪。直到夜色降临，才依依不舍地离去。这种情形无限地延续着，直到那位男子逝世的那一天。她闻讯而来，乞求能最后再看他一眼，并允许她吻一下他的遗体。如愿以偿之后，她仍然回到那座雕像前，和往常一样向它致意并且不停地亲吻它，然后在它的旁边躺下。天亮之后，人们发现她已气息断绝，她的手指指向她临终写下的几行遗言。遗言里的意思是说，即便是她终生与自己的爱情无缘，但是她无悔。

司汤达的用心，是让人们超越具体的爱情对象，甚至是尘世的感性之爱，爱上爱情。

这里可以看出，司汤达对爱情有着深刻的信仰，即便他一生总是跟爱情擦肩而过，心中留下了累累伤痕，但是他痴心不改，为爱情泣血而唱——唱感天动地的爱情圣歌。

既然如此，如果再返回头去读他的《红与黑》，说于连·索黑尔、德瑞纳夫人，甚至德拉穆尔小姐是伤在不对等的爱情之中，都是悲情人物，就显得过于轻浅了。

所以，想真正理解一位作家，就要进行互文的阅读，要把他自身的经历、人格的底色和心象的构成融汇进去。那样，就感同身受了，就避免了似是而非、人云亦云的误读。

人性的坐标

雨果的《巴黎圣母院》是一部恢弘的大著，其重要标志，是他把现实主义的真、人道主义的善和浪漫主义的美都熔为一炉，呈现一种博大繁复的气象。其中人道主义是它突兀的亮色，其表现就在于以贵族的情怀立身，却以平民的视角审视，便把人类在典型生存环境中的人性状况揭示得深刻而真实了。因为，饥饿、病痛和贫穷等“人间性”的环境，才是人性孕育和生成的真实土壤，厅堂楼阁、灯红酒绿和鬓影衣香只是风尘之上的一点梦幻般的点缀，离民生太远。《巴黎圣母院》正是把笔墨的重心放在了生民的“人间性”环境之中，因而它的人性的揭示便有了深厚的现实基础。

首先，雨果在《巴黎圣母院》中继承和发展了司各特在《昆廷·杜沃德》中的现实主义。司各特在他的历史小说中，常把真正的历史人物放在次要地位，而把虚构的人物写成主角，如《昆廷·杜沃德》的主角昆廷是虚构的，次要人物法兰西国王特里斯坦·莱尔米特和理发师魔鬼奥利维埃等确有其人。雨果也一样，《巴黎圣母院》中的吉普赛女郎和钟楼怪人都是想象的产儿，而国王路易十一和他的宠臣警察总监、亲信理发师等都是真实人物。

其二，雨果的笔触不放在人物的“角色”特征之上，而是着眼于角色外衣包裹下的“人”的特征。国王应该是大度而仁慈的，而他恰恰是褊狭和残酷的——因为吉普赛女郎身上有异教气质，便不能见容，在她取得了神圣的教堂“避难”权之后，还要钻法律的空子，把她从教堂中骗出来绞死。弗比斯作为皇家卫队队长，应该是英勇忠义的，但面对吉普赛女郎赤诚的情爱，他却是怯懦和虚伪的，最终扮演了背叛者的角色。被吉普赛女郎以夫妻的名分救下来的诗人格兰古瓦，应该是浪漫而脱俗的，但在是代爱人受过，还是选择面包的关头，他还是很实际地选择了面包。弗罗洛副主教是神权的代表，他应该是神圣和高贵的，但他的灵魂却是那么卑贱和肮脏，当肉欲不能被满足的时候，他选择了对美的构陷与毁灭。只有丑陋而卑琐的钟楼怪人卡西莫多才表现出出人意料的忠诚与仁爱，在巨大的“反差”面前，形成强烈的情感冲击。这一切，凸现了雨果的高超的批判智慧，正如法国作家欧仁·苏给雨果的信中所说：

> 我还要指出一点，先生，除了你书中丰富的诗意，丰富的思想和戏剧性之外，还有一点十分引人注意，那就是：可以说概括了一切灵魂和忠诚之美的卡西莫多——概括了博学、知识、智慧之美的弗罗洛——概括了形体之美的弗比斯——你把人性的三个典型摆在了一个天真的少女、几乎可以说是文明世界的蛮女面前，要她选择，你这样的思想令人十分钦佩。

把欧仁·苏的话换个角度理解，与其是让爱斯梅拉达进行选择，不如说她为不同质地的人性树立了一个检验的坐标。有了这个坐标，人性的真实，便显露无遗了。

我还有一个强烈的想法：如果只有爱斯梅拉达这一个坐标，人性的揭示虽真实，却滑稽；只有卡西莫多这个坐标也介入之后，人性的真实才有了庄严而深刻的成色。爱斯梅拉达代表着美，卡西莫多代表着善，透视人性之真，没有美善这两项横纵交织的坐标架构，便会失去立体感，失去健全的批评尺度。所以，《巴黎圣母院》的伟大之处，就在于不仅有一个爱斯梅拉达，而且还有一个卡西莫多。

联想到我们当下的创作，之所以不能产生震撼人心的大作，就在于有了爱斯梅拉达，便没有卡西莫多；有了卡西莫多，又没有爱斯梅拉达。人性的单向与单薄是其致命伤。

具体说到《巴黎圣母院》中弗罗洛这个中心人物，按传统阅读的视角，雨果对他的刻画，表达了反宗教的民权思想，也表达了作者对人间情感的尊重与热爱。如果从展示知识分子的心路历程的角度来理解，弗罗洛副主教则较好地代表了知识分子的心态。弗罗洛在书中不仅是一个神职人员，究其本质更是一个追求知识、追求绝对价值的知识分子。他之所以痴迷于炼金术，便是追求绝对价值的象征。他对化装访求炼金秘方的路易十一说："如果我掌握了炼金秘诀，国王的宝座和对这个世界的支配权，就不是他路易十一的了。"而这个全身心致力于精神追求的科学家，由于突然发现了女人，发现了肉体，而变得精神恍惚，坐立不安，以至于走向彻底的毁灭。所以与社会人生相脱节的知识追求是虚妄的、不堪一击的。正如雨果在《死囚末日记》中表达的那样：国王禁锢在王宫里，死囚监禁在牢房中，自我幽闭在躯体和生活经历中，都是死亡之境——在现实之中，没有丝毫的力量。

所以，弗罗洛与其说是被爱斯梅拉达的美艳所击中，不如说是被他自己幽闭的人生状况所毁灭。对于弗罗洛来说，他徜徉在教堂与书籍之间，他的人生主要问题是知识和获取知识的问题，他认为"激情是多余的"，他生存于理性之中。所以，在肉体和精神之间所产生的说不清道不明的相互影响作用下，弗罗洛饱经了肉体和精神的折磨，各种欲望的骚动，使他成了十五世纪的一位浪漫主义的唐璜式人物。这个特殊人物，是为“文明”这一“状态”提供陪衬和牺牲的，于是知识和欲望的结合，使其绝对价值的追求，因知识的虚无性和追求者从未接近过女色而更深染了悲剧色彩。他的悲剧意义还在于，给今天的知识者一点有益的启发：生活的激情不是多余的，未经欲望洗礼的所谓理性，是站不住的；对欲望的洪流视而不见的所谓理性提炼，更是与人类的生活格格不入的。先“经受”，再历练，再建树，再恪守，才是精神生活的健康之途。

我固执地认为，大著作中的次要人物，虽着墨不多，但绝不是边缘人物，而是锦衣上的一条不可抽取的丝缕，维系着整个构制。依着这样的认识，我不能不谈到两个人物：一个是诗人格兰古瓦，一个是爱斯梅拉达的生母隐居婆。用人性的视角看雨果笔下的这两个人物，我对前者耿耿于怀颇不以为然，对后者则会心微笑很以为是——对将要被乞丐部落处以绞刑的格兰古瓦，是爱斯梅拉达天性的善良，使她屈从于“古老的法则”以夫妻的名分把他救下来。由于不是爱的产物，便婚姻与爱情两离析。而格兰古瓦竟甘于这样的状况，对世俗势力加于爱斯梅拉达的围剿，视而不见，不怜惜于美丽，而匍匐于面包。这让人难以理解。作为诗人，激情与良知是其天然的血肉，那么，爱斯梅拉达肉体的美艳与心灵的高贵，便不能不让他心动，他应该或征服，或献身。而格兰古瓦的文本形象却有悖于人物身份的内在逻辑，便削弱了美和诗的力量，是个没有人气的木偶，是作者概念化的产物，有悖于真实的人性。

而隐居婆这个人物却是颇让人心动的——当隐居婆不知道爱斯梅拉达的真实身份时，作为妓女的她，对魅力四射的吉普赛姑娘充满了嫉恨，咒骂、污损、排挤，无所不用其极，甚至在国王的行刑手追捕之时，她还要把无辜的少女出卖出去。但一旦她确认爱斯梅拉达就是她失散多年的女儿时，她的态度发生了彻底的逆转，她对追上来的巡警说：

> ……这是我的女儿！是我的！不是国王的！不是您的！我想离开这里，我们想离开这里！两个女人——一个是母亲，一个是女儿——经过这里，人们会让她们通行的！让我们通行吧！我们是兰斯人。啊！你们是好人，巡警先生们，我爱你们大家。你们是不会把我心爱的女儿带走的，这是不可能的！

当女儿终于落入魔爪之后，雨果写道：

> 这时，蹲在地上的母亲忽然睁开眼睛。她没有喊叫，倏地站起来，神情极其可怕，然后，就像猛兽扑向猎物似的扑向刽子手，在他的手上狠狠地咬了一口。真是迅雷不及掩耳。刽子手疼得嗷嗷直叫。人们都跑过去，费了很大劲，才把他鲜血淋漓的手从母亲的牙齿里弄出来。她被猛地一推，脑袋沉沉地落在石板地上。她被扶起来，但又倒了下去。原来她已经死了。

这是多么令人震撼的场面，它让人们感到了人性的不可忤逆与无法压制。亲情不计前嫌，母爱的表达更不需预热，一旦表达，便像死一般酣畅而彻底。

隐居婆的死，再一次成就了《巴黎圣母院》的深刻与伟大。

敬畏天成

雨果在《巴黎圣母院》的《定本附记》中说：

……从某种意义上说，一部小说必定和它的各个章节同时诞生，一部剧作必定和它的各个场景同时产生。千万不要以为，你们称之为剧本或小说的那个整体，那个神秘的小宇宙，其组成部分的数目是可以任意增减的。这一类作品应该一气呵成，一成不变，写好后再嫁接个什么，是很难成活的。

雨果是极为反对对作品进行修改的。他认为一个作家的一部作品，是上帝或神，假作家之手传递的天上的福音，是天赐，作家本人是不能任意改动的。用人世的说法，作品一经问世，就像孩子呱呱坠地，生米煮成熟饭，是男是女，是靓是丑，父母是无法改变的，他（她）属于空气和阳光，死活只好随他（她）自己。你的书失败了么，那就自认倒霉吧。你妄想给书加些什么，也是徒劳的，正如你的孩子缺了一条腿，安了假肢也改变不了行动不便的事实。因此，你在酝酿作品的时候，就应该下足够的功夫。

他在《巴黎圣母院》第三卷里，对巴黎大教堂的建筑艺术做了通篇的描述，用笔之繁，琐屑入微。应该说，这一卷是与主题和情节相游离的，给读者造成了极大的阅读障碍。多数读者是跳过这一卷而阅读的，但也并不影响对整部作品的把握和理解。所以，按一般说法，这应该是一处赘笔，或干脆就是败笔。面对读者善意的批评和评论家强烈的抨击，雨果无动于衷，以“神赐的不可改变”，来坚守自己的写作立场。

然而，在时空深处，雨果胜利了：这一卷，成了研究西方宗教建筑和宗教习俗的不可替代的历史文本，它的文献价值甚至超出了整部作品的文学贡献。它“天赐”的面目终于大放异彩。

历史真是无情！

在阿尔作画的梵高，在内心的一种莫名的力量的驱使下，疯狂地泼洒油彩，画了大大小小的不计其数的画。他从不进行修改，画过就扔在一边，以至于画廊里的一些所谓的专家，认为梵高的画连素描都不如。他生前很少能把画卖出去，穷困潦倒，死于癫狂。然而，在艺术发达的今天，被梵高丢弃的，但凡沾有他油彩的一张小纸片，都是艺术珍品。所以，艺术真是“天赐”，是幽灵，是不可理喻的。

在幽灵面前，人的肉眼，是看不真切的。所以，在自己把握不准的艺术品面前，还是三缄其口为好。所以，大师们只埋头创作，很少口谈艺术，创作谈在媒体上满天飞的作家，一般都是天分不济的人。

正如左拉所说：“……我们接受大自然的一切，不得有任何否定；……泥土之所赐，比巴黎的所有沙龙中的东西更富有诗意。”他所说的“泥土”，指的是造物主，即雨果所说的“上帝”或“神”。

印象派大师马奈说：“只有一个真实，那就是把你看见的事物立刻画下来。”马奈贪图的是临场写生的快感，直觉的快感，当下决断的快感——这也是印象派的集体性格。所以，传统画派的权威要他把画修改得更精致、更规范一些的时候，他愤然拒绝——“成功就成功，不然就从头画起。别的，都是胡扯！”

雷诺阿也主张艺术的第一要义，是迅速地捕捉住天赐的灵感，他有一句形象的话：“等我买得起牛排的时候，我的牙已经掉光了。”一个艺术家，待有了娴熟的技法，成熟的构思之后，艺术的幽灵已稍现即逝了。他深得其味。

中国的作家、艺术家的作品总缺少一些灵动、浑然的颜色，原因可能就在这里。他们或者顾虑大多，或者过于追求完美，总是在那里反复沉吟，反复修改，即便是已发表经年的作品。我对巴金、柯灵等老前辈作品再版时还要殚精竭虑地润色，感到很是不解——他们不仅弱化了作品的原创价值和历史价值，还浪费了自己的写作才华。人工反夺天工，拥抱的不是神灵，而是呆木。

我们的祖先说：文章本天成，妙手偶得之。其实，中国人最懂文章之道，却背道而驰，所表露出的，正是人格和文格的双重缺陷。

爱情的一种状态

阿·德·缪塞的《一个世纪儿的忏悔》是我十七岁那年，在丰台火车站边的一个小书店中买的。那时，人们的阅读情绪正浓得化不开，以至于火车站旁都设有正经的书店卖正经的书。如今那爿店已改换门庭，为一家建材商店的门市，门前有一行军床搭成的小书摊，卖袒胸露背封面的杂志。此为题外话。

十七岁的我，无爱情经历，读《一个世纪儿的忏悔》便感到很“隔”，甚至认为这是一本无聊的书。一对男女的感情纠葛，而且是无谓的纠葛，竟充斥了整本书。惜哉，那雪白的一张张书页啊。这本书当时给了我一种偏颇的感觉：爱情是有闲的一种表现，是一种无事生非，是贫嘴的絮叨和俗媚的游戏。书便一下子放了十来年。十来年之后的一天，夜半无眠，深感为苦，赤身下床去，竟随手抽出它来，作一时的排遣物。不想，翻读数页便被深深吸引，一气读下去，直至东方既白。这原来是一部感情体味极细腻的书，无人生阅历和感情历程的人，是不可玩味一二的。换言之，进入此书之境，若无切身的感受作经纬，是不可窥其至深之精妙的。

此书用一个哲学的布袋，囊以爱情生活的生动细节，稍有些琐碎地告诉你：爱情不是一种随意的东西，她是一种宿命。宿命的作用，使你割又不忍，留亦不甘；欲退又伸，欲进又止，不能自已。

便联想到，那些在爱情面前过于潇洒的人，是否真的得到过爱情；那些在爱情话题上高谈阔论、满面生光的人，是否真的经历过爱情。

古人云："一日夫妻，百世姻缘。百世修来同船渡，千世修来共枕眠。"这也是在叙说爱情宿命的话题。汰去神秘不经的那重成分，便是一句直白：爱情不是一件容易的事。

书中的主人公沃达夫，平生的第一桩爱情却背叛了他。他对那个不贞的女人充满了愤怒，当女人谦卑地请他原谅时，他冰冷地予以拒绝；但当女人与他的情敌在房间里约会时，他却围着那个房间逡巡不止，渴望女人能无意间瞥到他焦灼的模样。

不管怎么样，这是一种真实的爱情状态。爱情的影子，不会轻易消失。沃达夫最后爱上了比莉斯。这是一场炽烈而恒久的爱情。但沃达夫对比莉斯的过于忠贞和温柔感到不可思议，便千方百计要发现她爱情的破绽。终于没有破绽出现，便感到自己的无赖，自己的卑下，便感到女性高尚对自己的压力，就无端地折磨她、激怒她，欲从女性性格中寻到瑕疵，以期营造一时的心理平衡。但比莉斯是那么坚忍，眼泪浸泡出的笑靥更加妩媚，经受侵害的心灵更加温柔；沃达夫便在一种自卑的情绪下，疯狂地爱着，并且，每经历一次折磨和被折磨，其爱情便更疯狂一分。他走不出这一爱情的"怪圈"。

我不认为，这是第一次爱情失败留给他的后遗症，尽管许多人都这么认为。我固执地认为：炽烈爱情的产生和维系，便是在类似这般的折磨与被折磨中。这是炽烈爱情的一种宿命状态。《过把瘾就死》中方言与杜梅的爱情，便为此提供了一个现代中国人的例证。每一桩真正的爱情，都有一个形成的"怪圈"。于是，热烈的爱情其实是对生命的一种消磨。所以，有一个名人说，伟大的人物没有一个是被爱情弄得发狂的。他说得很不错，但很不实用，人生下来，为什么非得要成为伟人呢？

况且，与其争名逐利，假冒伪劣，坑蒙拐骗，轻贱生命，倒不如在爱情中做一番浪漫的消磨，来得更高贵些。

女性的制衡

福楼拜一贯地轻蔑女性，以至于对自己的情人讲话也情不自禁地流露出来。

1852年4月24日，他在给情妇鲁伊丝·高莱的信中说：

> 女人不仅对男人不真诚，女人对自己也不真诚，她们不可承认自己的情欲。——她们把屁股当成良心，以为月亮就是为了照明她们的闺房才升起来的。把不知羞耻，当作是对邪恶的嘲弄，女人这毛病，一如矫情。交际花是一种神话——女人的心，好比一架钢琴，供自私的男人用来弹奏足以炫耀自己的曲子，而且所有的琴键都可以用上。在爱情方面，女人没有“后店”，她们倾其所有，致自己于首尾不顾，然后再怨恨男人。

其实福楼拜一刻都不能离开女人，在满足肉体欲望上，他紧紧地黏住鲁伊丝·高莱，一边轻视，一边拼命地占有，还丝毫也不掩饰他的快感体验，竟说“只有和你做爱，我才感到自己是个男人”。在精神上，他也离不开女人的陪伴，一旦自己的作品受到外界的贬损，他都要致信给他的“小母亲”乔治·桑，以求得怜抚与安慰。乔治·桑给了他这种安慰，无论作品好坏，她都大唱赞歌，甚至不惜牺牲自己的名誉（他们之间的书信来往居然有四百八十二封之多）。所以，福楼拜的“庞大”，都是女人喂肥的。

然而鲁伊丝·高莱毕竟也是作家，她深知福楼拜的虚伪和自私，所以她拼命折磨他，虽给予他肉体，但也不忘了贬损他的人格，在满足肉欲的呻吟中，也保持精神的独立，写出了许多令人刮目相看的作品。这种欲擒故纵、欲拒还迎的做法，让福楼拜大受其苦，所以，他对鲁伊丝·高莱既爱又恨，与之交往，纠结丛生，行为失据。

乔治·桑对此大为不解，询问就里，福楼拜为了维护自己的面子，诉之以自嘲：“说我是一个‘神秘的怪物’，哈哈，恰恰相反，正好相反！我觉得自己平庸得令人作呕，我常因自己根深蒂固的小市民气息而感到烦恼。”

这也正是福楼拜的高明（实则虚伪）之处，他用一句不疼不痒的“小市民气息”，就给了自己一个潇洒的开脱，而不触及品质。

所以，我们既要感谢乔治·桑，更要感谢鲁伊丝·高莱——前者给了福楼拜一点自信，让他能写出一些传世的杰作；后者则给了他必要的“敲打”，使他不至于得意忘形，沦为傲慢。其重要的证据，就是福楼拜在接到马克西姆·杜刚的一封恭维信之后，回复道：

> 扬名，这不是我的主业，那只是满足最平庸的虚荣心而已。再说，成名，难道有什么依据吗？名扬四海，你也不见得就心满意足。人人几乎都是在名之不立中死去，除了白痴。就我们自己而言，出名并不比无闻高出多少，你还是你。我只向最好努力，使自己高兴。我觉得成功只是一种自然而然

的结果，绝不是目标。

从福楼拜身上，我感到，男人的低调，并不意味着他自我修养的境界，而往往是“恶女人”制衡的结果。

虫情与人性

法布尔的《昆虫记》，虽然不是一部“纯粹”的文学作品，却让文人们读得痴迷，从中得到的趣味，远胜于所谓纯粹的文学作品。鲁迅与知堂对《昆虫记》的推崇，或许是中国作家兴味于斯的源头，二者有关的文字，撩拨了人们的向往。

从鲁迅与知堂的著作里知道《昆虫记》的时候，我才十九岁，但真正读到它的时候，我已经三十五岁了。这一年，我的友人苇岸赐给我一册他的美文集《大地上的事情》，他把动物当人写，而且写得比人还富有诗性，比如《我的邻居胡蜂》。始得知，在这个世界上，还有人对动物昆虫的关心比对人的关心还甚，对动物昆虫的信任比对人的信任还甚。这时，我已疲惫于人事的烦扰了，心中已有了几分沧桑感，便有些理解苇岸对昆虫的感情，非常愿意读一读《昆虫记》这样的著作。

我读的是一个较完备的本子（作家出版社，1998年2月版），此书用的是感性的文学语言，有浓郁的文学氛围。所以，一些人把它作为文学著作来读，是有道理的。法布尔着眼于昆虫本能的刻画，行文给人一种神秘感，整个文本像是一部昆虫界的“精神分析说”，所以，让人不敢相信这是一部严谨的昆虫学文本，倒是其中喷薄而出的趣味颇让人玩味，几近于中国的草木虫鱼小品。《昆虫记》还有一个最大的特点，就是以人的视角看昆虫：写的虽然是昆虫情事，怀的却是人的思春心理——法布尔的昆虫太拟人化了，人的心思反而遮盖了真正的昆虫本能。比如说到昆虫为什么有那么多惊人的技艺，法布尔解释说："理由只有一个，即：意识驾驭物质。"他又进一步阐述说："功能决定器官，视觉使眼睛成为眼睛。"这种抽象的理性思考，属于人，而不属于动物。

所以，《昆虫记》里状写昆虫本能的篇什，语言最生动，形象最迷人，亦最堪读；但杂入了作者的概括与思考的章节，便令人感到似是而非，不可卒读。

曾读到法国十八世纪哲学家拉·梅特里的《人是机器》，感到梅特里对动物本能的把握比法布尔还准确。尽管他的论述主体是人，动物只是个参照基础，但也正是如此，他不会对动物作拟人化的描述。把动物回归于动物，动物的本来样相才得以脱出。便发现，人并非天然地就优越于动物，人的幼年，其生存水平，尚不及动物。他有一段很精彩的话：

> 尽管人对于动物有着一切优越之处，但是把人和动物列入一类还是（人的）一种荣誉。在未到一定年龄以前，人实在比动物更是一个动物，因为他生而具有的本能还不及动物。
>
> 有哪一种动物会饿死在乳汁流成的河里呢？只有人，正像近人根据阿诺勒的理论讲到的那个老婴儿一样，他既不知道什么食物是可以吃的，也不认识水可以把人淹死，火可以把他烧成灰烬。试把烛火第一次放到婴儿眼前，他会机械地把手伸到火里去，似乎想知道他看见的究竟是什么新鲜事物。只

有等吃了亏，他才认识到这个危险，而第二次就再也不肯上当了。

你再把他和一只动物一起放在山崖边上，只有他才会跌下山谷去！在那只动物由于会游泳而脱险的地方，他却溺死了。在十四五岁的时候，他还不知道在传种活动里有极大的快乐等待着他；已经是成人的时候，还不大懂怎样玩那种游戏，但是自然却很快就把动物们教会了……

所以，动物的强劲的生命本能，就是它的智慧，就是它的思想，就是它前行之路的召引。在动物面前，人的所谓理性，是多么的冬烘和自以为是啊！

由此，可以很好地理解D·H·劳伦斯所说的“热血意识”：在机械文明的时代，真实的人性被社会的操作规程所拘囿了，人们变得多疑多虑，生命力被弱化了，极大地阻碍了人类的自然进化。人类要想步入更完美的生命之境，就要崇尚感性生活，尊重人们的本能冲动。

读过拉·梅特里的《人是机械》，再来读法布尔的《昆虫记》，竟有一个奇特的感觉：研究昆虫本能的《昆虫记》，倒像是一部布道之经；形而上地论述人类理性的哲学论著《人是机器》，却反而是一部歌颂动物本能的生命之诗。这里的因由，不取决于体裁与语言，而取决于作者的生命观。

法布尔以人的视角看动物，把人性的弱点美化了；苇岸以动物的视角看人，则把人类的丑陋夸大了，都让人感到有些感情用事。理性的目光是怎样的呢？是像拉·梅特里那样，既不以人的视角看动物（昆虫），亦不取动物的视角看人，而是以生命的视角——动物与人，虽是异类，却是平等的生命，互为生存的前提与参照，共同构成欢快和谐的生命秩序。

进一步说，人与动物的不同，是人类会总结会想象。总结，是积累生存经验；想象，是规划未来。但善于总结的，往往会重蹈覆辙；能规划未来的，往往一叶障目，便灰心丧气，失去希望。而不会总结的，无禁忌之拘，无因袭之累，反而生得率性而欢快；不会规划未来的，却不曾停步，勇往直前，义无反顾，表现出不屈的生命意志——这是造化对人与动物的平等之赐。

人有理性，便有大爱；兽有热血的冲腾，便有大勇。二者结合，乃是生命完美之相，彼此互为师友，生命的花朵就开放得繁复而绚丽了。

我是一只会思想的两脚兽，我欢快地跑向丛林；在一根纤纤的枝条上，一只金黄的胡蜂，在为我唱着一首嘤嗡的颂歌……

从书本“返回”到大地上

一

“五一”放长假，身边的人均把出游和娱乐作为度假的方式，而我却把读书和写作作为天经地义的内容。素日，公务把我的生命空间几乎全挤占去了，写作呈荒芜状态，内心总处在不甘与不安之中，感到人生有大缺憾。因此，假日来临，便如鳏夫久旷，摸到笔和书，竟有与异性亲炙的味道。

然而，读书的心境却总不安稳，虽然手头这部《人间食粮》的确是一本好书，但室外的春色正亮丽如洗，隐隐地送来不容辜负的呼唤，便生一股淡淡的忧伤与愁苦。

身边人的快乐是率性的，我的愁苦也是真诚的，均无欺世的成分。但两种生态，孰低孰高，此时的我，已无确凿的自信了。相反，生命的本能，使我对他人的快乐竟生一种艳羡，甚至认为，他人的生活或许才是健康的。

生活应该是以人为本的，我却把自己束之于一种自以为是的理想，把“追求”作目的了，感性的生活离我越来越远。我感到很惶惑，体内的血液也没有温度。精神大师鲁迅说过这样的话，我存在着，我在生活。那么，存在着，生活着本身不就是意义么？而我等却在意义之外寻找意义，也就是偏执于从书本中寻找意义，且标榜是在为人类寻找自我“圣化”之途，不知是自我迷失，还是狂妄自大。总之，当血液都变得十分冷却的时候，也就是当生命的激情都渐次消退之时，精神的力量便十分可疑。

对书籍的迷执，使我等的现实人格“矮化”、僵化了，作为灵肉相依的人，我们可能是病态的，至少是不健全的。我不断为写作燃烧自己，只有拼命地燃烧，文章才光彩夺目。然而，这是把自由和幸福抵押给了写作，虽然有爱，虽然也感到甜蜜，但毕竟是一种生命的消耗。纪德说：“我乐此不疲，认为一切热衷都是爱的消散，一种甜蜜的消散。”生命的激情散尽之后，我们还有什么？我为之震惊，较之于顺应和满足生命的自然和健康的欲求，写作的欲求真是苍白不堪，如果再挟以名利，更是不堪。写作裹挟了我，使我失去了自由，沦为奴隶，这是一切愁苦的根源。所以，一切不是听从内心呼声的写作，都是不需要的，都是对生命的浪费。在这个层面上看文场的纷争，正像鲁迅所况喻的那样，系“暂时做稳奴隶”的与“想做奴隶而不得”式的纷争。

文人的生活有局限性，再过一种生活的材料、原则均从书本中来的书斋生活，就更加剧了这种局限性。这种安身立命的方式，固然加深了对生命的探索深度，但没有生活广度（丰富性）的深度，其实就是一种褊狭。所以，那种令“凡人”崇敬的书斋生活，是不值得过的，它把世界和人生的美好，大部分地拒之门外了。

成也唯书，败也唯书。一册发黄的册页，总不如一盘白豆腐新鲜。

所以，瞿秋白深情地说，中国的豆腐好吃。

二

读纪德的《人间食粮》，感到纪德是主张从书本“返回”到大地上的，因为他反对从“观念”出发看人、看事，而是一切听从“感性”的呼唤。他说：

> 要行动，就不要考虑这行为是好是坏；要爱，就不必顾忌这爱是善是恶……我要教会你热情奔放……我希望在人世间，内心的期望能够尽情表达，真正的心满意足，然后才完全绝望地死去。

在他那里，生命的激情像宗教一般神圣，任何感觉都是一种无限的存在。只有你感觉到了，一切才真正有意义。

比如书本让你远恶人避小人，但现实却给你另一种教益——我们往往能从自己最鄙视的人身上，看到人类最应敬重的品格和最应珍视的情感。在生活中，我们一旦遇到这样的情景，心灵往往受到震撼，感到人性的复杂与伟大，一种超常的感情便会因此而生。一个人为什么会爱上自己的仇人，道理或许就在这里。我们爱的人跟我们有太多“同质性”的东西，同质钝化了感觉的神经，使本来美的和善的事物也失去了力量。所以，要葆有对美善的热情，就不能不到恶中去涵泳。最终的归指，是要获得行动的力量。

“然而，崇拜上帝如果没有分神的时候，那么灵魂也会疲惫不堪！”纪德的叹息是缘于生命的，而非观念的，因而让我绽出会心的微笑——不要过于庄严，不要过于执着，要给心灵一刻的放任，要给肉体一时的放纵。最灿烂的爱情，既植根于理性的规束，又得益于肉体快感。我畏惧人格过高的人，在这样的“圣子”面前，我首先感到的不是自己的卑贱，而是心灵的压抑；相处得久了，就产生了背叛他的欲望，这种欲望来得很强烈，甚至要一巴掌打上那张圣洁的脸。我吃惊不已，以为自己神经不健全了。于是，在崇高的氛围中，我活得并不快乐。

这应该是一种危险的信号：心灵不快乐的时候，是难以承接美和善的，美与善将会走向生命的反面。希特勒在青年时期醉心于音乐，然而他遇到的教师是个苛刻的家伙，把他拒之门外。于是在他嗒然转身的那一刻，一种摧毁的欲念便产生了。那个教师，或许就是二战的真正祸首。一个人有什么样的过去，就会有什么样的未来——一个人来路上阅览到的风景和拣拾到的感觉，是他面向未来的坐标。对既定心理的矫正，书本的作用是微乎其微的。

所以，与其尊崇书本，不如尊崇自我。“我的全部财富全带在身上，正像东方妇女带着全部家当到阴间一样。”纪德说。

不错，我身上带着我一生全部的财富。包括：我人生的经验，我成熟的思想，我对幸福的感觉……“我”是感觉的主体，没有“我”这个移动的肉体，一切所谓拥有都是虚妄的、可疑的。我的存在，就是我的所有，包括书本在内，不能凌驾于我的存在之上。读书人的悲哀，根本的，就是把书本凌驾于“我”的存在之上了，用书本的“视觉”看待生活了。

但愿你的视觉时时更新。
智者就是见什么都感到新奇的人。

纪德认为，对书本迷执的人，是依照别人的信念而生活的人，你应该焚毁心中所有的书籍。

就生命本体而言，凡是“我”没有体验过的认识，对“我”都是没有用的，那么，阅读的意义就在于能给“我”带来探求的欲望和生命的新奇。于是，导致生命的新鲜感消失的书是多余的；导致幸福感钝化的书，是可以废弃的。健康的读书生活，是与“我”生命力的激活与强化同步的。应该是这样的情景，当“我”阅读之后，生出了种种人性的欲望：在宽阔的大路上行走的欲望，在绿茵相邀之处休憩的欲望，在近岸深水中游泳的欲望，在粗朴的床边与情人亲吻缠绵的欲望……

如此，生命才因阅读而美丽。

三

因此我想，生活本身比书籍的世界要丰富多了，如果读书幽闭了我的内心，真的不如没有书。

个体生命的局限性，是人们选择阅读的原动力。人的心灵，是开在路口的客栈，谁愿进来谁进来。这种对事物的多样性的追求，才使生命绚烂激越起来。所以，读书应该使心灵达到更开阔、更开朗的境界，营造一种无限的容量，即保持一种能随时接受新事物的敏感。

而这种敏感却在读书人那里悄然丢失了。

何以至此？盖因在长期的读书生活中——过于眷恋一种思想，导致思维方式的固化；把书籍伦理当成了现实的生活伦理；熟悉的书斋环境，甜蜜地培植了阅读者的生活惯性和生命惰性；读书的功利性追求，使读书人根本地忽视了阅读过程中应享有的乐趣。

于是，在这暗淡的读书生活面前，根本的选择，就是抛掉书本，到远离书斋的旷野，去倾听风声。

纪德说：

> 抛掉我的书吧，不要在这书中寻求满足；也不要以为别人能帮你找到——这种念头正是你的奇耻大辱：假如我为你找到食品，你反而会不饿了；假如我为你铺好床铺，你反而会不困了……抛掉我这本书吧，须知对待生活有千姿百态，这只是其中的一种。去寻找你独特的生活方式吧，别人能做得跟你同样好的事情，你就不必去做；别人能写得跟你同样好的文章，你就不必去写。凡是你感到自身独具、别处皆无的东西，才值得你眷恋。啊！要急切而又耐心地塑造你自己，把自己塑造成无法替代的人。

这里的含义是深刻的，因为，选择就意味着放弃。对一种思想的眷恋，就意味着对其之外的一切的放弃。而这其他一切却是大量的，往往比所眷恋的更有价值、更可取。因此，智性的读书人，应该像智慧的爱者不贪恋对美色的占有一样，对思想也不要拘泥于一时的占有。对这一样的占有，恐怕此后也就只能占有这一样了。同时，对已有思想的执迷，正是独立思考能力丧失的前提，也正是独创价值消亡的深层根源。如果这还不能让读书人醒悟，反对思想多元、主张文化霸权的人，往往是读书人这一事实，也应让偏执的阅读者警醒了。

不用讳言，读书人是对书籍伦理有过分嗜好的人。所谓书籍伦理，就是书本中的道德原则和价值观念。所以，读书人与市井人的分径之处，在于读书人对事物的判断，有形而上的既定判断；而在市井人那里，除了生存的智慧，不再有别的智慧。因此，在突发的生活事件面前，普通人往往有比读书人更灵活的“变通”能力，他们生活得更灵动、更有生气，也更有力量。

有人问纪德：“伦理能增加你的乐趣吗？”

“不能，”纪德回答说，“只会证明我的乐趣是正当的。”

那么，书籍伦理的直接作用，就是使人长期处在对自己行为后果的考虑之中，犹豫踯躅，弄得筋疲力尽，最后确信，只有干脆一动不动，才不会犯错误。

在生存原则是首要的原则，甚至是唯一的原则的现实面前，在不容分说的生活洪流面前，书籍伦理显得多么苍白，书生的面孔显得多么柔弱。他们是孱头，而不是强者，他们是最先倒下的人。

是书本把他们害了！

再说读书人拥以自负的书斋。

书斋就像专门培养庸人的太过于幸福的家庭一样——封闭的窝，关闭的门，怕人分享幸福的占有，自以为是的自我感觉。发黄的册页遮挡了读书人的目光，使他忘记了门外的原野也正为他敞开着更为博大的胸怀；被书香麻痹了的心灵，使他无力做一番字纸外的畅想和憧憬。正像生活在幸福家庭的人，幽禁于妻子、孩子一样，读书人生命最美好的部分被幽禁于书本。也正像家庭把伟岸的丈夫奴役为庸夫，书本也把智者奴役成腐儒。腐儒是什么？是与自然、社会和生气格格不入的边缘人，是离开书本就不能发出生命之音的人。

纪德说：

> 我憎恶家园、家庭，我憎恶人寻求安歇的所有地方，也憎恶持久的感情、爱的忠贞以及对各种观念的迷恋——一切损害我主持正义的东西。

所以，读书人有理由憎恶书斋——幽闭了生命的处所——它疏离了社稷民生的所在，非但倾听不到生命因受到生活的创击而发出的人性的呐喊，更不会听到正义的讼词。

走出书斋吧。

美的东西一旦超过了我们的渴求，就弱化了在我们心中的价值；过于餍足的阅读，会淡化读书的生命乐趣。我们应该时常到市井上走走，不仅是因为生活的给予与教化大于书本，也因为对书本的暂时疏离，会找回久已不尝的对阅读的“饥饿感”——因为饥饿，才有渴望，才有被满足之后的酣畅醉意。

倘若你稍稍离开，
我的爱会像
你我之间的空气一样膨胀。

倘若你远远地离开，
我会同山，同水，
同隔开我们的城市一起
把你爱恋。

倘若你远远地、远远地离开，
一直走到地平线的尽头，
那么，你的侧影会印上太阳、
月亮和蓝蓝的半片天穹。

（索雷斯库［罗马尼亚］《远景》）

书籍，正是读书人之所爱，对书的迷恋也正如少年的爱情。疏离，正是爱的深切。到了这般天地，书才真正融入读书人的生命之中，这时的读书生活，已远离了功利，成为一种天伦之乐了。

行动的哲学

生活从来不会无缘无故地取悦于我们。往往有这种情形：我们孜孜以求的生活，千呼万唤，百般努力，始终不至；而我们从未设想，亦不曾感兴味的生活，竟不请自来，且挥之不去。所以，我们得到的竟是我们未曾想得到的，这样的生活之于我们，便没有明确的意义。换言之，不被主观清醒地看重，并乐意接受的生活，是没有意义的。没有意义，便价值暧昧。

譬如：一个人爱的是甲姑娘，竟被时运捉弄而娶了乙姑娘，这乙姑娘即便比甲姑娘还要美丽、还要可爱，只因不是此人之所欲，便不被珍惜，便漠然待之，爱之激情亦随之消失。男女双方都是命运的牺牲品，指责哪一方都是不合适的；只好期望他们能自觉地对这种不情愿的生活情态做一下调整，从不接受到甘于受用，兴许还能创造出有趣味有价值的生活来，亦未可知。

但无论如何，对生活的被动接受，消减了人们的生活激情，钝化了人们的创造意志，人们变得随意起来，任性起来，放纵起来。这种状态在人们主观上的反应，便是对客观世界的不可知感，对环境的迷茫感与恐惧感，对生活的陌生感，以及人与人关系中的孤独感。

几乎可以说，人们生活在宿命中，人们生活在悲哀与无望中。

宿命的核心，是自己不做生活的主宰，推托自己对自己的责任，把命运归咎于上帝、神和别人，自己则怨天尤人、消极等待。

但，上帝已经死了，神也被证明为不存在，而“他人，就是地狱”。所以，归根结底，最终还是要靠自我拯救。

在实施自我拯救的过程中，我们不妨读一读萨特的哲学——萨特的代表作《存在是一种人道主义》。

萨特哲学的核心是对行动的强调。萨特把上帝、神、命定从他的哲学中彻底驱逐出去，他规定人的本质、人的意义、人的价值要由人自己的行动来证明、来决定。“人是自由的，懦夫使自己懦弱，英雄把自己变成英雄。”

人存在于世，并未先天规定了你是个什么样的人，必须过什么样的生活，而是经过自我选择，自我设计，并在实现这一设计的行动中，获得自己的本质与价值。

这里有两个基本点：其一，人的选择是自由的，你所做的，是自由选择；其二，一经选择，便要付诸行动，在行动中，一切都要自我负责。

譬如：一个作家，并不是天生便具有作家的本质，而是他自己选择了写作生涯，且笔耕不辍，佳作迭出；其执笔为文的生态，作品发表于报刊的存在，诞生了他作为作家的本质。这是一种存在的证明。

还有一层意思：既然你选择了写作生活，便要对精神生活的艰辛无怨无悔地承受。你是自由地选择了写作，那么，你便要对你作为文人的行为负责。你不应该沦陷于物质的诱惑，也不应该在精神价值滑坡之时，自暴自弃，躁动不安。执着于自己的选择，是一种高贵；不断有作品行世，是你的自尊。

这便是素日我们常挂在嘴边上的话，即：自我塑造，自我完成。

因此，萨特的存在主义哲学，并不是反马克思主义的哲学，更不是坐而妄论与世人隔膜的哲学，而是饱含着生命激情、堪可受用的哲学。

退出哲学的层面，通俗地讲来，便是：如果市井上的生活迷乱了我们的眼睛，使我们无所适从，那么，我们就选择内心尚能认可的生活。如果已没有了现成的价值标准可遵循了，那么，我们就自己重新确立一种价值尺度。我们主观认定的生活，终究是甘心情愿的生活；我们自己设定的价值目标，终究是乐于实现它。

人们可以喋喋不休地抱怨别人，却绝少一味地怪罪自己。因为，人习惯于自我开脱，这是人类虚荣的本能表现。

抵抗误判

今天我们生活在一种物质主义、商业原则主导的社会里，以前那种灵魂的东西、精神的东西，甚至神性的东西，都已经不多了，甚至都已消失殆尽。用北岛的话说，这是个无梦的世界。所以，我非常同意美国思想家史华兹所说："这个世界不再令人着迷。"

英国作家伊恩·麦克尤恩认为，一个好的作家应该具有以下品质：持久力，健康的身体，耐心，幸运，强烈的野心，自省，洞察力，谦逊。这些要素中，我都不缺乏，缺少的只是：幸运。因此，我怀着沉郁的悲伤，近乎麻木地不停地写，以期迎着"幸运"走，不使错过。这类似农民的劳作，耕种不耕种在自己，有没有收成在天。

文学已极大地被边缘化，写作者，包括思想家，自然也位居人群的边缘。正因为此，写作者就更应该严肃，而且是很严肃。就像教徒面对宗教，敬意给神，拯救给自己。边缘而严肃，是把"心"握在自己手里，不懈怠，反而有庄重的容颜，让教徒之外的人肃穆。其实教主、偶像、神龛，平日里也都在边缘的位置，被俗众遗忘在荒寒之地，只有在现实诉求和精神祷告时这些神物才作为一种"中心"存在。

出版商与作家的关系，就像妓女与床的关系。即便是妓女在床上睡过千万次，她也不会理会床的存在，她的兴趣点是每次的收益，而且是如何让嫖客在尽可能短的时间内把嫖资悉数送到她手里。能感受到床的存在的躺卧和睡眠，与获利和好处无关，譬如爱情的厮磨，譬如婴儿在怀的呵护，譬如跋涉者对短暂休整的渴望。那时，人们会情不自禁地发出一声叹息：啊，终于找到床了！

法国文学评论家朱利安·格拉克说："在文学批评里，一个世纪以来，几乎所有的判断错误，所有的昭雪平反，都是针对那些写得很少的作家。"他的说法，几乎是一种自供状。他一辈子都在教书，写作几乎是他的业余爱好，所以他写得很少，而且为了跟自己的生存状况相适应，他远离鸿篇巨制，致力于思想片断式的随笔写作，这类作品有《首字花饰》系列、《边读边写》行世。因为作品缺少规模和分量，他长期被误读、被漠视，认为他不重要。

在最后几年，人们重读，才发现他的文字虽少却是"弥足珍贵的精品"，以至于他去世的第二天，法国总统萨科齐发表公告对他进行哀悼，赞扬他是"一位具有丰富想象力、智慧超群、有独到见解和观察力的作家，并且是一位为人忠诚、对人生孜孜不倦、不断探索和追求的人，是法国二十世纪最伟大的作家之一"。朱利安·格拉克足够幸运，幸运在他生在有伟大文学传统的法国。品味他的论断，我不禁感到，我等必须坚持不懈地写，而且要写得足够多，否则，一旦被误判，就永无出头之日。

文本的表演

玛格丽特·杜拉斯的作品具有表演性，这不需要读她太多作品，只需把她名噪一时的代表作《情人》认真地读上两遍，便体会得尤为真切了。

这种表演性的内因，武断地说，系缘于她爱情经历的苍白与乖蹇。其实她未必真的经历过爱情，因为爱情是一种像死亡一般的大痛与大美，微妙的个中滋味除了自己体味之外，是根本说不出的。正如做爱的感受，只能意会不能言传，当能说出口的时候，已经是烟消云散了。杜拉斯能喋喋不休地叙述爱情，正反证出她爱情资源的匮乏，只有靠表演爱情来遮掩与修饰了。也可以用生活的俗例来实证：常常吃肉的人，并不把油星挂在嘴上，那满唇漾着油光的人，却正是吃不上肉的人——门后挂着一张黑腻的肉皮，临出门时，狠劲地往嘴上擦两下而已。

人是虚荣的货色！

善意地说，杜拉斯是个自尊心过强的人，她希望自己活得体面。能够证明女人体面的东西有两个：一个是美貌，一个是爱情。美貌不可强求，爱情却不能不求，生为女人而没人要，是女人的致命伤。所以，在女人那里，爱情比美貌更重要。作为一个自视甚高的女作家，怎么能没有爱情？没有爱情的女作家，写那么一大堆文字又有什么意义呢？杜拉斯深知这一点，所以，她要表演爱情。

表演的手段便是把《情人》写成自传体小说。

自传体小说是一种含混而可疑的文体，作者的“我”与书中的“我”两相混同，在“我”的生活故事与“我”写出的故事之间作者可以毫无顾忌地左右摇摆，作者处于绝对主宰的地位。人物得到赞美时，它是自传；情感悖逆而受到怀疑时，它又是小说。同时，自传的“隐私”性，诱人阅读；小说的虚构性，又可以美化自己的缺憾——作者是最大的受益者。

因此，这是一种不公平的文体。其不公平性还在于，在作品面前，读者成了作者那只隐形的手所牵动的木偶——作者与人物的同一，误导读者接受并融于叙事整体，即接受文本与文本之外的、写出的与生活过的、情感再现的与情感表现的混合交融而成的幻象。这种幻象使读者失去了正常判断，宁可信其有不可信其无的阅读心理，使读者模糊了真实与虚构的界限，在不知不觉中对作品建立了一种信任——它推动读者与小说人物同化，相信与人物生活在同一种不可抗拒的激情中，使作者、叙事者、人物与读者不分彼此地相处在作品产生的幻象的一切环节中。这样，虚构的作品与现实的存在也就相互交混而不可分辨了——虚构即真实。

读者的这种信任，增强了此类小说的可读性，因为可读性是个相对的概念，任何可读性从接受美学上说都是以不读为代价的。既然读者读了，那么，自传体小说的文本叙述就合理了，便有地位了，有意义了。这一切，来得是那么容易，比严肃的纪实与庄严的小说要幸福百倍。所以，文学即社会，公平是相对的，不公平是绝对的。

我曾怀疑自己对《情人》的感觉是否准确，便多读了她几篇小说，包括《太平洋大堤》《印度之歌》《副领事》《乌发碧眼》等。发现她的表演性是一以贯之的，并且比《情人》更彰显无疑。其重要标志，是叙事方式的“演剧化”——客观描写一节一节地兀立着，像电影的分镜头脚本；主观抒情则生硬而迫切地直白而出，一如舞台上的台词——少有供人回旋与品味的空间；除了感到她像小女人一样絮叨无聊外，并不曾有大家闺秀的那种内蕴与持重。再读米歇尔·芒索和杨·安德烈有关她的传记，更感到她是一个歇斯底里的人，她不曾拥有过健全而正常的爱情，有的却是畸恋与病爱。她与可以做她儿子的杨·安德烈的无爱而性、无性而爱，既弃又依、既依又弃的情感关系，毫无美感可言，让人不寒而栗。这是她的内闱风情，春光是万不能流泄到市井上去的。于是，作为公众人物或自以为公众人物的杜拉斯，就必须在文字中表演她的爱情。这既是无奈，又是宿命。

既为表演，必有破绽。她在《情人》的一段叙述中，到底是自己露出了尾巴——

> 写作对他们来说，仍然是属于道德范围的事。现在，写作（对我来说）似乎已成为无所谓的事了……有的时候，我也知道，不该把各种事物混为一谈，但不去满足虚荣心，不去随风倒，写作就什么也不是了。

杜拉斯的写作是典型的“灾难性写作”，最终必然导致文本的混乱和固有意义的消失。对此，罗兰·巴特在《恋人絮语》中有过本质性的论述：“写作的欲求，即爱欲，就是那直接面对语言的混乱；即语言之过甚又言之过少的那种癫狂的境界。”我因此便对杜拉斯怀有一丝同情：她毕竟也是个女人，有强烈的爱的欲求，现实不曾给予和满足，便只有诉诸语言，在“言之过甚又言之过少”中“意淫”一把。

然而，她给二十世纪末的中国文坛带来的负面影响也是巨大的——她成了写作“私人叙事”和“另类小说”的女作家的文本之师。并且，学生们一路托钵走来，比她表演得更“精彩”：她尚且“含混”与遮掩，她们却已“赤裸”而纵情了。不能不说的是，杜拉斯尚止于文本的表演，而某些得意门生却已不满足于纸上的功夫，把表演演化到现实生活中去了。“作秀”已成为一种现实的行为品格，正常的爱情关系已被她们颠倒了——真爱假爱真假爱，“爱情”之花开不败。换言之，爱情是重要的，没有爱情也是无关紧要的，有个好性器却是十分必要的。

杜拉斯与其后继者的本质区别就在于：她的表演，是为了现实的“弥补”；而她们却已不屑于“弥补”了，表演本身即目的。

小说的小说

有一种书，你很难把它完整地读完。

事实上，这种情况是真实存在的。

譬如法国米歇尔·图尼埃的《桤木王》（上海译文出版社，2000 年 4 月第一版），甫一出版，我就购下了。还没来得及阅读，就遇到周晓枫拼命推荐，她说，凸凹，你是写小说的，有一部书你必须读，读后，你会上升。那天是与她、祝勇在小西天看电影，散场后到她家吃饭，她情不自禁地推荐了《桤木王》。她从架上把书取下，翻给我看。不知为何，虽然我已备有，但还是从她手里把书抢下，答应拿回去读。后来她几次催我还书，我只是应付一下，也不真的还。

《桤木王》是寓言小说，虽然选材是二战纳粹战争，但它的着眼点是战争环境下，人性的种种表现，特别是两性关系。它涉及大量的潜意识，多是出乎意料的情节设计。我读了不到三分之一，就诱发我很多玄思，给了我写作的冲动，涂抹出长篇小说《欢喜佛》的写作提纲，这部小说最后还真的完成了。这件事真的奇怪，《桤木王》是战争题材，而《欢喜佛》是现代情感题材，居然就发生了这么奇妙的触动关系，真是百思不得其解。

到了 2008 年，我再次拿起《桤木王》。由于搁下的时间很长了，读过的部分也没有印象了，就仍从头读起。仍是读到三分之一的样子，又激起了我一片玄想，居然有两个人物在我脑子里鲜活起来，他们还对话，说话的声音好像就在耳畔。我赶紧把书扔下，铅笔记录这些冒出来的动作、画面、对白。以此为依据，我完成了中篇小说《混沌》。这部小说写的是京西抗日，抗日中的两性关系。不侧重故事，而是大量写了京西小曲和日本和歌在战争中对两国参战人员的作用。发表后，有人说是文化抗战，角度刁钻，品相殊异。

小说写完，书又读不下去了，放回书架，忙别的事。

某日的一个午间，无意间又看到了它，遂取下来翻阅。翻不过十数页，又有玄想升起，让我不禁想到“心魔”这个词，很想结构一个灵异故事。米歇尔·图尼埃说：“小说的基本功能是‘秘传’，即小说家应该显示认识自我和认识世界的所有复杂的阶段，这一过程就像生活本身一样，是无穷无尽的，也是无法解读的，作品的意义只可能是潜在的、悬置的，是读者放入其中的。”他的话，我此时愈加笃信，小说的确是“秘传”，一切都在“悬置”之中，每个读者所捕捉到的部分，因人而异，大不相同。

我知道，如果我不把这个灵异故事写出来，《桤木王》我很难再平静地读下去。

我不禁想到，既然有的作家是“作家的作家”，譬如博尔赫斯；那么《桤木王》岂不是“小说的小说”？它的确不是让人读完的，而是诱发的“符咒”，招引人们心中的小说悉数登场。至少对我来说，它是的。

可以想象，每一位小说家，都会有这么一部属于他自己的“小说的小说”。

金钱挤压下的文思

萨冈是法国文坛的畅销书作家，其成名作是《您好，忧伤》。她的小说一般描写的都是两三个人世界里的感情波澜，无大的格局。她喜欢写调情、通奸，笔下的人物之间的确有不可告人的狂热爱情，但并非单纯的三角恋爱和情场艳遇，而是由特殊境遇孕育起来的真情，因而就异常的诱人和感人。

萨冈是法国当代文学的奇才，十九岁便在文坛上崭露头角、青云直上，迄今为止她已发表了近三十部小说、剧本和回忆录。人们关注她的一切，采访者众，但她极力回避采访，她说："我憎恨谈自己，因为几年来我听人家谈我谈得太多了，也就是对自己是什么，自己在人家眼里又是什么，再也不感兴趣……"

萨冈拒绝采访、憎恨谈自己，不是一种矫饰，是她独特的人生经历的必然表现：首先，她年纪轻轻就已享有盛名，女人的虚荣心已被喂食得肥硕，几近餍足；其次，被社会空前的关注，使她听到了太多的有关自己的议论，使她感到，真实的自我与他人眼中的自己从来都是格格不入的。

她坦率地承认，她写作，并没有深刻的背景，而是她爱好写作：

写作是一种恶习，也是一种德行。在写作两部书之间，她不碰纸，不碰笔，不写任何东西。她很慵懒，坐在躺椅中与小狗同眠，醒来阅读几页侦探小说，然后去散步，去看望朋友。在这种舒适的环境中生活久了，她感到了一种难以承受的平庸，她需要振作一下，获得一种新的平衡，便拿起笔来写作。她写想象中的一切，从不把自己和生活中的人与事写进书中的章节，她认为：如果那样，很贫乏、很不知羞耻。

还有一种情形促使她写作，便是外界的压力，既需要交税，又要有钱花的迫切需要。她说："这恰是救了我，我若下辈子不用愁钱，上帝知道我会落得个什么下场。"

是建立内心平衡的需要与外界金钱压力的汇合促使她写作。她说二者是一种纠缠，不写作就无法解脱。

所以，从来不缺钱的萨冈却有穷人一般的金钱观。她说：

> 说钱不重要是不得体的。要自由，要独立，钱是必需的，钱可以提供方便。没有钱很可怕，不可避免地与人产生摩擦。五个人住一个房间，五十人挤一节地铁车厢，一个人永远没法单独过！经常能单独过，这是幸福的一把钥匙。我一直在想这句话：钱是个好佣人，但是个坏主人。这是一个手段，不是一个目的。为什么？因为钱使人定心。
>
> （《答复》）

她的"钱可以使人定心"的话再通俗不过了，但她的没有钱就"不可避免地与人产生摩擦"的话却极为深刻地揭示了金钱社会人际关系的本质。在纯朴的时代，在饭桌上，人们从不谈钱、谈财产、谈风化；而现在的饭桌上，谈得最响亮的，就是这些货色。以前，慷慨解囊，扶危救贫，是人们的自觉意识；现在，发大财的人都拒绝借贷和赠与，仿佛财富就是要学会说“不”。

至于她的没有钱，“一个人（就）永远没法单独过！（而）经常能单独过，这是幸福的一把钥匙”的说法，则深入到了人性和精神的层面——单独过，是人格独立、个性自由的象征，亦是爱写作者生存的条件——一个写作者真正所需是什么？正如伍尔芙所说，“一间自己的屋子”而已。一间自己的屋子是什么？“单独过”的权利而已。虽然如此简单，在价值失衡的金钱社会，“一间自己的屋子”，没有一定的金钱保障，亦无从谈起。

人说，金钱的挤压，是一般生民的初级感觉；在萨冈这里，更是知识者、思想者和写作者心灵的深层感觉。如果有谁只一味地强调让文人安于清贫，那么，他不是不明事理，便是别有用心。

罪孽的回声

读法国当代作家扬·盖菲雷克获1985年龚古尔文学奖的长篇小说《野蛮的婚礼》(北京出版社，1988年2月版)，本是为了消闲，却读出了沉重，掩卷沉思，痛恨人性之恶。

小说中的故事，发生在二战后的一个法国港口城市。战争给人以创伤，水手们放纵自己，上岸寻欢作乐。他们诱骗一个仅有十四岁的叫妮柯尔的少女上船，于酒后将其轮奸。妮柯尔不幸怀孕，产下一子，叫吕多。不可言说的心灵屈辱，使妮柯尔母性沦丧，把一切痛苦都发泄在无辜的吕多身上。吕多被母亲遗弃，四处流浪，饱受虐待，久经磨难。吕多渴望母爱，用书信倾诉思念之情，虽从未收到回信，却从不间断，其笔致极尽柔情，催人泪下。妮柯尔终于被唤回了恻隐之心，答应与之相见。但见面之后，面对被生活摧残得不成人样的吕多，妮柯尔温情难起，露出毫无遮掩的厌恶。幻想破灭之后，吕多被母亲喋喋不休的斥责激怒，将其扼死。随后吕多紧抱着母亲的尸体投入大海，在大海黑暗的怀抱里，他找到了生命最终的温柔。他笑了。

故事情节虽然简单，但是，它却涉及了一个重大的主题，即：影响发生之后。

战争的创伤作用于水手——水手的施暴作用于妮柯尔——妮柯尔的屈辱作用于无辜的吕多。影响一旦发生，就是个不可收束的连锁反应，一如多米诺骨牌的倾倒，不可拯救。

不禁联想到哈罗德·布洛姆的《影响的焦虑》。他虽然阐述的是“诗”的发生史，却也深刻地揭示出，人的精神（心灵）一旦受了外在的影响，就会改变原有的路径，在反抗影响的同时，心灵焦虑并扭曲，痛苦不约而至，而且缠绕不去。

这一点，王尔德的《多林·格雷的画像》的主人公亨利·沃顿爵士从自己的遭遇中也有深刻的感悟。他说，影响一旦作用在一个人身上，他便不是原来的那个人了，他的美德也不再真正属于他自己，甚至他的罪孽，也是抄袭来的。他完全成了另一个人奏出的音乐的回声，他无意识地扮演着别人强加给他的角色。所以，他认为，一切强加给别人的影响，都是不道德的，都是罪恶。

“影响”的这种不可逆转的性质，让我们惊悚，也让我们警醒——“勿以善小而不为，勿以恶小而为之”，中国的传统哲学，有伟大的人性光芒。因为小恶虽微，却是恶的起点，累积与传递，会变成土壤，会酿成大恶，危害所有的人。

不要草率地介入别人的生活，也不要让别人轻易地进入自己的生活，这是最起码的人生态度。除非你有承担责任的能力和意志，除非你有承受苦难的准备和耐心，否则你就关紧门扉，悯人善己。一次出轨之爱，会欠下无法偿还的情债，本金和利息，滚到最后，是个大数目，会压断你的神经。一次错误的接纳，会招致得寸进尺的追索，你要不断满足对方的欲望，到了最后，你疲于应付，一生被毁……这是现实生活早已给出的生动例证。

于是，理性的处事态度，是每次进身，都要看准恶潜伏的位置，不盲目、盲从、盲动，要有清醒的预案予以提防，让善良无后顾之忧，从而善始善终。这一如西方的法律，立法的前提，是人性之恶。

不是我们胆小，而是这个社会多了戾气，街上多了狼犬，总是觊觎别人的利益，以伤害他人为乐。因此，虽然我们内心温柔，对世界充满积极态度，但还是要加十二分的小心。走出屋外，我们不仅要时时擦亮眼睛，而且手中也要时时握着一根棍子——文明时，它是拐杖；危急时，它是防身利器。

《野蛮的婚礼》中有一个令人心碎的细节——妮柯尔赴水手之约时，对爱情的美好期待，使她羞于没有一双能穿得出去的鞋子，于是便偷了母亲的一双皮鞋。鞋子有些不跟脚，她便蹑足而行，使身子更加摇曳多姿。她就是这样，天真烂漫地走进了虎口，成了恶人口中的一道美食。

那一刻，我在扼腕痛惜的同时，心中也生出一声深重的呐喊：人们啊，慎用你们的善良吧，人间之恶，正是被你们的无心之善所喂肥！

德国篇

纯粹的幸福

这个世界太浮躁了。

浮躁的标志，是连一些三流的影星都成了“文化偶像”。我不是冬烘之徒，不会这也看不惯那也看不惯——对外界的浮躁，是能够容忍的。况且，外界的浮躁，可以使世界有生气，不断产生新鲜景象，供我们看，供我们回味。但主观浮躁了，却不是好事，容易让自己找不着北，容易让自己失身，把不重要的当成重要的，把过眼云烟当成价值追求，最严重的时候，别人把自己卖了，还帮人家数钱。

一个严肃的、端庄的人，知道内心浮躁的滋味：它可以使自己感到活得无足轻重，生活中的一切都毫不神圣；它能让人自轻自贱，把美看成淫亵，把本分看成欺世，把甘露看成油汗——人性因此失去了尊严。

所以，在浮躁得百无聊赖时，我有一个本能的自救之途，便是选择阅读，而且是阅读大师们的经典之作。

因为阅读一部经典，亲近一位伟人，情绪立刻就沉潜下来，心性恢复到理智与严肃，字纸里人性的光辉与尊严，使自己感到生命的尊贵——不禁慨叹到：生之而不易，是切切不可游戏的。

一

正是怀着这样的心境，进入暑期，在心情浮躁、百无聊赖之下，买了一本译林版的全译本《歌德谈话录》，有心无心地翻阅起来。

事实上，这书我是有的，早在十年前，就买了一本朱光潜的译本。但当时没有读，插到书架上之后，就渐渐忘了。

当时没有读的原因，一是我觉得歌德太不正经，在耄耋之年，还把一个清俊的二八少女拥在膝头，生少年的激情。二是觉得他的诗章和小说也是滥情的产物，比如《少年维特之烦恼》，比如《亲和力》，除了抑郁和怪诞之外，没有本质而深厚的东西。至于《浮士德》，虽是公认的大剧，但我觉得它是一种观念之作，“寓意”太多，毫不亲切，两个人物亦不让人喜欢，浮世德矫情，靡菲斯陀油滑，悲壮得可疑。

十年之后，心境变了，对人对事也有了客观的尺度，觉得不妨再重读一下歌德。但从架上取下朱光潜的那个译本，书页已被虫蠹得残脆，每翻一下，都有屑末浮起，有悲凉感。想到新近有了译林的新版，且是全译，便凄然一笑，断然去了书店。

最初，是斜倚在床头的，翻着翻着，情不自禁地坐了起来，最后，竟至移到桌案上去了，是一种敬意使然。

谈话录这种自由的文体，使歌德把自己毫无遮拦地展开了，让人看到了他真实而复杂的人性。他原来是一点市侩气都没有的，坦率得像个不懂利害的儿童。他的言谈听凭着内心的驱使，纯情地道来，毫不掩饰，让人感到，因为没有筹算的机心，他的放纵其实就是正经。

在开篇不久，我便读到了他对“谈话录”的记录者艾克曼说的一句很性情的话：

但愿我见到你的时候，你正默默无闻地工作，因为归根结蒂，获取世界观和经验的最可靠的和最纯洁的途径是默默无闻地工作。

他的这句话击中了我，让我感到了他的真诚。其实与其说是他的真诚让我动情，不如说我喜欢他这样说。因为我听出了他的话外音：你不要迷信我现有的盛名，伟人的声誉，只来自一个“纯洁的途径”，便是默默无闻地工作。

这样的说法，一下子消弭了伟人与凡人之间的隔膜，所谓伟人，无非是最辛勤的劳动者而已。

因为是劳动者，便不会装腔作势地说“字儿话”，以标榜自己的“不凡”，而是朴朴素素地道来，率性地说着心里想说的话。整个谈话录中的歌德，正是这样。所以，整个阅读过程，他都让我感到无比亲切，无一丝厌烦。

二

许多“文学的指导者”都极力鼓动人们去搞什么“宏大叙事”，不如此，就好像不配当作家似的。然而在“谈话录”中，歌德却坦率地说：“你要注意，不要写大部头作品，许多最优秀的人，那些最有才华和最勤奋的作家，正是由于贪图大部头作品而受尽苦难。”他毫不隐讳地解释说：“如果你脑子里总是想着写一部较大的作品，那么旁的什么也不会产生，许多思想都被拒之门外，这样，你会长时间地丧失生活本身的乐趣。”他的话，在我这里引起了强烈的共鸣，因为我是写过几部长篇的，深刻感受到了长篇小说写作，对作者的“精神奴役”。这与散文随笔写作有很大的不同，散文随笔是“性情写作”，可以随时抓住生活提供给你的一切材料，随时捕捉瞬间闪烁的一些思想火花，这样，你总能写出好作品来，每天都能享受到写作带来的快乐。

所以，歌德之所以汪洋恣肆地写了那么多作品，到了晚年还能有《浮士德》那样的大制作，是“快乐写作”涵养了他。

于是，我有理由得出一个结论：丰厚的创作成就，其实来源于写作者把自己的“瞬间的生命感受”随时随地地记述下来，而不是拉开架势搞什么“创作”。

现在，几乎所有的严肃的写作者都有这样的感受：前人的伟大对后人是个巨大的压力，因为他们从所有的深度和高度上把全部的人性都描写得竭尽无余了，后来的人简直就是无事可做了。这种感觉，一进入图书馆的浩瀚氛围，就变得愈发尖利和深刻。

其实这种感觉在歌德的时代，就已经变得极其强烈了。他在提到莎士比亚时感慨道：“只要心悦诚服地意识到已经存在了这样一位深不可测、可望而不可即的优秀作家，谁还有勇气提笔呢？”即便这样，他还是把自己成就为与莎氏比肩的人物。

原因何在呢？第一，他是个天才人物，天分垂青于他。第二，他有历史唯物主义的文学判断。他既承认莎士比亚的不可超越性，但又清醒地认识到，“莎士比亚虽然始终是一位超群出众的人物，可是我们毕竟会深信不疑，他精神上的许多奇迹还是可以理解的，有不少要归功于他那个时代的那股强有力的创作风气。”因此，他得出结论：时代，时代精神，是产生伟大人物和伟大作品的前提条件。

羁陷于书斋，匍匐于书本，你将被历史文化所覆盖。被放大了的压力，会让你喘不过气来，必将导致创造激情的丧失，无所作为的意念会让你目光黯淡，心灰意懒，自甘陷落。于是，一个写作者的前途和生命所在，便是把自己融合于时代，捕捉和传递时代的信息符号，做“时代精神”的记述者。

因为，人类在不断进化，社会在不断进步，每个时代都是一个不可替代的递进链条，都有自己独特的“价值供奉”。

这几乎是写作者存在的唯一理由。

所以，产生伟大作品的条件有三：一、时代；二、作家与时代的融合；三、人格独立的自由创作。关于第三点，用歌德的话说，就是“不受干扰的、天真无邪的、梦游症式的创作活动”。

歌德的《少年维特之烦恼》与莎士比亚的剧作相比，缺乏“宏伟”的品质，但是，却不影响它成为“划时代”的伟大作品。因为歌德所处的时代，沉闷的传统规则对渐渐开化的人心造成了难以承受的压抑，“无为的忧伤”演化成为当时社会的典型的情绪。对“典型情绪”的“典型反应”，自然就给作品赋予了经典意义。

这个事实告诉今天的写作者，远离人群、与世隔绝的主观想象，是很难写出伟大作品来的。

歌德也明确地对艾克曼说：“多数青年作家唯一的缺点，就在于他们主观世界里既没有什么重要的东西，又不善于到客观世界里去寻找创作题材。即便是去寻找，充其量也只是找到与他们想象的、与他们心意相迎合的材料，而全然不顾及材料本身所具有的价值。”

这本来是历史性的缺陷，但现在却是愈演愈烈了。所以，一些很有品位的读者说：“我基本不读当代作家的作品，因为它们不重要。”

三

文学的边缘化，使我们的许多作家变得焦灼和痛苦。

这跟他们的文学观有关。他们对文学有期许和奢望，他们想从文学中获取什么。

而歌德的创作之树为什么常青不老，且老干常发新翠？盖他把文学本身当目的，而不是名扬四海，高官厚禄。他说：“我真正的幸福，在于我把心思集中在诗歌和创作上。”他认为，写作的根本目的，是把个人才智和高度教养变成一种“公共财产”。正如一个农人，他能把谷物供奉给世人就很快乐了，从没有想到，要让人们在品味新米的芬芳的时刻还要记挂他的汗腥。

这种无我的供奉使农人变得朴实无华，这种纯粹的心境，使他充实而幸福；至少，他不会有节外生枝的痛苦。

歌德在谈到自己的自传《诗与真》时阐述了一个观点：一般来说，一个人最重要的时期是他的“发展时期”，一旦他定型了，对外界的兴趣和对幸福的感觉就钝化了。

他的这种体验未尝不可以用来比兴作家的创作——作家的重要时期，是他的创作过程；作品的成就过程，也就是作家的“成长时期”，在此期间，他得到了激情的体验和心灵的扩张。这对一个作家来说，就已经足够了。如果还执迷于创作的成果，奢望从作品上再“额外”获取什么，他的痛苦就会接踵而来。

这就引出了另一个重要的话题。即：作家的潜心创作和保持作品的“原创性”问题。

有过一点创作实践的人，都会有这样的体验：当我们做浮浅的模仿时，当我们进行“应命写作”时，总是希望尽快做完手中的活儿，对工作本身并没有多少兴趣。而当我们潜心写一部发自内心的作品时，我们总是在每一个段落，每一个细节上认真打磨，孜孜不倦，我们在这一工作过程中，每时每刻都享受着最纯真的幸福，便担心完成得太快，断送了自己的快乐，便不地断提醒自己：慢些，再慢些。

歌德的灵魂在晦冥中朝我们微笑，他说：“我的孩子，你们的感觉是对的，有真才实学的人总是在工作中感到快乐。”他言犹未尽，接着说：“才能较低的人则对艺术本身不感到乐趣，他们在工作的时候只是想到一件完成了的作品能给他们带来多少报酬。有了这种世俗的目标和倾向，就决不能产生什么伟大的作品。”

五十之后，应是自足之境

读叔本华的《生命的历程》，感到自己已活得足够老。

叔本华论生命，以六十岁为终点，人一到六十岁，土星在头上照耀，人“举止笨拙，行动迟缓，脚步沉重”，该“升天了”。所以，六十岁以后的历程，他不再论述，认为那只不过是在往冥府赶路，生命本身已无多大意义。

叔本华认为，一个人一到了五十岁，已经是很长寿了，他不应该悲观，应该有“超越”的感觉。五十岁，是一个人生命的鼎盛时期，因为他有足够的寿命，却仍然充分地享受着充沛的精力、丰富的经验和渊博的学识。假如此时他自身有力量和地位的话，他将支配周围所有的人。在这个年龄，人不再愿意服从别人的命令，他要成为自己的主人。也就是说，他此时最适宜的工作，是指导自己、支配自己。

叔本华的论断，给了我一个明确的理念：今后的时日，不要再察言观色、卑躬屈膝，向外攫取了，要有足够的定力，回归自我，“充分地享受着充沛的精力、丰富的经验和渊博的学识”，做自己想做的事，写自己想写的文章，让生命始终处于自由的状态。

从这个意义上说，五十岁以后的生命，与先人们有了更多息息相通的感应，既可接天地，也可以接鬼神，愈加通透了。

再早，亚里士多德将人生的幸福分三类：来自外在的幸福，来自灵魂的幸福，来自肉体的幸福。人在命运上的差别，就在于对“幸福”的倚重点的不同——倚重肉体，被欲望所左右，且随着身体的衰竭，能享受到的东西越来越少；倚重外界，人始终处于被动位置，即便是上下求索、殚精竭虑，目标的实现，也是一个不确定的存在；只有倚重灵魂，自我修养，精神富足，不哀物哀己，命运才始终掌握在自己手里。

叔本华承先人的意绪，衍发阐释，人的构成归根结底是由三部分组成：第一，人是什么——从广义上说，就是指人格，包括健康、力量、美、气质、道德品质、理智及修养；第二，人有什么——指财产与各种所有物；第三，人在他人眼中是什么——指别人的评价，包括地位、名声、荣誉。他指出，没有比把自己的幸福建立在别人的评价上更愚蠢的了，因为价值观的不同，会对事物做出不同的判断，不足以做你人生进退的依据，如果固执于此，就会淹没在别人的好恶之中，甚至会为别人的偏见、谬误买单。也没有比把幸福建立在物质所有上更愚昧的了，因为依伊壁鸠鲁所说，人的需求分自然必要、自然却非必要和非自然又非必要三种——自然必要的需求是衣食，这极易满足；自然而非必要的需求是某种感官的欲望，这满足起来也不难；非自然又非必要的需求，包括豪华、奢侈、高位、暴富、名声等，这种需求永无止境，满足起来难上加难。如果志在于此，你会为多余的需求付出多余的精力，你会被异化，成为物质的奴隶。

所以，人的幸福，最健康的道路，是在满足自然必要的基本需求之后，让自己有时间上的闲暇、精神上的余裕、心灵上的宁静，从容地感受生活，不断地完善人格、增进修养，让自己有发现美、发现真理的能力，从而进入“独立自在”的境界，在感受内在充盈与愉悦的同时，也把自己的生命感受、人生经验传递给他人，让大家有福共享。

从亚里士多德、伊壁鸠鲁和叔本华的哲学光辉里，我越来越确认，人生的大美之境，真的与权势、钱财和名声无关，只要有闲暇、有余裕、有宁静，能观察、能思考、能读书、能言说心灵的声音，就是大福了。

跌宕的伟大

海涅曾很心碎地说过一句话：“夜间，想到德国，睡眠便离我而去，我再也无法合眼，泪流满面。”

读《海涅散文选》时，这句话，也令我失眠，辗转榻上，久久沉吟。后来，我终于得出一种破解：心碎的深处，与日耳曼民族跌宕的历史有关。

这个民族，既有爱因斯坦伟大的相对论，尼采、黑格尔、马克思伟大的哲学，贝多芬、瓦格纳伟大的音乐和歌德的伟大诗篇，也频生恶魔，包括希特勒、纳粹和法西斯主义。民族的样相，伟大与丑陋，辉煌与陷落，高贵与卑劣，都呈现在一张脸上。之于人类，一边是圣子，一边是撒旦，隆恩与浩劫、救生与索命是并存的。

两极之极，便有跌宕之势，大起伏、大腾挪，既让人震撼，也让人深思，心绪不平，故无眠。

海涅的情感是面对跌宕历史的悲悼，可以看出他内心深处，对自己的民族，他是有大爱的，很让人感动。

细一思量，跌宕的历史才是大历史，才让人注目，频生深刻的联想，就敬重。一如人们对待风景和情感——日上中天，燃烧得绚烂，让人遮眉；夜黑如沉，寂灭得厚重，让人惊悚，记忆便深刻——大爱的背离，是刻毒的怨恨；大恨的转身，是刻骨的恩爱，感受都是强烈的。不冷不热的天气，不明不暗的风景，是没有吸引力的；温温吞吞的情感，安安妥妥的亲热，是不值得献身的。

其实跌宕，正是平庸的反面。一个平庸的民族，没有大的动荡，自然能安睡。但也殊少华彩，令人兴奋之处，是不多的。所以，这里的无眠，也正是不幸之幸。

人的历史也是这样的。

人们总是说：锋锐之才，天必钝之；木秀于林，风必摧之……如此之类，不一而足。

从海涅那个悲悼的视角看，这不过是平庸者的立身屏障和最节省的遁词而已。

因为，钝之，必先是锋锐之才；摧之，必先是秀林之木。钝摧之间，正凸显了卓越的品质，系价值所在。不锋不秀，虽安稳舒适，却是庸碌之态，即便是福如东海、寿比南山，亦殊可悲。

从历史与人，想到我们的文学艺术，相通处，也是多的。

长期以来，艺术一直被约束在对现实的贴近和对生活的忠实上，且用现实的法则和公众的趣味衡量作品。这种取向，自然能“鲜活地”阐释生活，但同时也塑就了艺术的匍匐之态，艺术家也因此矮化为弄臣。艺术一“匍匐”，就与现实和解，呈现的是“无差异”的反映，作品就平庸了。

而艺术之所以是艺术，就在于它比生活“高”，做生活之上的反映——供奉新的价值、新的经验，并探索精神高度、思想深度、情感广度，起到不言而喻的引领和提升作用。从这个意义上说，艺术家应是“独步”，而非顺从。正如苏珊·桑塔格所说：“伟大的艺术，是一种英雄主义，一种突破，一种超越。现代主义杰出作家对杰作提出的要求是，每一部作品都必须是一个极端的例子——极限的，寓言式的，或两者兼而有之。”瓦尔特·本雅明也说：“所有伟大的文学作品，均是这么一种状态：要么是确定一种文类，要么是终结一种文类。”这就是说，不管前面有多少好的先例，伟大作品一经出现，都表现出对旧秩序的彻底决裂。其极大的破坏性，既是它们的特征，也是它们的意义——它们拓展了艺术的疆域，以崭新的、自觉的标准使得艺术行当变得复杂化并加重了自身的负担。它们既激发想象，又使想象陷于瘫痪。

基于这样的认识，伟大的作品，都不是对现实机械的反映，而是超现实主义的主观表达。现实的最根本的特征，是不可重复性。不可重复的现实，难以捕捉、难以模拟，一切几乎都是过去时态。生活提供给艺术家的，只不过是一种叙事材料、认知方式、世相启示——现实只能间接地把握。艺术家要想有所作为，就必须采取一种自省的转向。也就是说，我们不能借助生活来阐释作品，只能通过作品来阐释生活——作品所反映的生活，是对现实的“分割”与“重组”，所做的表达，一切都已经过大脑的思考。

可以说，一切成功的作品，或伟大的作品，几乎都隶属于表现主义（现代主义）和象征主义。

苏珊·桑塔格的重要文论《在土星的标志下》，以瓦尔特·本雅明为例，论述了卓越作家精神谱系，得出结论，伟大作品的写作者，差不多都是忧郁症患者。他们总体认为，生活所能呈现出的，都是表象的，肤浅的，深刻的、本质的东西，都在生活的背后。因此，他们对身外的世界，不轻信、不盲从，只相信自己的眼睛。与现实之间，存在的是一种紧张关系，或者说，与生活保持着应有的距离，即：观察生活，认识生活，阐释生活，均采取怀疑和审视的态度。一句话，他们先考问，然后去描述，去表达。

于是，他们拨云见日地“积累事物”（桑塔格语），磨炼超现实主义的感受力。他们喜欢另辟蹊径，在无人注视处寻寻觅觅。他们不放弃现实中被漠视的部分，从“不重要”中细绎出意义——因为他们确信，在被世俗标准舍弃和遮蔽的地方，往往与真相最为接近。他们固执地认为，艺术是一种理想的、英雄主义的精神行为，既是感官的，更是思考的，便不能只满足于对现实的演绎和阐释，它应该从现实止步处起步，通过主观途径和“过度表现”的方式，完成“现实的继续”。

这种艺术姿态，既使他们不能接受平庸的作品，也使他们不能忍受自己的平庸。因此，他们从来不满足于已完成的作品——提到旧作，满面忧戚；已有的辉煌，恰是心中的阴霾。因为追求卓越的本性，使他们的生命状态陷入难以摆脱的阴影：新的作品一旦推出，原有的作品立刻就“灰飞烟灭”。他们不能回望，只能前行；每一次艺术创作，都是重新开始——且因时时感到“语言的无能”，每次开始都是悲壮的启程。一如西西弗斯与巨石，众神的惩戒可堪，不堪的是自身的使命与担当。

所以，伟大的艺术家，绝少志得意满、洋洋得意的成色。他们忧郁，失眠，心事浩茫，永无宁日。因而他们的人生有大起伏、大跌宕，崛起和陷落，辉煌与幻灭往往是并行的。

然而，他们却像巨株，虽孤独，却超然秀出，高拔无类，直逼人眼，过目不忘；也像苍鹰，总是翔于云天，呈惊心动魄之势，即便被迫盘旋低回，也比燕雀飞得高。

艾利亚斯·卡内蒂也说：

> 我心里有太多的东西在燃烧。旧的解决问题的办法不再管用，而新的方法尚未找到。因此，我开始同时四面出击，好像自己还能活上一百年似的。

他说得真好！人生的风流（价值）、生命的强大、精神的意义都在其中了。

好的哲学，不是上帝的斋饭

尼采的《偶像的黄昏》（商务印书馆，2013 年 11 月版），是一本小册子，我却读了半年有余，断断续续，终于读完。做了大量眉批，可算是细读。

之所以费时颇久，缘于读哲学文字，需特定的心境，要远离纷扰、远离浮躁、远离应酬、远离酒肉、远离欲望，总之，要有出家人的氛围和心绪，要节制感官，要静虚。

整理眉批，感到尼采的哲学真是混乱无序，属于“灵光乍现”式的“断片”，往往前后矛盾，甚至是处在不断的自我否定之中。其中，他既鄙薄感性，尊崇理性，又往往为肉欲张目，推崇本能。所以，他的哲学，不关乎信仰的建构，只为人的存在，做“辨证”的证明。由此看来，读尼采要有相当的人生阅历，甚至不“世故”，就无从感悟，他属于走进“黄昏”的人。

尼采说，我不相信任何体系的构造者，因而回避他们。求体系的意志，意味着缺乏诚实。他还说，要想单独生活，人必须是动物或者神——这是苏格拉底的说法，事实上，哲学家的存在，是第三种情况：人既是动物又是神。

尼采的论述，正是从这两个基点展开——

生命的价值是不能被评估的，真正的哲学家都是从否定生命出发，他也不赞成哲学必须有用。

外貌的畸形，意味着精神的畸形。丑陋的苏格拉底是个典型的罪犯，因为他身上隐藏着一切邪恶的习惯和欲望。

有价值的东西是不需要辩论的，哲学家之所以喜欢借助辩证，是因为他们认为辩证是一种高贵的趣味。事实上，人们只有在没有更有力的证明手段和办法之后，才选择了辩证法。

理性属于白昼，黑夜代表着欲望，所以理性总是远离床笫的，然而这又背离了人性，会导致生命的衰退。既然克制是生命力衰退的表现，那么，幸福就等于本能。

存在者不变化，变化者不存在。哲学家无视这种真实，所以他们大多都是概念的木乃伊。

所谓道德就是摆脱感官，摆脱本能。道德之论都是针对生命本能的对抗——上帝地盘开始之地，就是自然生命结束之时。如果是这样，道德可堪无用。

一个人如果生活得幸福，他才会关注和产生美德。就道德的实现途径来说，它是一个“驯化”的过程，所以一切用于使人类变得道德的手段，从根本上说都是不道德的。

如果真实的世界是靠大量的谎言构建出来的，那么虚构的小说，就是最“真实的世界”。

悲剧主义者恰恰不是虚无主义者，他固执地要对被人否定和质疑的东西做存在的证明。

攻击激情，就意味着从根儿上攻击生命，教会的实践就是敌视生命的实践。所以，蔑视激情的人，往往是想禁欲而又做不到的人。

“上帝”概念是对生存的最大的抗议，基督教是一种刽子手的形而上学。

当一个哲学家沉默的时候，可能是他心灵的顶点；当他自相矛盾之时，这可能是爱；而说谎可能是认识者的一种谦恭。人们不无文雅地说：伟大的心灵把自己感受到的骚动流露出来的做法看作是不体面的（要尽可能地掩饰）。但是，不惧怕最不体面之事外露出来心灵，可能正是心灵的伟大（强大）——一个爱着的女人献出贞操；一个“爱着的”认识者也许献出他的人性；一个爱着上帝的人变成了犹太人……都是伟大的具象。

梳理尼采的观点，我不禁心惊肉跳，他放诞而言，全不顾哲学家在身份层面上的严谨“趣味”。由此看来，他的所谓的“偶像的黄昏”，是指思想之美美在打破种种精神的禁锢，让人以及人的哲学活动都回归到人性本身，让生命和心灵得到自由的伸展。

不禁感到，好的哲学，不是上帝的斋饭，而是饱含了人间烟火的盛宴——宴席之上，活色生香，五味俱全，让不同胃口的人都能各取所需、大快朵颐，饱食之后，身心健旺。

栅栏与围墙

读埃米尔·路德维希的《拿破仑传》，想到栅栏与围墙。

栅栏和围墙是英雄的产物。

愈是大英雄，营造的围墙和栅栏，其数量就愈多，其规模就愈大。英雄在纵横捭阖的时候，雄风漫卷，无遮无拦，了无禁忌，摧毁了一切敢于阻挡他的人或物。但却留下了仇恨，窥伺着，专等英雄歇息的那一刻，以百倍的刻薄、狡诈和无情“回报”他。许多英雄的伟业便因此而倾圮，其伟岸的身躯因此而悄然成泥。

钻隙是柔弱者的哲学，仇恨是钻隙的土壤。英雄不败于沙场，而毁于被征服者复仇的钻隙，是一种宿命。

不愿意把钻隙和暗算等同起来。暗算，太有一种阴谋味道。暗算的操作者是有能力主动出击的人，是阴险的人，是强者或奸雄。钻隙属于柔弱者，无可奈何的被征服者，是一个中性的词。

因此，英雄最需要栅栏与围墙，在这种悲哀的防范中，得一刻喘息。所以，栅栏和围墙是英雄的盔甲，而非弱者的盾牌。它防范了弱者的钻隙，亦防备了一种暗算。后者，是一种天意的偶然。

悖论也深沉

读《本雅明：作品与画像》（本雅明著，文汇出版社，1999 年 1 月版）。“书和妓女都可以带到床上”。这是本雅明说的。

本雅明说得有些信口开河，让很多老实人接受不了——好像他把书亵渎了。

但静下心来想一想，这小子说得还是有道理的：没有本雅明之流的信口开河，哪里会有趣味盎然的文字让我们可以倚床而读?

“艺术的力量常表现为冒犯和攻击欣赏者。”这也是本雅明说的。

这回他说得还是有些信口开河，让很多老实人忿忿不平——他把读者得罪了。

但他说得依然有道理：我们承认“接受美学”，但不应该是庸俗的接受美学；书是为读者服务的，但书绝对不是读者的奴隶——我所说的，书并非一定要引领或指导读者，而是让读者要感受到书在他生命里的分量，是让书在读者的心中留下印痕。挨过鞭子的屁股一定会记住鞭子，道理就这么简单。

在“亵渎”完书，“得罪”完读者之后，他该贬损著作者了，果然他说：“对于一个伟大的作家，已经完成的作品的分量，远比正在写作之中的断章残篇轻。”

他的话深深刺痛了许许多多很有成就感的“著作等身”的著作家，因为已有的著作，是著作家赖以立命的生存基础——不仅是身份和地位的象征，而且类似夜半醒来经受无眠之苦时，可堪揉捏的女人之乳；虽然那乳无挺拔质地、亦无曲线可说，但可以慰安，延续梦境。所以许多著作家以宽容的语态说：我们怜悯他，他是个忧郁症患者，他是个虐待狂。

其实，是我们这些老实人没弄懂本雅明的本意，他是在说——一个著作家其价值之所在（一个阅读者应葆有的境界）是对精神生活的持续追求和对人文理想的终身捍守。至少，要有纯粹趣味，离现实功利远些。

所以，本雅明的书，虽多悖语，却无妄语。悖语背后的庄肃意境，颇堪回味。

在生活中学会生活

读完尼克劳斯·桑巴特的《巴黎的学习岁月》。即便人过五十，也读得活色生香、血脉偾张。

他是实证主义学者，重感觉、重体验，而鄙薄一味读书。在他看来，卡尔·马克思是个嗜书如命的人，因而不值得他学习。他说："我的榜样始终是圣西门，他并不读书，而是生活，也就是说，他用生活提供的各种各样的可能性进行实验（因而得出属于自己的生命体验）。"

他宣言道：不要读书，要生活。

我觉得，应该这样理解，他不是反对读书，而是反对因过量阅读，而忽略了生活。纪德在《人间食粮》中也有类似的呼唤，呼吁人们要懂得适意地放下书本，到大自然里走走。我的祖父通过常年牧羊，而认清了自然物事的发生规律，积累了许多大地道德，他的一两句点播，常使我顿开茅塞，因此使我感叹：有知识的，不一定有文化；有文化的，不一定有智慧；有智慧的，不一定懂幸福。

桑巴特就是通过向巴黎社会的学习，去亲身"实验"，才得以识别女人，识别爱情。他在巴黎有三桩艳遇，经历过后，使他深刻地感受到，所谓女人和爱情，真不像书本上所描绘的那样。

他认识的第一个女性，是来自美国的漂亮的达娜。他与她一道，饱览了巴黎的名胜古迹，体验了巴黎丰富多彩的夜生活，最后和她动了真情。他们热烈拥吻，无遮无拦地爱抚，什么都可以，就是性交不可以。但是，却给了他强烈的性的快感。他写道：

> 就是这个达娜，冷漠、拒绝、完全无性欲的美丽的姑娘，却是第一个向我传授性爱知识的人，而在此之前，我对性爱的美好一无所知。如今，我知道，性爱是获得任何更高的生活文化的关键。

无性之实，却能感受到性爱的美好，如果不亲身体验，真是不可想象。

他遇到的第二个女人，是一个教授的学生和情妇安内特。在桑巴特看来，安内特是法国女人的化身，是毫无瑕疵的经典女人。但当他与她做爱时，其举止却让他震惊不止。她命令他自己脱掉所有的衣服，而她脱哪件衣服，全凭心情而定，而不允许男人插嘴。动作之中，她脸型扭曲，大喊大叫，一如在经受酷刑。事后得知，这源于她的特殊经历——在抵抗运动中，她被委派了一个任务，即杀死德国军官。她自然是用色相勾引，在颠鸾倒凤中偷偷下毒，让其不知不觉中死在床上。那些德国人都很年轻英俊，也都毫不设防地爱上了她，她甚至也不由自主地爱他们，所以，那残酷的记忆总是驱之不去，让她备受煎熬。桑巴特写道：

> 她从我身上脱去的不是晚礼服，而是我的军官制服，她解开的不是我的裤带，而是我的武装带，她想体验一下使自己失节的强烈的情欲，但是也想惩罚自己。

靠“惩罚”的方式，居然能获得蚀人魂骨的快感，貌似变态，其实是人性的本能作用。原来，爱的方式，都是有来历的。

第三位女性则是时装界的明星帕普。在作者眼里，她是新兴资产阶级的完美产物，她的生活方式、服装款式、审美观点，乃至身体的光泽，都服从于这个阶层的典型标准，她是文明女性的榜样和典范。但是，她在两性关系上却天马行空、毫无禁忌，只要被愉悦，就径直委身，毫不拖泥带水、矫揉造作。桑巴特和她做爱，快感的强烈，一如挣脱枷锁后的彻底解放。所以他说，和帕普的做爱，意味着快乐原则的胜利，是工作和成就的绝对反面，是禁欲和缺陷的对立与补充，她是余裕和自立生活的完美化身。

桑巴特的“实证生活”让他渐渐深刻起来，他真诚地相信：女人的赤身裸体，比哲学家的学说，更具智慧。

英国篇

平等的吸引

1994年英国《星期日泰晤士报》就“哪些文艺作品是世界文化宝库皇冠上的明珠”做了一次大范围的调查，其中评出十部最伟大的小说。《傲慢与偏见》榜上有名，名列第七。

就是这么一部有崇高文学地位的小说，虽然我很早就接触到它，却一直不曾（准确地说，是不屑）终读全书，盖因为它的题材。它是一部婚嫁小说。我对婚嫁小说有偏见，无非是富富贵贵、爱爱怨怨的世俗情感，无波澜，无跌宕，无激愤，更无崇高，是一种近乎琐屑的话语方式。

这或许与我的婚姻情况有关——在一个相对老化的生活环境中，可供选择的婚姻对象极少，无需过分挑拣，择一稍胜者而求之；且因孤独寂寞的感觉正强烈着，不容细细商量，便婚娶了。婚后的生活质量孰优孰劣，因无从前情事作比，亦无大感觉，无非一些个油盐摩擦，无非一些个鸡毛不安，稍沉吟之，不平也就变成自甘，没什么可以计较的。凭着自己的一点个人体验，感到没什么可以计较的一类生活，竟也衍发出厚厚的卷帙，其琐屑的成色是不言自喻的。

某日，中央电视台影视频道，放了《傲慢与偏见》的影视版。我在无意间搜索到了那个频道，也是随意地注目片刻，竟被它的人物对白所打动。

“过来。孩子，我叫你来是有件重要事情要跟你说。我听说柯林斯先生提出要跟你结婚，是这样的吗？”

“是的，爸爸。”

“很好，不过，听说你拒绝了他的求婚？”

“是的，爸爸。”

“很好。我们终于谈到点子上了。听说你母亲非要你接受他的求婚不可。贝内特太太，是不是这样？”

“是这样。如果她不同意，我就再也不想见到她。”

“伊丽莎白，现在你将面临痛苦的选择了，从今天起，你将成为你父亲或母亲的陌路人了——如果你不同柯林斯先生结婚，你母亲就再也不想见到你；如果你同他结婚，我就不想见到你。”

…………

这是贝内特先生、贝内特太太和他们的女儿伊丽莎白的一段对话，寥寥数语，表现出三者极鲜明的个性——也表现出三者关系的微妙：父女间的理解，母女间的对立，表露无遗。特别是贝内特先生讲话的从容、机俏与幽默，让人在忍俊不禁之余，感受到他身上有一股扑面而来的书卷气。

便迅疾从架上拿下那本书，翻到相关的章节，发现屏幕人的对话，与册页里的发言，竟丝毫不差——名著里经过锤炼的语言，改编者是无力改变的。

便关了那屏幕，耽读于那册页，直读到东方既白，发现书卷气，正是这部书的风骨。婚姻世相乃是一剂药引，要你品味的是背后的人性深度——婚姻匹配，实在不是凡常琐事，是神智和境界的栖地选择：地若芜荒处，只能长出辣味的地萝卜；水泽黑土，则绽出莲花与水仙；而毗邻崖畔，一定是雪梅冬松——奥斯丁女士写的虽然是市井人家的婚嫁旧事，动的却是知识者的情感心眼，或可说，她表达的是知识者的情感观，是奉给慧心者细细揣摩的。

《傲慢与偏见》（赵琪译，青海人民出版社，1995年版）的故事是个很俗套的人间样相，但正因为它取了知识者的切入视角，那精细、深刻而生动的心灵感应，便异常独特而诱人。也正是因为恋爱的心灵感觉的繁复与难以把握，那表达情感的心理气象的文字才更加可贵。奥斯丁肯定是一个屡遭失败的恋者，唯其如此，才可能像现在这样，从笔端传递出一点成功的消息。

婚姻选择中的傲慢与偏见，不是性情的不合，而是神智的较量。傲慢与偏见，是同一层面的心理特征，均以一定的知识修养为前提，这不是无文化者所能理解的境界。它区别于无文化者的情爱龃龉——无文化者的固执与愚蛮会导致双方的疏离，知识者的傲慢与偏见却是一种吸引，在不断探究中，在消解的同时，往往会走向认同。这种认同，就是心甘情愿的情感栖地。

我等系过于随和的人，未等到具有“傲慢”与“偏见”的资格的时候，就率性地选择了世俗婚姻。因为不曾经历神智的较量，便从来没有认同感——只是生活的伴侣，却不是心灵的栖地。伴侣给你的是酒肉的慰安，却不能扫除你精神的落寞与荒凉，待你等到一个旗鼓相当的情感对象，你没有办法不红杏出墙。所以，你如果是个意志薄弱的人，没读过这部书也就算了，如果不听劝告，执意要读一下，以往的平静便会不复存在：你不能黯然而认命，更不能不甘而自伤。

体恤的美意

一本厚厚的《兰姆书信精粹》(江苏教育出版社，2006 年 10 月第一版)，就静静地在我的枕畔放着，一放竟然已到了第十个年头。他的书信，就像他的《伊利亚随笔》，有优雅、纯净的趣味。因而就不忍心急促地读，每日读上二三通，像在谛听心语。

他和姐姐玛丽一样，都有遗传的精神疾病，总是情不自禁地“疯”。但他心地真纯，怕伤害别人，疯的时候不见人，理智恢复之后，才跟人对话。因为总是说得彬彬有礼，人们很难把他跟“疯”联系起来。

这背后的意味，是多么的了不起——克制，自我约束，独自承受，需要巨大的理智和心力才能完成。

这透出兰姆对他人的尊重和体恤，不像福楼拜那些人，自己一有不平，就向别人发泄，一味放纵，释放语言暴力，快己乱人。

他的书信，真是遍地兰蕙，睿智的、风趣的、温柔的、玄想的——种种情愫他都能用恰当的短语和句子娓娓地呈现出来，“各种风格都像引弦待发，没有一种显得拖沓冗长。”他总是让自己内心有暖意，并向友人传递欢悦的情绪。1825 年 2 月他在给巴顿的信中说：

你那温文尔雅的兄弟给我灌输了自由的清泉……天空中的鸟儿也不会像我这样自由，我可以昂首阔步，可以欢腾跳跃，可以采摘黄花九轮草，也可以像傻瓜一样毫无目的地闲逛。

所谓“你那温文尔雅的兄弟”，是兰姆对自己的假托，是快乐的意志。

由于内心妩媚，他一贯善意地看别人，对别人身上的种种不足，他从不指斥，更不讥讽、冷嘲，而是亲切地调侃，并为人家设身处地地着想。1833年7月24日，他在给蒙克森先生的信中说：

看在上帝的面子上，别再给爱玛送表了，她的脑袋已经变成了一只钟表。在那次旅行中，她总是对我们那只老钟十分不满，对它说三道四，仿佛它没有保持正常转动，因而没正确地给她指示时间似的。她每隔一会儿就把它拿出来看时间。她不由分说地拉住我们到野外去，因为那里有个捕鸟人，他会问：“先生，求求你能够告诉我现在几点了吗？”于是她就会及时地回答他，脸上流露出洋洋得意的表情。她不知道，她时时留意“现在几点了”的问题，反而失去了她所有的时间。唉，这转瞬即逝的时刻，对她来说却意味着永恒。

她怎么会这么喜欢一块华而不实的表呢？

她之所以只认为她的表才准，是因为“爱我，就爱我的表”这个命题在她那里是成立的。

亲爱的蒙克森——别在意我写了上面那么多废话。我想告诉你的是，她不是因为那块表才爱你，而是因为爱你才喜欢那块表。只要我所剩不多的时光能允许，我是会参加你们的婚礼的。

一封小小的短札，包含了多少理趣和美意！一块新表，满足了女孩子天性中的虚荣心，而“现在几点了”的问题，能够让她把这份虚荣适时地展示，以便毫不造作地洋洋得意。在女孩那里，失去时间是不重要的，重要的是她得到了幸福的感觉。而且，兰姆还用“她不是因为那块表才爱你，而是因为爱你才喜欢那块表”传递爱意、促成婚姻，可以看出，他是多么的善良，又是多么的懂人、懂生活。

读兰姆书信，让我感到，品质一旦长久地坚持，就变成了习惯，而习惯正是一种自然而然的力量——喜欢温暖的人，会处处为他人照拂阳光；喜欢放纵的人，会时时散发淫邪的气味；喜欢抱怨的人，即便是身处顺境，也会上眼就看到世事的不公；喜欢宽容的人，即便是风冷雾浓，也会满目春光、一片和谐。

怨恨的大爱

早期读《呼啸山庄》的时候，我并不喜欢希思克利夫这个人物。认为，他为爱情复仇的做法，显得过于极端化了，因而其为人便有些阴损刻毒，让人有不寒而栗之感。

然而，在物质至上、无爱之性繁盛的今天，在展卷重读的时候，我的感觉彻底变了——希思克利夫是一个货真价实的爱的圣徒，他把对爱情的执着，放到了人性最崇高的位置，因而变得神圣不可侵犯了。当神圣的情感被亵渎、被侵犯之后，在他眼里，这个世界就变成了人间地狱，那么撒旦式的复仇，便显得天经地义了。他进行的是人性之战，悲壮得令人肃然起敬。

希思克利夫是个弃儿，却对庄园主的女儿产生了爱情，并得到了其女儿的热烈回应，这就是《呼啸山庄》整部叙事的起点。这个起点，注定了主人公的劣势地位，注定了要遭到世俗势力的围剿。在这样的情形面前，惯常的选择有二：一是执着，二是退避。希思克利夫并不曾退避，因为他对凯瑟琳的爱是刻骨铭心的：

两个词可以概括我的未来——死亡和地狱。失去她之后，生存就是地狱。

他也有理由执着于自己的情感，因为凯瑟琳对他的爱情也是一种灵魂之爱——她对女管家说：

> 在这个世界上，我最大的痛苦就是希思克利夫的痛苦……他是我的思想。如果别的一切都留下了，而他却被毁了，那这个世界与我将成为无限的虚空……我对林顿的感情像是林中凋零的树叶……而对希思克利夫的爱却似脚下永恒的磐石……我就是希思克利夫！他永远在我的心中。

这样的灵魂之爱，世俗的力量是不好拆散的，这就注定了挤压与反抗的逐步升级。意志薄弱者会中途退席，而希思克利夫却以强悍的方式去做殊死的斗争。最终虽然他的爱情与生命都走向了毁灭，但他那种残酷背后的纯情却引人同情，他那不畏灾难的毅力更令人敬畏。

他是个真纯的爱者。

他是个有力量的爱者。

由《呼啸山庄》，我不禁想起鲁迅的一段文字：

> 无论爱什么，——饭，异性，国，民族，人类等等，——只有纠缠如毒蛇，执着如怨鬼，二六时中，没有已时者有望。
>
> （《华盖集·杂感》）

那么，希思克利夫的执着与不屈，正反映着人性的高贵和人间的希望——人类的情感与精神到底不会被诸如出身、地位、金钱和权势等世俗状态所征服的。

然而,《呼啸山庄》毕竟是十九世纪的文本，进入二十一世纪，当人们开始把灵魂的精神的爱情转化成肉欲的消费的爱情时，对爱情的执着，便是一桩很稀奇的事了，便是真正的“异类”了。

要想看清人类对爱情的态度，首先让我们看一看孩子们是怎么对待情感的。

在欧文·肖的《富人，穷人》中，十六岁的美国少年鲁道夫已经有情感需要了，他爱慕他的法语老师勒诺小姐，因为她的法语课讲得很好，她的声音很好听，令人心醉。他开始悄悄地用法语给勒诺小姐写情书，一气写了六封，以至于炖得鲜美的小羊羔肉都转移不了他的注意力。他知道他写的情书不能寄出去，便悄悄地撕掉了，“然而，心满意足的快感却依旧存在”，他便更爱听勒诺小姐的课，法语的成绩总是拿第一。鲁道夫是二十世纪的孩子，有着精神恋爱的可爱态度，懂得精神的升华，因而让人感到人类的真纯与净洁。

眼下的中国，城市少年跑出校门之后，一下子就钻进游戏厅，在电子游戏机上打脱衣游戏。这样的孩子是不会写出一封情真意切的情书的，更不会体会到爱情给他带来的精神快感。他是情感的盲童，已经受到了成人的荼毒，已经不懂得人类情感的美好与尊贵了。

从孩子身上，我感到了成人不顾一切的实况与质量——正如一位当代作家所陈述的那样，成人的爱情已进入到消费的层面：男人把女人当消费品，女人也自甘被消费，消费的场景大都被安排在洋房、豪车、酒宴、商廊、吧厅和床榻上。男女之间虚与委蛇地周旋着，最终已分不出到底爱与不爱。于是，他们互相占有着，又互相轻贱着，被衾之下是心头肉，街衢之上却是陌路人。这样的爱情来得轻松又爽快，既感不到外界的挤压，也感不到内心的疲惫；既感不到血泪刺痛，也感不到灵魂有据……然而，正如一位当事人所说：“不知怎地，带香味儿的肉身就在怀里，却好像是别人的女人。”

这是造化与人开的玩笑——没有痛苦，就没有欢乐；没有眼泪，就没有笑容；没有对情感执着的“纠缠”，怎么会体味到刻骨铭心的拥有感？而“拥有感”是灵肉契合的本质状态，是爱情存在的人性证明，这种证明，不是可以或缺的身外物，而是生命的印记——没有生命印记的生物是什么？是行尸走肉。所以，作为“另类”的希思克利夫，反而倒成了最健全的人。

从希思克利夫身上，我看到了爱情与金钱的区别：二者都是人类最渴望占有的，但并非二者都适合去消费。金钱花光了，还可以再挣；而爱情消费掉了，却不会再生——因为爱情是属于血液的。血液一旦流光，就只有死亡了。瑞典的拉格奎斯特有一篇叫作《爱情与死亡》的散文诗表述得很形象，特录于此，做个参照：

> 一个夜晚，我和我的恋人在街上漫步。我们走过一幢阴郁的房屋时，门骤然打开，一个爱神从黑暗中跨出一条腿。这并不是寻常的爱神，而是一个高大的汉子，他长得笨重而强悍……他站在那里，拉紧那把粗糙的弓，瞄准我。他射出一支箭……我倒在地上，我的爱人继续前行。我以为她发现了我倒在地上，如果她发现的话，一定会停下照顾我。然而她还继续走，我才明白她并没注意到我倒在地上。我的血顺着路旁水沟追逐了她一阵，但是，当它流尽时，便停止了追赶。

希思克利夫就像诗中执着的少年，直到把血流干。所以，在爱情的冒犯者和掠夺者面前，他不会拱手称臣，一定要毅然反击，直至生命的尽头。这是对爱情忠诚的一种方式，也是对爱情负责的最彻底的方式——不执着于爱，哪会珍视于爱？！

现在像这样的爱情斗士日渐稀缺了，真正的爱情便一天天少了。这是造化对人类的惩罚，人们应该开始警觉了，否则人类就没有什么尊严可言了。

宗教的阳光

安妮·勃朗特的这部《阿·格雷》（译林出版社，1993年版），没有她的两个姐姐夏洛蒂·勃朗特的《简·爱》和艾米莉·勃朗特的《呼啸山庄》有名，但是比两个姐姐写得平静、蕴藉、浪漫。忧伤而不绝望，悲苦而不乖戾，有淡淡的理想主义温暖。

整部书读过之后，有一个细节给我留下了强烈的印象，且掩卷愈久，印象愈明，系第一章的最后一节：

我们的马车奋力向上爬时，我再一次向身后望去：村里教堂的塔尖耸立着，它的后方正是那座灰色的教区牧师的古老住宅，一缕斜射的阳光给它染上了温暖的色调，这阳光尽管微弱，然而对比之下，村庄和周围的小山都笼罩在阴翳中。我赞美这缕摇曳的阳光，把它看作是我家的吉兆，我合起双掌，热烈地恳求上帝赐福于那座住宅里的居民。我赶紧转身，因为我看到阳光已从那座住宅移开了。我出于谨慎，没有回头再看它一眼，生怕看到它像其他景物一样，正隐没在阴影里。

这一细节，初读时让人怦然心动，再读时令人回味无穷。

“我”的父亲是这个教区的牧师，教堂就是“我”的家，然而尊崇教义、为人正直的父亲却在贫困中死去了，为了生计，“我”不得不离开教堂，去有产阶级家庭做家庭教师。就在离家的路上，“我”看到了教堂塔尖上那缕斜射的温暖的阳光。

初读时之所以怦然心动，是沉潜地感到：这不是一缕普通的阳光，这是一缕宗教感情，是宗教精神缠绵不灭的象征，是沦落凡尘之后，终究要“回归”的宗教预言。

读完全卷，果然验证了这样的预感。

“我”走出父亲的教区之后，在家庭教师的生活中，感到“父亲教区”之外的教区，其宗教精神，被大大地异化了：宗教已远离“本源”（“父亲的教区”，是一种“本源”的象征），变得世俗化、势利化了——宗教沦为富人欺凌和奴役穷人的工具，沦为穷人放弃自救之后自我麻醉的方剂；宗教已全无神圣之相，已全无召引可言。不能“召引”人类精神的宗教，是没有力量的，它没有金钱的响脆，也没有权力的威严，更没有人心的灵动……

从小就在宗教氛围中长大的“我”，便感到了世俗势利的可怕，便不再安心于“家庭教师”的职业，因为生存的困顿固然让人心焦，但更让人不可忍受的，是“神的失落”。“我”便又回到了“父亲的教区”，与母亲一道，在贫困潦倒中投身于教区的重建。

那么，那一缕斜照在教堂塔尖上的阳光，便名副其实地成了宗教的召引之光。

“我”的“回归”，不是本能的回归，而是有切肤之感后，在自省基础上的全新的回归——离开前，由于生活在宗教“本源”中，“我”有一种自然而然的宗教感情，或曰“宗教情结”；归来后，经过了世俗的洗礼，对宗教有了理性的向往，即已成为一种精神理想——那么，就是对宗教的献身。

“我”同母亲一样，毅然嫁给了贫穷而恪守教义的本区牧师。

《阿·格雷》，不是一部简单的文学名著，而是一部安妮版的《圣经》。

影响发生之后

王尔德的《多林·格雷的画像》中，亨利·沃顿爵士有一段道白特别发人深思：

> 因为，对一个人施加影响等于把你的灵魂给了他。（一旦受到影响）他的思想就不再按照原有的天生思路而思维，他的胸中燃烧着的不再是他自己原有的天生激情，他的美德也不再真正属于他自己。甚至他的罪孽——如果世上存在罪孽的话——也是剽窃来的。他完全成了另一个人奏出的音乐的回声，一位扮演着为他人而设计的角色的演员。

所以，生活在世上，一个人既受他人影响，又会影响他人，人们在相互影响中走向未来。先说受他人影响，这是一种命中注定，是逃不脱的劫数。这里包括师长、先辈、亲朋，甚至书籍。一个人在未成年之前，对诸多影响是一种不自觉的顺从；待有较强的独立意识之后，便努力摆脱外来的影响，因为内心已感到了这些影响的挤压，内心想找到自我生存的位置。可以说，一个人的性格、命运及作为，正是他摆脱外在影响的产物。如果说受人影响是被动的，那么，影响别人便是相对意义上的主动，我们便要采取一种慎重态度。

这里所说的慎重，最直接的意思，便是不要轻易介入别人的生活。亲属之间，是天定的人伦，便不能惧怕相互的影响，尽到应尽的责任便可以了。于是，所谓不轻易介入别人的生活，便主要是指不要轻易与人产生爱情和友情。“择友要严”“过严谨的生活”，就是指不要轻易产生这两种情感。但是，一旦与他人发生了情感关系，即一旦影响了他人的生活，便要对被影响对象采取尊重、爱护和负责的姿态，善待他人。那种已经介入了他人的生活，特别是已介入了他人的情感生活，却否认对他人的影响，一味地独往独来，不关心他人痛痒，漠视责任的人，是极端自私的，是极其不道德的。

亨利·沃顿爵士最终认为：一切影响都是不道德的。这是他受到他人与世事伤害之后的惨痛切肤之说。让我们惊警于影响之可怕！

被遗忘的阅读

试读《高尔斯华绥散文选》（谢大光主编，倪庆饩译，百花文艺出版社，2002年1月第一版），却一读就不忍释卷。

书分三部分：一、人物与风景；二、评论与回忆；三、书简。

“人物与风景”部分，我选读了四篇，计：《幽会》《惜别》《选择》《质量》。读过，我生出莫大痛惜，觉得读晚了。出版的当年我就买下了，因为高尔斯华绥名重于长篇小说《福尔赛世家》，散文几近无名，就没有过多期待，放在架上，聊备一格而已。

然而他的散文好得令人痛心，在他的笔下，不是用语言描绘人物、抒发感情，而是由人物和感情推动语言，造就了一种从未领略过的文学圣境：语言的在场感觉极为强烈，如果离开了此人、此物、此情、此景，语言的大厦就会顷刻倒塌。

之所以说读晚了，是因为他的文字所涉，都是我曾写过的题材，但是他比我来得精确、深刻，如果早一点遇到，可以站在巨人的肩膀上，以增其高、以艳其华。比如他的《质量》，写制鞋匠为了把鞋做得无人能比肩，始终用手工操作，以便每个环节都丝丝入扣、毫无瑕疵；而我的《薄暮里的刀锋》写磨刀人为了保持刀口的锋利，始终磨得慢，都是写手艺人的职业操守。但高氏是把人物放在机械挤压和商业法则之下而写，主人公终生不悔，直至穷困潦倒，生生饿死；而我的磨刀人，只是不昧良心，顺应天性，少收了几个银钱而已。他的文字有丰富的社会内涵和令人扼腕的生命痛感；我的笔触不过是好人好事，流于表面。还比如，我的《蜂擎荆旗》与他的《幽会》同样是写不果的爱情——我立足于日后的不亏于人、心灵安妥，惧怕情动之中的爱抚，颇有道德说教的意味；而高尔斯华绥从人性的深处而写，让情感本身说话，他写道："明智，学识，还有其他，这一切对于恋情中的爱抚来说，又算得了什么呢？"相较之下，高低立现。

"评论与回忆"部分，我选择了《创作经历回顾》和《向康拉德致敬》。虽是理性文字，却写得感情丰沛，而且那娓娓道来的风致，一如让人看到沿路开满了鲜花，既不忍断然采撷，又不忍放快脚步。最适宜的态度，是慢慢欣赏，把香味留在心里。所以我不急迫地读，留到日后从容享受。

"书简"部分，我是全部读完了。不只是因为篇目少，更主要的，是他的书信写得率性质直，直奔鹄的，无虚饰赘语，本身就有明快的节奏。而且，书简之中，处处珠玑，令人目不暇接，只好拼命地捕捉。特捡拾一束存录于此，以自享享人：

> 至于"道德倾向"我们是有的，或者跟它们相应的哲学——我们作家必须研究的是如何表现我们的哲学，使人乐于接受而不生反感——这层糖衣就是艺术。
>
> "为艺术而艺术"——没有这回事——只有为表现我们自己，我们的感觉，我们的看法的艺术。艺术就是要表达我们知晓、感觉、看见的东西，艺术家既是自己的良心，也是自己的观众。

你创作的东西的用处和价值，是由它自身决定的，而不以你的意志为转移。照我看，写作除了上述准绳外之外没有别的标准。这是非常简明的准则，你只需学会运用它。

我愿意你们注意这个事实，从事文学创作的作家所发挥的伟大影响有赖于两个主要因素：一、他们不受约束的创造力，以及其中固有的个人的吸引力。二、如果你们愿意接受的话，下意识地——对作家独立性的信念。作家一旦结伙，并给自己贴上标签，就失去了他们影响的最微妙最深刻的部分。或可以说，作家在孤单的意义上，才开花结果。特立独行，孤傲不群，是作家气质最重要的部分。

文学，是完全与头衔和诸如此类的东西无关的，但是却很少有人能够清醒地认识到。

别匆忙地写，别匆忙地付印，人除非已经经历过、感觉到、体验到和确实发现了生活的意义，他就没有值得别人一听的东西可写。作家过于年轻就发表作品，往往最终鲜有所成。

我觉得，儒教、佛教、斯多噶哲学、伊斯兰教、基督教，任何宗教团体再多的教条也解决不了人因思想紊乱而导致的种种精神疑虑，它让人对前途失去信心的趋势是势所必然的。还是那句老话：人对人的帮助即是上帝。这，我以为，是唯一推动人类取得真正进步的宗教，而且它基本上是可行的，所以也是使我们所有人都坚定起来，得到安慰和重振精神的唯一的信仰。

我确实还在读托尔斯泰，我希望有更多的时间去读他。但是我是把他当作一位小说大师来读，而不是作为一个传道士。他产生的影响，我认为，必然是在个人自由方面，而且在这方面还将继续下去。对那些理解他的说教内涵的人来说，他，照我来看，极大程度上不过是一个个人良心的使徒而已。

高尔斯华绥的话，放到今天来看，无论是对创作，还是对精神信仰，都具有很强的现实意义。所谓“看晚了”之说，是针对于我自己的精神养成和写作起点而说，至于他作品本身的“静观价值”，一点也没有因为人为的忽略而减少半分。只要你翻开书页，它就会让你深陷其中，情不自禁地发出“啊，伟大”的叹息。这就是经典的品质所在，它消解偏见，抵御遗忘，且永远不被时空的阴影所催眠。

阅读不是被奴役的过程

卢卡斯系兰姆之后最具代表性的英国散文家，是《兰姆传》的作者，在英国文学史的地位很高，与兰姆比肩。但我读过《卢卡斯散文选》后，却看不出他的散文有什么好，多写日常事务，文字琐碎，味淡。

日常事务不是不可写，但应写出趣味，写出平凡中的一点点“出人意料”的东西。否则，就不如不写。

卢卡斯没有出人意料处，只是铺陈，让人烦厌。中国散文家里，周作人也是令人烦厌的，文字冲淡得近乎无味，但是还有那一点点知识、一点点情趣、一点点“酸”，因而你不忍舍弃他。从人生的基本常识出发，对一个人如果尚有“酸”的感情在，说明在心底里你对她（他）还是有一点爱的。

对卢卡斯我不爱，他的散文，我不会重读了。我本来是想做些笔记的，但十几万字的作品读后，我只记下了一句话：朋友是一种阶段性的关系，不是一成不变的，因为一个成熟了，另一个还未成熟，话语就难以投机，朋友的情分就断了。

有了这么一句话，对我就是一个安慰。成筐的沙粒中毕竟还是有一粒金的。一天的工夫还算有所值，但总是有一种失望的情绪久久地抹之不去。

反思一下，这种失望源于自己的阅读起点。因为卢卡斯的散文是经典，阅读之前就抱有了一种敬仰，觉得一定是满身金银的。看来，对待经典，也是应该存有平常心的。

深究一下，可能还跟自己的阅读趣味有关。周晓枫喜欢聚斯金德的《香水》，叫绝之声如春猫，受其煽动，我跑了若干书店终于买得，读后很扫兴。纳博科夫的《洛丽塔》我是喜爱的，觉得它“精细”，而周晓枫却不以为然，认为它是纳氏著作中颇令人“难受”的一种。所以，个人的阅读趣味是可以“消解”作品的固有价值的。

再深究一下，可能跟作品的“个性”有关。越是有个性的东西，越是能引起认识上的偏差。就以卢卡斯为例。他的文字无味得如白水，这正是他突出的个性。但是你说白水无味，别人却说白水养人、真水无香。

所以，对卢卡斯我只能说我不爱，但打死我也不能在公开的场合说人家没价值。“一粒金”的说法，只是个譬喻而已。

其实阅读的快乐，就是能从书中找到阅读者喜欢的趣味。它不能满足这一点，就远离它——这个姿态，即便过于个人化，但却是得体的。

因为阅读的过程，绝不能是被奴役的过程。

健全的两性关系，乃身心俱在

想到伍尔芙，索性把她的《一间自己的房子》找来重读。

虽然病痛乱神，还是强迫自己读下去了。她的行文，善于铺陈，善于作譬，有遮掩不住的才气，但却可以跳读。也就是说，跳读也不丢失意义。便一日读完，居然把口疾之痛也忘却了。

掩卷回味，伍尔芙的这部书，如果只把它看作是女权宣言，就太狭隘了，她尽管是立足于为女性独立和写作张目，但纸面之下还有更深的意义——她既呼唤建立在人格平等上的完美的两性关系，也深刻地指出，男女性别，都有各自的局限和缺憾，问题的关键，两性之间，不能对立、对抗，只有相互融合、相互补充、相互映衬，才能在共同作用下趋于健全。

她说，挑动一种性别反对另一个性别，一种身份抗拒另一种身份，自命不凡、鄙薄他人，如此等等，都属于人类生存的“小学阶段”。任何写作者念念不忘自己的性别，都是致命的。任何纯粹的、单一的男性或女性，也都是致命的。你必须成为男性化的女人或女性化的男人。也就是说，任何创造性行为，都必须有男性和女性之间性灵层面的某种协同，才能超越性别的局限，呈现出人类的精神高度。正如柯勒律治所说的那样，睿智的头脑是雌雄同体的。

毋庸讳言，我们每一个人，都受两种力量制约：一种是男性的，一种是女性的。在男性头脑中，男人支配女人；在女性头脑中，女人支配男人。这都是性别对抗的倾向。正常和适意的存在状况是：你如果是男人，就要让头脑中女性的一面发挥作用；而如果你是女性，就要注重与头脑中男性的一面进行交流——这样，人类的思维能力就壮大了，对世界的认识就全面了。

与此相对应的，在现实生活中，头脑中的两性与肉体的两性，也要完美地结合起来：不能只欣赏女人的肉体之美而忽视、甚至轻视她的智性之美；不能只看重男人的思想能力而漠视、甚至歧视他的身体之弱。换句话说，女性也有头脑，也能像男人一样思考；男人也有身体的局限，肉体的神经甚至比女人还脆弱。

在浪子与赤子之间

接到小儿短信：父亲节到了，祝凸凹老爸节日快乐，佳作迭出。只是更要注意身体，因为好文章遍地，但老爸只是唯一。

真是善解人意，知道报老爸恩德。

正巧读着约翰·沃森的《劳伦斯：局外人的一生》，不禁想到，劳伦斯之所以边缘，是因为他虽然精虫遍洒，却没有一个亲生儿女，他不进入生活的深处，一辈子做情欲的奴隶。

劳伦斯的创作，一辈子都是情欲主题，他从与女人的关系中直接选取素材，改头换面，经营成篇。他写得很辛苦，一如在灰烬上攫取火焰。

他盗取别人的妻子做妻，一路防范，却也一路放纵。每遇新妇，他都要探讨与其相染的可能，可谓情欲偾张、用心良苦。但一旦得手，立刻就鄙弃，因为进入女人的肉体之后，他总是发现，他与女人的心灵有巨大的“裂隙”。

当女人在激情之下，喊出“我爱你”的时候，他立刻放弃亲密，想着怎么有力地送上一个耳光，因为他觉得，性的快感是一种只可意会不可言说的神秘，一旦说破，破坏美感。

但是，他自己却肆无忌惮地说，把女人的献身，把女人的私情，把女人的陷落，写成他的小说。每个女人都能从中看到自己的残败之象，因而自尊受损，肉与心俱痛，却还要隐忍，因为她们最后的底线只是那一点不能说破的可怜的体面。劳伦斯很残忍，他是性的主宰，驭女而生。

但他一路风流，却一生都没能摆脱“上帝派来的看管人”——他的发妻弗里达。因为她原是他人之妻，不慎失足，被他掠去。她知道私情的真相，能把他看到肉里，因而在他最脆弱处出击，剥夺其自信，使其不能决绝地行远。所以，他们上半夜激烈争吵、猛烈骂殴，下半夜拖着累累伤痕、滴滴心血拼命做爱。他们掉在互相轻贱又相互恩爱的怪圈中，不能自拔。从这个角度说，劳伦斯又时刻被女人掌控，是性的奴隶。

人们说，他的《查泰莱夫人的情人》是反工业化、反人类物化的先锋寓言，但看过这部传记之后，我顿然醒悟，原来那是评者的主观臆测，人为拔高，至少也是冒充高明，把简单的问题复杂化。劳伦斯崇尚血液意识，一切凭感官认知，一切靠本能判断，所以，他只能写出那样欲望蓬勃的文字，别人的理念背离他的本色，他生前就拒绝接受。他自己则坦率地说道，我不过是想写一部“温柔的阳具小说”而已。约翰·沃森综合了这部小说产生前后、与劳伦斯过往密切的种种人的看法，说道，它是劳伦斯对男女肉体生活最后的颂词。

约翰·沃森是劳伦斯学的奠基人，也是世界劳伦斯研究的第一人，他是从厚厚的一手文献中爬出来的“目击者”，所以他的分析——可信。

因为崇拜感官，所以劳伦斯最怕两样东西：阳痿和肺病。

而这两样东西都不期而至，仅四十五岁他就赍志而殁。

但是，也不能把他妖魔化——因为性是本欲，他写出了旁人不及的深刻人性。而他又忠于文学，虽一生贫，却一生不改其志：不依附他人，不为功利而写，也不屈从于世俗的道德评判，边缘着，也独立着，有堂吉诃德式的英雄风范，颇为可敬。

而且，劳伦斯在临终前，也对自己的生活与写作进行了深刻的反思——事实上，“与人类、国家和家庭”重新建立联系，是他自己一生的梦想，他想有置身其中的更大的社会环境的感觉，然而不幸地仅仅限于性的体验。他在病床上，不断地叹息，“我太封闭了！”他否定了自己。

他也承认，自己的人生孤独，是因为没有感受到性之外的“别种力量”。他在《三色紫罗兰》一诗中写道：

我不得不孤独，
只因欲望已逝，逐渐沉默。
不再伸出手去，
把别人的肉体引向我。

最后，他以浪子回归般的急迫，审视自己的欲望之灾，把“精神之爱”和“纯洁的感情”交还给他经历过的所有的女人：

回到我身边，
此刻分离的思念结束了。
回来吧，曾经为妻为母，
你们永远是处女，
忽略了的。
…………
到我的家，

我亲爱的，
亲爱的人们，
我许许多多的爱人。
来西方，到我的身边，
到我的身边来，别动。
忽略了的处女，
我的爱。
…………

劳伦斯的伟大之处，或许就在这里：他既是浪子，也是赤子；他既放荡不羁，又天真无邪——把人性的丰富与惊觉，原汁原味地呈现出来，让伪君子羞愧遁形。

所谓“现代世界”

艾伦·麦克法兰是剑桥大学人类学教授、著名历史学家，在学界享有盛誉，探究现代世界起源也是他毕生关注的核心。

2011年艾伦·麦克法兰应邀在清华国学院开设“现代世界的诞生”系列讲座，引起学子广泛关注和讨论。随后，他集两年时间完善讲座内容，完成同名著作《现代世界的诞生》。可以说，此书系专为中国读者而创作，聚焦英格兰，意图在于向中国人解释英国文明发展史的某些特点。

现代世界是如何诞生的？我们置身其中的现代世界，源头究竟在何处？这个谜一样的问题吸引了无数学者关注。艾伦·麦克法兰认为，英格兰作为西方第一个工业化国家，正是现代世界起源的地方，探索英国的现代化历程对中国未来发展将有所裨益。在书中，艾伦·麦克法兰精炼地分析了曾经的中国传统与英格兰在一些观念上的差异。

在家庭观念上，英国的家庭体系非常支离，个人会很快离开家庭，对家族也没有强力的责任感或联结，甚至对父母也是如此。家庭并非社会的基础，在经济、宗教、社会或政治领域影响甚微。而中国数百年来都与此不同，它建基于宗族和家庭之上，伴随着对父母的异常尊重，以及亲缘与孝道的相互支撑。家庭是政治、经济、社交和礼俗活动的基本单位。

在爱情与婚姻方面，几世纪以来，英国年轻人都是基于“浪漫式爱情”选择自己的结婚对象。丈夫或妻子对于自己而言比父母或孩子更重要，是友伴式的婚姻。而在中国，传统上婚姻由家族安排。可能也存在浪漫式爱情，但是与婚姻关系不大。爱情即便存在，也是婚后生爱，很少婚前即有。

在友谊与社团观念上，古往今来，友谊在英国都是同性或异性间以共同的兴趣和爱好为基础的一种持久、平等、不互相索取或利用的关系。在无数英国人据以闻名的俱乐部和社团中，友谊具有一种制度性的形式，无论是在酒吧，还是在政治的、社交的、游戏的乃至其他的俱乐部中。而直到晚近，中国人才将友谊作为不同于互惠性的“关系”一词的一种核心关系。民间社团的成长在中国仍然是新兴而薄弱的。

在阶级与种姓方面，英国数百年来有着非常森严的阶级制度，社会是由从上到下的许多阶层组成的，每种职业都以身份地位的阶梯为基础。一个人的大部分生活就是为了改善自己的阶层地位而奋斗，这种地位并非与生俱来，主要是通过教育以及将财富转变为“文化资本”。而传统上，中国只有两类真正的地位群体——1% 是位居高层的文人和士大夫，99% 是其他人。但在英国，帝国的教育体系使英国人从底层跃至高层的流动成为可能。

在竞争方面，英国社会数百年来有着激烈的竞争和对抗，这体现在政治（辩论与争论）、战争与军事侵略、法律与公正、团队游戏与竞技体育、宗教（对罪的斗争）、经济（一场竞赛和战斗）、教育，甚至是技术领域（基于对自然的侵略性和对抗性的利用）。中国由于儒家思想对和谐、阴阳以及需求平衡和共识的强调而与之各异其趣。

在有关自由观念上，英国人非常强调消极自由，即免于专制权力，免于生命、财产、天赋人权受到攻击的自由。如此渐渐形成了一种传统：你有权掌管自己，并且对于自己会受影响的决策有发言权。而在中国，人们强调积极权利：父母对孩子有权利，男人对女人有权利，统治者对臣民有权利。责任远比权利更重要。自我治理并不重要，因为它只是个体能够找到真正自由的更大群体或权力链的一部分。

在意识形态与宗教方面，中国传统中包含许多礼仪实践和神灵信仰，但是并没有独一上帝的概念，也没有对罪与救赎、天堂与地狱的重视。而几个世纪里，英格兰都是一个基督教国家，即便并非每个人都是信徒。创世的上帝看顾着你，审视着你对恶与罪的抵抗。抵抗成功与否将决定你的灵魂是归于天堂，还是承受无尽的炼狱折磨。

在教育方面，英国传统中的以上特征是由一个不同寻常的教育体制所反映和造成的。过去的孩童八九岁就得离家去做仆人、学徒，或者去上学，通常都是离家寄宿在学校。在贵族寄宿学校中，年轻人不仅学习如何发问与思考，还要学习训练他们的身体，塑造他们的品格。家庭相对而言不那么重要。而在中国，上学传统而言只是大多数人用心识记汉字、阅读一些儒家伦理文章的过程。关于品格和道德的教育在家中完成。如今，学校教育仍倾向于侧重智力的发展。

在现代性的个人主义与分离观念上，英国的现代性包含着相互隔离的政治、经济、宗教和社会领域，这四种力量只在个体身上才会联合。个体是第一位的，并不存在强有力的群体。英国人由此的受益就是毫无压力地行动和思考的自由，但随之而来的代价是孤独和生命意义的丧失。中国的这些领域长时间以来彼此缠合，如今试图将它们分离的背景是对“腐败”的严重担忧。

从这些不同观念中，可以窥见中英之间沟通的必要。艾伦·麦克法兰认为，中国正在经历一项巨大的实验，正在尝试走出一条新路，吸纳悠久传统，并将它们与近期的西方哲学和技术相融合。这条新路最好能够对西方社会仍未解决的一些重要问题有所贡献，比如生态与能源危机、人口爆炸、国际冲突与战争、大国凝聚、西方民主步履维艰时代的统治、多元主义和多元文化主义。

英国，是否堪称现代世界的唯一发源地和范本？无疑，艾伦·麦克法兰的一些观念有推至极端之嫌，具有“片面的深刻”。在2012年夏季伦敦奥运会开幕式上，一位著名演员朗诵了莎士比亚喜剧《暴风雨》中的段落：“不要怕，这岛上充满了各种声音。”几十年来，艾伦·麦克法兰在争议中一路走来，按照他对莎士比亚的解说，争议乃是现代世界的常态。听一听这不同声音，或许是我们理性理解这个世界时，应该抱有的态度。

美国篇

“血液”的制衡

在世纪交替的时刻，在精神无序、欲望横流成为时尚的当口，却认真地读了一部讲精神有序、讲信仰法则的书，我感到自己是一个“不合时宜的人”，是一个有浓郁的传统情味的人。

但我并不感到羞惭，因为该书的阅读，正体现了我的自由意志，没有谁指定我必须要阅读它。

霍桑的《红字》，宣扬的是他的宗教观，亦即他的道德观。依据小说提供的历史背景和故事情节，霍桑旨在对清教教义进行阐释，因为小说的主人公海丝特与丁梅斯代尔都是清教徒，且是极其虔诚的一类。

然而，正是这虔诚一族，却犯了大罪——通奸罪。因此，浓得化不开的宗教的原罪意识便成了整部书的叙事氛围。人是上帝创造的，本应是纯洁的孝子，但亚当却犯了原罪，致使亚当之后——人，生来就皆有罪，理应受到惩罚，而要得到拯救则完全要靠上帝的宽恕。《红字》中的人物人人有罪，只是因对罪恶的态度不同，其结果便不同——海丝特是公开承认自己有罪的，便苦行赎罪，终于把胸前罪恶的“A”字标志变成了德行的标志，成为圣者和“天使”。丁梅斯代尔是隐藏了自己的罪的，便备受折磨，耗尽了精力和才华，好在最后拿出勇气忏悔认罪，在道德自新后死去，成为一名高贵的殉道者。而齐灵渥斯开始企图揭露罪恶，结果一心复仇，害人及已，反而把自己变成一个恶魔，一个真正的罪人。

那么，这种原罪意识是如何形成的呢？起先，亚当与夏娃像一对动物那样，赤身裸体地自由厮守，他们靠“血液意识”（D·H·劳伦斯语），即本能和直觉感知对方，拥有对方，其中的性事也是一种感知对方的极其自然的方式，与不洁的字眼是不相干的。

原罪，就在于那只可咒的苹果。

他们偷吃禁果之后，生出了一种头脑的知识，即所谓的理智的意识。这种意识的苏醒，使他们开始羞耻于原本自然的行为，“呀，我们犯罪了，咱们藏起来吧！”他们失声叫道。

理智意识遮蔽了血液意识，理性的增长，使本能和直觉变得卑下了。他们感到了这种卑下。

那只苹果隶属上帝，是教义的核心，然而教义是什么呢？都写在《圣经》的《新约》和《旧约》里。据博尔赫斯分析说，《圣经》的作者是圣灵，圣灵活动在天堂与地狱之间，依照人心的善恶把人分别引领到天堂与地狱。所以，《圣经》是圣灵为教徒们设置的路标，而且是一个双向的路标。博尔赫斯又说，其实《圣经》是由各个时期的人假圣灵的名义逐渐写就并完善的，那么，教义所代表的是上帝的理智还是人的理智？问题很明显，那个苹果，是人为禁忌的象征！

所以，理智与其说是神性的东西，不如说是人性的东西——直觉与理智是同属于人的两种物质属性，直觉是血液意识，理智是头脑知识，人是一种二元组合。

于是，直觉与理智之于人，本质上是一种平等的关系。但是人类一直还处在幼年期，热血的冲腾常使人的头脑陷入迷乱与混沌，使其理不出清醒的思绪，便如在暗夜中行走一样，生出一种恐惧。人便要规束这种热血的冲撞。然而幼年期的人类靠自身的能力尚不能完成这种规束，便假以上帝的名义，从上帝那里获取力量和意志。

那只人间的苹果，便被人类拱手送给上帝了，让上帝反过来支配自己——人的头脑与血液的对抗便持久地进行下去了。从这个意义上说，上帝只是个空壳。

于是，海丝特引诱了一个男人，反而还要在人前保持一张纯洁的面目；丁梅斯代尔玷污了一个女人的清白之后，还要沉浸在高尚的布道者的精神恋爱的谎言中——他们在自我欺骗中，暂时安静下来。

他们开始过一种伪善的生活。

海丝特的丈夫齐灵渥斯的复仇，其实也源于他肉身中的热血意识，却被海丝特和丁梅斯代尔误认为是代表着上帝的意志——在伪善中生活的人，是敏感和虚弱的，外界的作用会使他们迅速地从自我欺骗中惊醒。醒来之后，他们发现那虚妄的上帝并不能拯救他们，要解除心灵的压力，必须要付出肉体的代价。

他们自虐以自赎，在自虐中形成了忏悔意识。

当他们纷纷走上刑台的时候，他们尝到了抛却伪善之后的安然与甘甜，纯洁的意识清晰地回到了曾被迷乱了的头脑，对上帝的真正的信仰在这一刻倏然确立了——上帝之于他们不再是一个空壳。

他们是被自己拯救了。

他们在堕落的痛苦中，建立了一种成熟了的自我意识——把出让给上帝的那只苹果，重新又把握于自己手中，建立并遵从一种人间的禁忌——这种禁忌，便是对热血意识的有效制衡。

这就是宗教的人间化过程。

可以看出，所谓忏悔意识，是建立在清醒的自我禁忌之上的，也就是建立在真诚的（这个真诚是经受了伪善的洗礼的）自觉信仰基础之上的，是一种强烈的自主意识。所以，强迫一个没有自觉信仰的人，做所谓的自我忏悔，是徒劳的，不人道的。比如上个世纪余杰之于余秋雨。

之于人，真正的上帝，是人类自己。

寂寞的人生释义书

梭罗的《瓦尔登湖》，是一本耐读却不易读的书。正如它的译者徐迟先生所说："《瓦尔登湖》是一本静静的书，一本寂寞的书，一本孤独的书，是一本恬静、智慧的书。阅读之前请把您的心安静下来……"我读的时候，是集中了几个夜晚，不做任何思索地通读一遍，然后再逐章逐段地研读它。我发现，这是一种有益的读法：那贯通于整部书的神韵风味，在通读时，已有大概的领略，再做细节的品味，便不会陷入迷茫与偏激，便可以透过字纸而把握灵魂。这种把握，其实是一种自觉地寻求灵魂碰撞的过程，亦是一种自觉的体味与受用的过程。这个过程就是思想的过程：梭罗给你的是一个指引，走出迷津，灵魂顿开并得以升华的却是读者本人。

这里记录的，便是灵魂"顿悟"过程中的一粒粒结晶，记录于此，一以备忘，一以示人，使梭罗的思想生命，回升起现世的温度。

一

《瓦尔登湖》是梭罗关于"我"的书。他不是写听来的"别人的生活”，而是简单而诚恳地写出自己的生活，好像是他从远方寄给亲人的信札。他写的是“纯正”的生命体验，是极为可信的：因为他写这些篇章的时候，正孤独地生活在马萨诸塞州的康科德城的瓦尔登湖岸上自己亲手建筑的木屋里，靠自己的双手，养活自己。

他写的是自我受用的心得，是他静静地谛听内心声音的最原版的记录。我们愿意听到这样的声音，因为都市之人所过的，正是远离内心的生活。

二

人，都希望自己一生下来就有所拥有。这其实是一件容易的事。一个农民，一生下来就可能继承了田地、庐舍、谷仓、牛羊与农具。但他为了不丧失这种继承，便要弯曲了身子不停地耕种、芟草，还要放牧和护林；在生活的基本资料充分获得之后，这一切，他还要不停地进行下去。他已成了这种继承的奴隶，毫不自知地经受着土地上的磨难，并且满负着一种虚构的忧患，不停地忙活下去，直到生命的终结。

所以，有所继承是好事，无所继承未必就是坏事。无所继承者那里，至少有两样宝贵的东西：无牵无挂的心情的自由和开创生活的勇敢的尝试与进取精神。

三

梭罗告诉我们：不要依据前辈人的经验去生活。这是一种科学的生活观念。虽然太阳底下没有新鲜事，但是太阳终古常新亦是一个事实。无论如何古老的思想与行为，除非有确证，否则便不可轻信。在今天人人附和或以为不妨默认的真理，很可能在明天变成虚无缥缈的氤氲。昨天的乌云，在今天将是一场甘霖洒落到大地之上。

把前人认为办不到的事，你来试办一下，往往会获得成功。前人的经验再可贵，终究是一种当时条件下的体验，或者说，是一种支离破碎、似是而非的经验。没有人真正听从过劝告，即使是危险的路径，亦要自己重新走一遭才会罢了。所以，每个人的生活，都是自己用心来过的生活，别人不可替代，你亦不愿、不需别人来替代。

那么，别人对生活的评价，对你又有多少实质性的帮助呢？几乎是没有。无怨无悔、心无旁骛地过自己的日子，是生命的真正状态。基于这样的认识，你只有崇尚自己的生活，安于自己的生活，才是明智之举。

四

人的生活资料，由两部分组成：一是生活必需品，二是生活奢侈品。生活必需品其实很简单：一是食物，二是居所。人与其他动物一样，生命需要必要的热量。食物，是生命的内燃料，是启动机体的热量；居所，是生命的外燃料，保持我们养身的热量。所以梭罗说：一个人的生活，只需少数的几件工具就能创造——一把刀，一柄斧头，一把铲子，一辆手推车，如此而已；对于勤学的人，还需要灯光和文具，再加上几本书，这些已是次要的必需品。

所以，人们拼命追求财富，其实是用多余的钱买了不必要的奢侈品，人为了获得多余的物质而活着。所以，大部分的奢侈品，所谓的生活富有与舒适，非但没有必要，而且对人类进步有妨碍。因为追求奢侈品的过程，培育了人们的贪欲，贪欲造成了理性与良知的丧失，人们陷入聚物与消费的怪圈之中，生命本身亦变成了一种高级的消费品。

然而，生命的高贵是以贡奉（奉献）为标示的。一个人是否被人尊重，是以能不能给他人提供帮助为前提的。正如对植物的评定：胚根向地下延伸，吸取营养，是为了植株茁壮地向上生长，在它远离地面之后，在空气和日光中为人类结出果实，于是这是对人类有用的植物，是高贵的植物。那些一味地扎根，一味地吸取土地的养分，不结果实却疯长植株的植物，是被人轻视的，甚至是要被铲除的。人类亦是这样——在获取生活必需品之后，养成甘贫乐苦、大公无私、为他人贡献的品格，洞悉生命的本质，推动生命的进程，或培植文明，或贡奉思想，或成就事业，乃是生命的价值所在。

五

按照生命本质的启示，简单、独立、大度、信任、乐观、贡奉的生活才是一种智慧的生活。这种智慧的生活，会培养出一些气质恢宏、性格坚强的人。不要对这种人定什么规章，他们无论在天堂还是地狱，都会专注于自己的事业；他们安居乐业、安贫乐道，不怕失落——他们会从事物的发展中得到鼓励，得到灵感；他们像情人一般地珍爱生活，从生活中提炼心智上的结晶；内心的丰盈，使他们达观自适，已经不知道得失是个什么样的货色。

面对这么一群贫穷但乐观、坚定、自适的人，市井上的评判便显得多么无足轻重！世俗的怜情与悯意便显得多么浅薄可笑！

我不畏贫，何以贫惧之？！

我不艳俗，何以俗惑之？！

倒是有一种人，才是真正应该悲悯的——梭罗说：

这种人看来阔绰，实际却是所有阶层中（最）贫困可怕的，他们固然已积蓄了一些闲钱，却不懂得如何利用它，也不懂得如何摆脱它，因此他们给自己铸造了一副金银的镣铐。

六

按照简单生活的原则，人人都能给自己建造一个居所，并获取足以生活下去的食物。

一座房子，使其具备遮风挡雨的功能，是一件很容易的事，而使房间温暖，则只需一只火炉。为什么许多人不能拥有自己的居所，系现在的房子已远离了它的本质，成了一种骄奢品：巨大的客厅、铝合金的门窗、昂贵的吊顶、豪华的地毯……富丽堂皇、雄峙傲岸，以居高临下的气势，逼仄着它的居停者。居停者被房屋奴役，人成了物质的奴隶，一座居所耗尽人的一生心血，何谈“诗意地栖止”。

再说食物。梭罗在瓦尔登湖边的两年，吃极简单的食物：马齿苋加盐煮是一顿早餐，盐煮嫩玉米是一顿中餐，薄木片烤玉米面包是香喷喷的晚餐……不仅未感到清苦，相反，身体康健膂力强健，思维清晰，洞微察幽，心智之上，多有所得。

然而，大多数人并不安于简单的食物，他们逡巡于高餐大菜、酒香油腻之间，花样翻新，刻意求精。他们吃的不是生命之所需，吃的是花样，吃的是档次，吃的是门面，吃的是身份。他们为吃而吃，吃得身体臃肿，吃得心智昏庸。有限的生活自由，被吃掉了，除了彰显了动物属性之外，表现不出一丝人的尊严与高贵——人真正沦入堕落之境。人种的退化便开始了。

七

前几年听到这么一则故事：

一个渔民打了一网鱼，便把小船泊在岸边，躺在松软的沙滩上，面遮斗笠晒太阳。一个船队亦靠了岸，船主为那个渔民感到惋惜。

“你为什么不去打鱼呢？”船主问。

“打够了。”渔民懒洋洋地说。

“为什么不多打一些？”

“多打一些做什么？”

“你可以换掉小船，用上大船，甚至给自己挣来一个船队。”

“挣个船队干什么？”

“那样，你可以没有衣食之虞，无忧无虑，自由自在地晒太阳。”

渔民翻了一下身，把后背给了船主：“我现在不是已经做到了吗？”

船主愕然。

什么是生活的自由，渔民与船主是两种理解。船主的理解是可疑的：这种花了一个人生命中最宝贵的部分来赚钱聚物，而为了在最不宝贵的部分里享受的做法，是否明智，让人不能确认。

相反，那个渔民自由怡然的生命方式，却体现着一种本质的东西。我不禁会心地笑起来。

八

梭罗发现，一年中只需要工作六个星期，就能挣足维持健康所需的金钱，再多便是奢侈了。人们应该善待生命，用大量时间做有价值的事：贴近自然，省悟内心，享受生命，完善自我。可以听松风天籁，看湖光山色，俯仰观察，玄思妙想，从容悠然，这才叫自由的生活。如果不自由，是自己没有给自己自由："做一个 Azad，自由的人，像柏树一样吧。"梭罗善意地说。

梭罗的说法，与那个在沙滩上晒太阳的渔民有什么区别呢？

"一个人越是有许多事情放得下，他越是富有。"他们都同样做着这样的证明。

九

人生活在哪个地方为好，梭罗认为生活在乡间更好。所谓家宅者，不过是一个座位，但如果是坐在乡间，便可以闻到空中的芬芳，听到天籁那不息的音乐。

一个过简单而健康生活的人，不能不生活在乡间，在土地上耕种，不需要钱，便可以获得生活之资。在城市中生活，一切都需要购买，便不能不拼命挣钱，生命便无法不沦为挣钱的工具。生命的自由是土地给予的，所以，与其说是耕耘土地，不如说是耕耘心田，感官的生活休息之后，灵魂的生活才会开始。不再为喂食感官而担忧操劳之后，灵魂才能酣畅无虑地生出理性与智慧之花。

乡间的生活是与自然最谐和的生活：暑热难当的时候，庄稼的叶片收拢起来，默默地积蓄生长的能量；农人便也收起农具，坐在大树的绿荫下，啜着自制的粗茶，不热不燥地看蚂蚁上树。这叫"挂锄"，或叫“歇伏”。当大雪覆盖了田野之后，农人也紧闭了门扉，背靠着殷实的粮囤，品着新酿的苞谷酒，唠叨着生活的絮语，坐享天伦之乐。这叫“趴窝”或“猫冬”。人的“歇伏”与“猫冬”是自然与天伦对劳动者的赐予，是精神与灵魂生活的境况，所以，这种生活的自由是高尚的、理直气壮的，是生命的自然律。

当人类的自然律被破坏之后，人便产生了焦虑与危机，人的生活便失去了安宁与平静。

十

古希腊哲学家毕达哥拉斯以奥林匹克运动会为喻，将全部社会成员分为三类人：最低层的是做买卖交易的，其次是参加竞赛的，最后是旁观者。他所说的“旁观者”即思想者的本义，系对世界精神、人类意义的阐述者，系对生命本质——灵魂生活的关怀者。

梭罗的《瓦尔登湖》正是一部对生命本质与灵魂生活予以深刻关怀的书，所以，我们要肃然起敬地阅读它，以虔诚和平静的心情阅读它。因为，这是一个商业的时代，是一个被剥夺了精神的时代，一个不需要品德、良心和理想的时代。仿佛一夜之间，天下只剩下了金钱。对积累财富落伍的恐惧，对物质享受不尽的倾心，使生命变成了一种纯粹的功能，一切追求都仅止于肉体。

梭罗在瓦尔登湖边验证了，人除了必需品以外，其他一无所有也能在大自然的环境中愉快地生活下去。梭罗告诉我们：人必然忠于自己，遵从自己心灵的召唤，恪守理性、品德与良知，为此应不惜付出一切代价。生命十分宝贵，不应只为了谋生而无意义地浪费掉，人在获取生命所必需的物质之后，不应过多地追求妨碍人类进步的奢侈品，应该向生命本质的深层迈进。

我推崇梭罗和他的《瓦尔登湖》，并不是说，我们是机械的迂腐的物质的反对者，亦不是商业文明的反动者，更不是狐狸关于酸葡萄的论调，而是心平气和地劝慰那些物质追求的“落伍者”：贫穷是不可怕的，而真正可怕的，是自我的丧失与灵魂的不得安妥。

哦，永远的梭罗！

经世的通俗

翻检藏书，见到房龙的作品居然占了书架的整整一格，不禁莞尔。

从上世纪八十年代始，到世纪之交，国内盛行房龙之作，最早引进的是沈昌文及他主政的三联书店。随着风起，我也痴迷其中，不仅是《宽容》，包括《圣经的故事》《人类的故事》《我们的奋斗》，只要见到，均悉数买下。

那时，房龙被称作“自由主义代表”“人文主义大师”“始终站在全人类的高度在写作”，云云。后来人们发现，房龙原来很不入流，只不过是一个通俗作家而已。若要了解美国思想史，或是研究英美自由主义，有许多经典可以选读，这个房龙，几乎可以忽略不计。

为什么他还如此被尊崇？斯宾诺莎《政治论》第一章第四节写道：“我始终不懈地做到不要嘲笑人类的行为，不要悲叹它们，不要憎恶它们，而只是理解它们。”我们对此应该给予的理解就是：那时的中国国门刚刚洞开，新的文化复兴刚刚兴起，人们急迫地想了解西方的历史知识和人文思想，为贫瘠的头脑输血。然而十年的荒芜，国人已失去了研读严肃经典的知识准备，他们需要通俗的读物，既能增加一点学问，也能获取一些趣味，在消遣中，完成文化熏陶的正业。而房龙正满足了这种需求，他来得正是时候。

这里还有个阅读心理学或者接受美学的问题。一如王国维在《静安文集续编》中所说：

> 哲学上之说，大都可爱者不可信，可信者不可爱。伟大之形而上学，高严之伦理学，纯粹之美学，皆吾人所酷嗜也。然求其可信者，则宁在知识论上之实证论，伦理学上之快乐论，美学上之经验论。知其可信而不能爱，觉其可爱而不能信，此近二三年中最大之烦恼。

房龙的著作，既可信又可爱，或者是在可信与可爱之间，可以解除王国维式的烦恼。

以他的《我们的奋斗》为例。这本书是对“阿道夫·希特勒《我的奋斗》的回答”，系模仿之作。模仿，依文章分类学划分，可分直仿、戏仿、反仿和续仿四类。房龙用的是反仿，意在驳斥，唱反调。这里，自然有庄重的底色，但也不乏戏仿的成分，文字就活泼了。这其中，房龙在严正的论述中，特别喜欢用闲笔，这样就多了趣味，有了张力。比如论述“内向型性格”给希特勒带来的影响，他写道：

> 有些女孩，在教堂礼拜结束后，被送她回家的热情过度的情郎吻了一下鼻尖，这之后，她一生都没有从震惊中完全恢复过来。然而也有些姑娘，在快活地经历了半打风流韵事后，仍能够嫁人生子，成为贤妻良母，并对自己多少有些浪荡的过去毫无芥蒂。

虽是一处闲笔，却用很生动的譬喻，揭示了卑贱的出身和不如意的儿时经历，形成了希特勒的阴郁性格，这种性格像驱之不去的阴影，始终遮蔽着他的心胸，使他终生都不能豁然处事，在自卑中变异，既不信任自己，也不信任别人，爱走偏锋，害人害己。直让人感到，影响一旦发生，就不可收束，要么新生，要么毁灭，没有中间的状态。

所以，房龙的作品，通俗但不浅薄，其活色生香的笔触，给人以阅读的吸引。他既普及了常识，也给了读者会心的快乐，传播的效能，自然要高过高头讲章和板正的著作。

灵魂的叹息

读纪伯伦的《音乐》，感念到，人的心灵的渴望是无限的，而躯体却是一个窄小的牢房。于是外边的世界始终是梦，一个不可破译的大梦。

在躯体的牢房里，人渴望破译世界这一神秘的梦，便在与困厄的厮争中，经历了太多的磨难，百感交集，便发出一声接一声的叹息。这叹息是酒一样的东西，给人的绝望以瞬间的迷醉，让心灵喘一口气。

这一声接一声的叹息，便是音乐。

纪伯伦的《音乐》，使我对音乐生出一种新的认知，使我对音乐的理解，从器官的愉悦，升华到生命的层面。

所以，音乐不仅仅属于有闲，更是属于困苦的生活。

在孤独中的人，如牧童。羊只安谧地吃着青草，他坐在一块石头上吹他的芦笛，芦笛优美的旋律代替了山谷可怕的岑寂，驱除了啃噬心灵的孤独；被乐曲迷醉的羊群，益加驯顺温柔，如牧童慧心的伴侣。

一个长途跋涉得精疲力竭的被遗弃者，望着低回飞翔随时准备吞食的秃鹫，他痛苦地哀吼起来，一声接一声的哀吼，连缀成一曲不甘者的悲歌。山谷的回响也连绵不断，把大自然对人类永不遗弃的深情淋漓地倾吐。在绝望者愤怒者的音乐的轰响中，秃鹫选择了依依的远遁。

不管生命到了何等境地，音乐都忠实地伴随着。谁说善良者的眼泪不是音乐？谁说反抗强暴的少女的呻吟不是音乐？种种，种种，皆是音乐在生命中的存在方式。

因为音乐从本质上是生命的语言，纪伯伦说，一个热爱生命的人，应该喜欢和有副好嗓子的人坐在一起。好嗓子会掀起人们内心的波澜，在歌声的感染中，陷入各自对生活的回忆，发出感应化的叹息。他说："对于这些人的心来说，叹息是甘甜的。"

这是对的。歌声，唤起了人性的共鸣；音乐，将心灵与心灵沟通。

但如果我们没有好嗓子怎么办？

就不管嗓子的问题，自由歌唱。

我们的幸福是自己的幸福；我们的痛苦是自己的痛苦；我们的悲伤是自己的悲伤；我们的快乐是自己的快乐……我们的生命不可替代，那么，我们心灵的叹息，便亦不可替代！

心灵被躯体困厄着，追求自由的意志便应更加坚定：只有人去选择音乐，而不是音乐来选择人。

> 啊，音乐，心灵和爱的女儿！……我们把灵魂托付给你的波涛，把心灵委托在你的深处！请载着它们去物质的彼岸，让我们看看幽冥世界的奥秘。

纪伯伦代表人类说。

现代人的“圣经”

人们感受到一些人利用权势盘剥百姓的利益，却不做实际的反抗，只是暗自愤懑着，发徒然的牢骚；人们感受到金钱的卑污的挤压，却不从心中树起高标的价值屏障，只是虚妄地怨恨金钱的腐蚀，而不放弃营营小利的获得；人们感受到市井之上正以肉体的准则来衡量灵魂，用物质的标准来裁判精神，却不倔强地捍卫精神的家园，只是躲进一己的小天地，玩味一些小情趣……

在眼下的市井之上，这差不多是众生相。

沦丧了使命感的人们，学会了在抱怨中求平衡，在闭锁中求安妥，在无奈中求所得。自私、冷漠与懦弱像一条晶莹而肥硕的虫子，啃啮着尚有最后的良知的人们，“清静无为”成了善良人自我解脱的遁词。

所以，在这个世纪，我们真正需要的是大勇者、“叛逆者”和不怕自我牺牲的精神先驱。

这是一件困难的事。

因为人人都在坐等。

便不要企盼天上掉下来拯救者，也不要祈求他人成为这样的英雄。便要做切实的努力，把责任放到自己的肩上，以“爱恨一肩担”的胸怀做艰苦的修炼。至于大勇者、“叛逆者”及精神的先驱，今天我们虽然还不是，明天我们肯定是。

这是一种解放和建设的境界，须以使徒般的情感去追逐；这样的使徒，已拥有了自己的一部“圣经”，便是纪伯伦的《叛逆的灵魂》。

一位富人用物质诱娶了一个美丽的女人，但在物质中浸淫了一些时日之后，关不住的爱情使她毅然告别了多少女人正觊觎不已的物质，投奔到她清贫的爱人的怀抱。她宣言道：

> 你们看吧，看看那些富翁、权贵们的豪华住宅和巍峨的宫殿吧。在用绸缎制作的壁纸后面是不忠和虚伪，在金碧辉煌的天花板下是欺诈和造作。请你仔细看看这些代表着荣耀、门第和幸福的建筑吧，那不过是隐藏着屈辱、不幸和悲惨的洞穴，是装饰华丽的坟茔。在那里，有藏在可怜女人口红和脂粉后面的狡诈，有被珠光宝气遮住的男人的自私和兽欲。那是傲然耸入云端的宫殿，假如它能嗅到自身弥漫的苦难和欺诈的气息，便会破裂、坍塌，倒入深渊。贫苦的乡下人，常噙着泪水望着这些住宅。不过，如果他们一旦知晓里面的人，没有穷人心中洋溢着的甜美的爱情，就会发出讥笑，满意地返回家园。
>
> （《叛逆的灵魂·沃丽黛·哈尼》）

今人也在大声呼喊“寻找家园”，却总是住在豪华的“客栈”里，就是不回到早已找到的朴质的家园，其心之浅薄之虚伪，尚不如一介妇人。

一个不信教的青年逃出了修道院，因为他感受到，只有丧失了自我意志、思维、爱好以及一切个人的心理活动，成了教会的工具以后，才能变成修士。当追杀他的人把他捆缚刑场的时候，他镇定而庄严地说：

> 收起你的剑来，我的主人，因为谁用剑，谁就会被剑所杀。
>
> （《叛逆的灵魂·不信者的赫里勒》）

这是忠于自己灵魂的人的勇毅之剑，奴才和行尸走肉，无擎持之力！

一个将军霸占了一个青年的未婚妻，青年自卫却被砍了头；一个少女不愿嫁给自己不爱的人，却被乱石击死；一个被修道院的巧取豪夺盘剥得一无所有的修道院苦力，为了快饿死的孩子从修道院拿了一把属于自己的麦子，却被判了绞刑。宣叛者自以为主持了正义与公道，不许死者的亲属掩埋尸体。但死者的亲属不畏强暴与淫威，不仅冒死掩埋了尸体，而且还在每座坟茔上树立起了一个不屈者的意志：

> 青年的坟上插着一把剑，
> 少女的坟上植着一束野花，
> 苦力的坟上立着一座十字架。
>
> （《叛逆的灵魂·坟墓的呐喊》）

为了重新确立这世间的价值，现代人应该伴着血、泪与火去耽读这部“圣经”，然后，付之激浊扬清、匡正世风与人心的行动。

猜读怀特

白天忙俗务，颇疲累，晚间就无写作欲望，斜倚枕上读埃尔文·布鲁克斯·怀特《从街角数起的第二棵树》（上海译文出版社，2008年8月版）。

怀特是随笔大家，他的文字很独特，既无聊又有趣，既残缺又完整，既荒诞不经又一本正经。

在《爱回嘴的超验主义者》一文中，他写自己总是爱带一本世界名著版的《瓦尔登湖》出门，得隙就读上几页。这本来是正经雅事，却给他带来一系列怪异的举动。

午间走进一家餐馆，侍者见到只有他一人用餐，颇不悦，说："就你一人？"他说："大部分时间里，我觉得寂寞有益于健康。有了伴儿，即使是最好的伴儿，不久也会厌倦，弄得很糟糕，所以我爱孤独。"他洋洋得意，侍者却一团雾水。

访客时，女主人问："您想喝点什么？"他却回答说："还是让我喝一口纯净的黎明空气吧，如果人们不愿意在每日之源喝这泉水，那么，啊，我们必须把它装进瓶子里，放在店里，卖给世界上那些失去黎明预定券的人们。"女主人不知所措，觉得他有失正经。

初阅，我也觉得怀特的文风很油滑，但复读一遍，用心揣摩，却发现，表象的背后，其实他真正要表达的，正是一种很庄重的东西。他是说——对名著的痴迷，或对一本书的长期沉迷，是一件极其危险的事，它不但会影响了你的思维逻辑，也会影响了你的语言逻辑，因为这种影响是在不知不觉中发生的，所以更可怕。

他进馆子、去别人家做客所说的话，正是梭罗超验主义的典型方式，在日常琐事、平易物事中，也喋喋不休地阐述哲理、追求玄奥。字词虽然典雅，但与凡常人生隔膜，不被人喜。

原来怀特是在讽刺，是在警示，是要人们既要警惕"过量阅读"，也要警惕"过度阐释"，这一点，与苏珊·桑塔格有异曲同工之妙，只不过他讥诮，苏珊佶聱。

结合国人实际，如果在官话、套话、大话的语场中生活久了，绝对会不由自主地说出譬如"重塑""提升""打造""整合""借势"等字词。

文人是百年一出、自我成长的一族，却要"打造"名人；小公鸡依本能而呼出的一声啼叫，却偏誉为"讴歌"；种种，种种，岂不可笑。

在《关于当今时代的笔记》中，他写了一组市井速写，很短，对其中的含义也不做完整的论述，好像只是在讲笑话，让人解颐。譬如他写温克斯太太，说她有意思，因为她虽然在银行里有一笔足可以体面地生活的存款，19799.09美元，比很多人都要强，但她却每天睡在过道的两只大纸箱里，而且把所有的衣服全部穿在身上——大衣、毛衣里外穿了七层，因而以"妨碍治安"获罪，遭到拘捕，并被判缓刑。他说，温克斯太太是错的，错在她为什么不租个住处。之后，他又荡开笔去，说，温克斯太太是个独立自足的人——她干活挣钱——给人做家务——生活极为节俭。又说，租个房子没什么了不起，不过是，得有橱柜，得有地毯，得有除尘器，得靠分期付款置办家具、购买电视，看电视里播报的战争新闻。虽然我们每天都能读到通货膨胀的消息，但依温克斯太太在金钱方面的稳健，这都不成问题。

文字表面好像怀特不同情他的描述对象，笑过之后，稍一沉吟，却醒悟到，其实他处处表达着对弱者的体恤——温克斯太太是个勤劳守法的人，怎么就妨碍治安？而真正妨碍治安的因素到底是什么？面对日益加剧的通货膨胀，她那一点屈指可数的存款，又如何有能力支付租房之后所增加的种种多余的开销？

原来怀特有高超的叙事谋略，他正话反说，重话轻说，让笑容里含泪，让戏谑里藏针！

还譬如他写美国的电影审查制度，虽弊端深重，但他不正面痛责，以快意恩仇，而是讲段子、讲趣闻——要拍一部后宫题材的电影，当然要美女如云，当然要艳情裸露，但是按规定，不能暴露女性乳房。一番争论之后，有了完美的结果：一只乳房可以公开展示，两只则不行，因为这样可以同时满足矛盾不可调和的两派人——艺术至上主义者，他们要求裸露乳房，他们认为这样也好，你看到了一只，就等于看到了两只；那些所谓的体面派，他们坚持要遮住，便也认为这样尚可，遮住一只乳房，就等于说明乳房拥有者对此根本就不情不愿，因此就等于遮住了全部。这一微妙而影响深远的决定，保全了两者的面子，使其相安无事，社会和谐，因此审查官们的智慧无与伦比，让人肃然起敬。

讲完了趣闻，怀特戛然而止，不再多置一词。这是多么残缺的叙事，让惯常的阅读习惯不能接受。然而，瘦树的背后，却有着巨大的阴影——因为留白，所以张力凸现；因为不叙述含义，所以隐喻丛生。

结合国人，不禁让人想到：上有方针，下有对策；上有原则，下有变通；上有严法，下有解构……种种社会病灶的产生，其背后的原因真与美国的“审查官”的道德缺失、良知缺失、责任缺失所类同。

所以，怀特的剑锋所指，处处是美国的社会弊端；嬉皮笑脸背后，是他公共知识分子的道德担当和责任本色。

怀特的文字，处处平易，却处处深刻；人人能懂，却未必真懂——因为他总是把含义藏在字纸背后，须猜，须思忖，对懒惰的头脑有阅读挑战，会被误读，会被轻视，以为他无聊，以为他残缺，以为他滑稽，一如初读的我。

夜之细声

夜之细声，是一篇文章的题目，缘自美国随笔大家怀特之手。

在这篇文章中，怀特记述了他阅读梭罗《瓦尔登湖》的感受，娓娓道来，有自然起伏的情感律动，好像他早已把自己和梭罗融在了一起，心心相印，一同成长。

夜之细声，自然是翻书的声音，是有关阅读的一个意象。这个意象很美，温柔的夜色，会心的阅读，意绪安详，有宗教气息。

因而他说，阅读，是人逃离红尘、回归内心之旅。

梭罗的逃离，选择了一种极端化的方式——在湖畔筑屋，简约物欲，放逐心灵，体验与发现人在原始状态下的人性图谱和生存可能。他所得多多，归结为一点：金钱，只是为多余的欲望买单，人类本性上的满足，是与物质的多寡无关的。

梭罗的方式让人感到古怪，被看作是“未开化的人”。怀特则认为，正是这种“未开化”的状态成就了梭罗，让他抓住了人与自然的关系、人在社会中的困境和人追求精神升华的能力，并将三者对应思考，推出了一道富含维生素的济世菜肴，供人在贫穷和饥饿的日子里获取营养。怀特干脆说，梭罗及他的《瓦尔登湖》如果少了一些古怪，也就少了一些精彩，也就少了一些反拨的力度。

由怀特的思绪，我不禁想到：对梭罗的认识，本质上是个生存观念问题——太开化的人，用身外的标准衡量生活；“未开化的人”则用内心的标准。人一旦回归内心，就拥有了定力，进入纯净和质朴的境界，一如“日出而作，日落而息，凿井而饮，耕田而食，帝力于我何有哉”式的生命自适，痛苦远去，幸福翩然而至。也就是说，有了内心的标准，“贫穷”和“饥饿”这类生存窘境，也就不再可怕了。

怀特读梭罗，我读怀特，三个人的心因字纸而连接在一起，虽夜色静虚，但内心充盈，感到孤独与寂寞，其实也是一种美。

因为在阅读的时候，无形的时间变成了一条有形的溪流，阅读者静静地坐在岸边，一如垂钓者等待鱼。只要读得下去，终有鱼漂浮动、鱼弦颤抖、鱼儿上钩的时候。长久的等待，也是好的；不容易的得到，才让人兴奋不已。

正如垂钓并不是为了吃，读书也不是为了用，而是为了得到一种叫“会心”的东西。情人在一起喁喁私语，竟至通宵达旦，说的几乎都是无用的话，却有不可言说的幸福感觉。因为他们彼此会心。会心，是一种生理和心理快乐共振的状态，这一刻，超越了现时功利。所以，阅读之乐，类似于情人之乐。

因此我想，怀特的所谓逃离红尘，回归内心，指的并不是逃避现实，自我封闭，而是说，阅读活动可以缓解个体的人与现实的紧张关系。沉浸在精神世界中的人，因为拥有了内在的享受，便不会再斤斤计较于现实生活的缺斤短两及冷热浮沉，因而就变得平静、从容、大度、优雅，看世界的目光也就妩媚了。一如梭罗所说：

> 我们居住的这个离奇世界，不仅仅便利，而且奇妙；不仅仅有用，而且美好；不仅仅供人使唤，还能拿来赞叹和欣赏。

对这点，怀特的感受是深的——

我愿意在梭罗的陪同下，漫步乡间，观赏当代风情，体察今天的暴风雪，指点明日的湖光山色，为我的罪孽，道出早该道出的歉疚。

阅读居然能给人带来感恩的情怀，大善存焉！

怀特的书，我是从三联韬奋书店买的，共两卷，一卷是《这就是纽约》，另一卷则是《重游缅湖》。《夜之细声》一文刊于后者，小辑的栏题叫：书、人与写作。它集中论述了人与书的关系，给人的启示多多，是最堪耽思量的部分。

北京的三联韬奋书店，有三层的店面，在每层楼梯的台阶上，都坐满了阅读者，他们静静地翻书，确定最需要的候选。那个阵势，像教徒寻找福音，让人肃然起敬，不敢大声讲话。有一个年轻女子，穿着窄短的裙装，坐在那里，低头阅读，露出白润、浑圆的膝盖，有逼人的性感。如果她游走在城市的街头，一定会激起一些复杂的欲念，但此时的她，是那么专注，给人一种贞淑无邪的感觉，让人看到圣洁之光，内心立刻就纯净了。

夜晚的阅读，从某种意义上说，正是延续了这种纯净，让人远离了动物属性，在不断净化中，心中有了光亮。

诗歌的时空维度

罗伯特·潘·沃伦，美国第一任桂冠诗人，早年为“新批评派”代表之一，晚年诗风发生重大转变，被评论界称为“我们最杰出的文学家”以及“二十世纪后半叶最重要的美国诗人”。

读《沃伦诗选》(河北教育出版社“二十世纪世界诗歌译丛”第三辑，2003年1月版)，我心情愉悦。因为他的创作方式，正与我当下的创作实况相同。沃伦的诗，充满了回忆。但他对过去的回忆，往往与今天的现实交织在一起，既是过去时，也是现在时。此时，彼时；传统，现代——诸种对立因素相互映照，表达就有了时空维度，意义就悠远，就阔大，就丰厚，极具张力。

我近年来的散文，之所以被各种身份的读者喜欢，就在于改变了单一、线性的写作方式，回忆与现实、叙事与抒情、体验与思考杂糅在一起，有了复调，有了合奏，就多了共鸣点。

沃伦的《明尼苏达回忆》一诗，其中心意象：人如果向虚空、绝望中呼喊，越是急迫锐利，越是虚空绝望。安妥自己的唯一方法，就是平心静气，忍受虚空，不存希望。有了足够的忍耐，充盈和希望，反而不请自来。

《亚利桑那的午夜》——草原狼的悲恸，使群星虚白，使“我”无言——大自然的舌头发出悲声之时，“我”也结舌。于是，人的痛苦，与宇宙大痛相比，往往是一种奢侈，是多余的欲望不被满足之下的不苦之苦。

他的《胡须的栎树》代表了他诗歌的“底色”，颇为我喜，复读不止：

栎树，多么微妙并且像海，
长着胡须，一层一层的光
都在它们的上方游；场景就这样
隐去，等待着积极的夜。

于是，等待，我们在草中卧下，
头顶的光线含情脉脉，
草丛如海藻，满足了
空气莫名的动作。

我们在光的地板上安歇，时光
毫无怨言，由珊瑚虫组成
我们，随着光的退却，
变为荫凉搁板上孪生的珊瑚礁。

年龄走向我们的构造
朦胧的建筑，一时一时：
暴力，此刻忘却，借予
目前的寂静它所有的力量。

我们头上正午的风暴卷起来，
从光中卷起愤怒，愤怒的金子

长长的累赘麻烦着我们，那深处：
黑暗不曾摇撼，不起波纹，静止。

情欲和杀戮，同情、没落，
一分分窃窃沉降，
将摇摆的溪流淤塞不畅，为我们的
无声奠立地基。

这里一切辩论都无声响
正如我们所有的狂怒，石头的狂怒，
假如希望毫无希望，那么无畏便是畏惧，
历史便这样消失。

我们的双脚曾敲响空洞的街道，
回声传来时街灯已经死去。
窗前，我们的头灯闪闪发亮，
掠扰了跳跃逃遁的雄鹿。

我不爱你，除非
囚禁的心制造铁栅栏，
除非所有曾给予多级黑暗的光
此时都将收回。

我们生活在时光如此少的时代，
我们异常痛苦地学习一切，
因而我们可以割让这个小时，
为永恒而训练。

警惕“平庸之恶”

以复杂的心情读完汉娜·阿伦特的《反抗“平庸之恶”》。

1962年，阿道夫·艾希曼这位在二战期间，执行纳粹对犹太人屠杀的“最终方案”的刽子手，被以色列审判庭宣布对至少三百万无辜的死难者负责，而处以绞刑。但就在整个犹太民族为之欢呼雀跃之时，犹太学者汉娜·阿伦特却发出了不同的声音。她提出了一个“平庸之恶”的概念，为艾希曼辩护。

她认为，艾希曼犯下的罪行，并非出自他的主观故意和个人意志，而是对集权社会强大权力的被迫服从。就个体而言，艾希曼是一个彬彬有礼的绅士，一个热爱家庭的好先生，一个严谨守德的模范公民，他所做的一切，不过是“服从命令”而已。

她指出，任何一个处于艾希曼的位置的人，都会做出相同的选择。因为在纳粹政府多年的集权统治、专制宣传以及高压政策的限制下，所有德国人已失去了“自主思考”的环境、条件与权利，个体在集体的覆盖下，没有能力做出自己的善恶判断，只有盲目地服从。而且不断的“清洗”，使其国民人人自危，出于自保，没有人敢对身边发生的恶行发出质疑和反抗，只能采取漠视和放任的态度。如果这也叫恶的话，相对“极端之恶”（伊曼努尔·康德语）来说，这只是“平庸之恶”。

与阿伦特相对应的更形象的阐述，是风行德国的小说《朗诵者》。小说的主人公汉娜与艾希曼有相同的人生轨迹。汉娜作为一个女看守，负责挑选女囚犯，把她们送到奥斯维辛集中营去受死。当审判法官问她：“你为什么这么干？”她反问道：“如果是你，你会怎么干？”法官被问得哑口无言。在她看来，她干的只是一份工作，尽职而已。从汉娜本身而言，她喜欢文学，喜听朗诵，是个有着锦绣内心的多情女人，但她被历史“催眠”了，毫不怀疑地，甚至是兢兢业业地去扮演命运分配给她的角色。

将《朗诵者》搬上银幕的导演戴德利说：“并不是每个人天生就是刽子手，更多的人都是不知不觉地参与到罪恶之中，就像汉娜一样，他们其实也是受害者，只是没人关心他们而已。事实上，他们往往付出了更为惨痛的代价。”

也就是说，艾希曼、汉娜们的“平庸之恶”所收获的并不是“平庸之痛”，而是迫害与被迫害的双重之痛，不被宽恕，也无力自赎。

总之，阿伦特的理论，给了我们一个反思历史的深刻角度。

从根本而言，“平庸之恶”的始作俑者正是体制和社会结构本身。单一的集权社会会造成其成员的极端盲从，整体无意识地成为“极端之恶”的附庸和帮凶。换言之，社会结构决定了个体在其中是否具有应有的思考环境，失去了这个环境，就失去了主观判断的可能，就只能在强权推动下随波逐流，融入“恶”的合唱之中。“极端的恶”的反人类性质，使人们把它视为洪水猛兽，唤起提防意识，并通过直接的手段加以消解和惩治，而“平庸之恶”的隐蔽和习焉不察，使人们整体地麻木，而不加以预防。这正是“平庸之恶”的可怕之处。

当“平庸之恶”大肆泛滥之时，势必是社会结构和环境已病入膏肓、不可救药之际。而且“平庸之恶”就像癌细胞一样，一旦扩散、蔓延，便难以根治。因此，人类在反思历史时，绝不能忽略社会体制对人类个体的深刻影响，如同《朗诵者》中所说：“每个人心中其实都有一个魔鬼。”

相见两离析

一

欧文·肖的长篇小说《富人，穷人》是一部“小说中的小说”：曲折的故事情节，丰富的人间情味，有一种强烈的“实况感”——他已把艺术与生活融成一体，其“典型情感”的浓郁与凝聚，让人每每读之，都能读出自家的切肤之感。进入书页之后，你不再是一个冷静的阅读者，你就是鲁道夫，你就是托马斯，你还可能是格丽卿，或者是年迈的乔达虚。因为，你穷过，也富过；你潇洒过，也憋屈过；你做过昂头挺胸的狮虎，也当过被人打断了脊梁骨的癞皮狗……所有细节，都有你的影子；所有的经历，都有你的感觉——书中之哭让你哭，书中之乐让你乐——书中那一声世纪初的纽约街头的醉酒者的叹息，在世纪末的北京民居的廊宇下，竟荡起了一个沉闷的回声——时空的分界消失了，民族的隔膜贯通了——只有人的喜怒哀乐。

所以，艺术的力量，不在于技巧，而在于：一、是否写了活生生的人（而不是意象中的人）；二、是否写了人性的真实状况；三、是否写了人类的“典型情感”。

二

人的生活差异，在于生活起点的不同；而生活起点是不能选择的，它是人的宿命。

鲁道夫从梦中醒来，发现自己始终躺在面包房肮脏的阁楼里。他父亲乔达虚是一个德裔美国人。战火的频仍，使他流浪到战争的后方——美国，而美国并不是天堂，它只能赐给这个远方的朝觐者一爿小小的面包房。他被烤房里的柴烟熏蒸了几十年，但仍过着朝不保夕的"边缘人"的生活——如果他愿意跳到房外的臭水沟里，不会有一个体面人生出打捞的念头——他从来都生活在被漠视的境地。所以，他对生活绝望了，青灰多皱的脸上没有表情，他一边干着活儿一边诅咒道："我应该在哪只面包里放些毒药？"他过着被毒化的生活。他殚精竭虑地积攒了一生，才攒下五千美元的资产——尚不如一个白领人的月进项。

所以，鲁道夫从来就没指望过父亲，只能自已圆梦——他靠自己拼命读书而进入商界，进而跻身上流社会。当他疲惫不堪地检视自己的奋斗历程的时候，发现自己的终极所得，仅仅是一个富家子在襁褓之中就已划到名下的那份继承——穷人的终点，仅是富人的起点。他便失去了感受幸福的平衡心态——他感到自己一无所有：没有价值实现的愉悦，没有受人尊重的快感，只有心灰意懒的失落和内心的麻木不仁。

如此情景，正如卢梭所说，人类不平等的根源，不在于人类个体的差异，而在于不平等的社会制度——所以，在强大的体制差异面前，消灭不公的个人努力是微不足道的，是一厢情愿的，甚至是可笑的。社会制度的改革与优化，是人类平等与进步的前提与基础，这是一个历史命题，也是一个现实命题。

欧文·肖是资产阶级作家，却为人类提供了一个揭露资本主义制度种种罪恶并为无产阶级呼与求的社会文本，这再一次证明了知识分子，特别是人文知识分子的价值特征，即：人道主义的特征，社会良知的特征，历史批判的特征。

所以，真正的知识分子，是有理由有资格得到大众的尊重的。

三

虽然，社会制度的不公，给富人带来了莫大的好处，但在财富积聚的同时，富人往往并不因此就具有了道义的厚度和人性的温度，对弱势群体给予同情与关爱；相反，他们以优等人群自居，对穷人施以鄙薄与挤压——他们对穷人所扮演的角色，往往是入侵者和掠夺者。

鲁道夫的姐姐格丽卿是个美丽的穷女人。她的老板博伊兰认为，贫穷而美丽的女人，天生就是用来让富人玩弄的。于是，他以伪善的面孔，利用女性爱慕虚荣的弱点，把她诱奸了。

对穷人来说，这是个严重的事件。因为从此以后，格丽卿再也找不到做人的尊严了。她为了活下去，而一次又一次地嫁人，灵肉一直分离着，从未体味到圆满的幸福——富人把穷人毁了。

然而，富人却激发了穷人的自醒——富人的入侵与掠夺，使穷人丢掉了对富人的幻想，毅然站到了富人的对立面，从而使他们彻底摆脱了对富人的依附——“宁可吃尽牛马苦，也要活得有自由”。

所以，不管博伊兰如何讨好，格丽卿总也不嫁给他。而她的弟弟托马斯干脆不屑于进入白领人的工作间过安逸的生活，而是弄了一条破游船，在险风黑水间讨生活。所以，穷人与富人之间，本质地存在着一种不妥协不和解的关系。

这种不妥协不和解，是穷人赖以生存的人格基础，也是他们不断奋斗的深层动力。所以，即便有一天穷人也跻身富人的行列，对富人的那种天然的敌意也已隐隐地潜流在被华服包裹着的血管里——对贫穷的刻骨记忆，使他们不会忘了自己的来路，一旦有了对这个资本主义社会反戈一击的时刻，他们不会坐失良机。正如韩毓海所说：

> 实际上，正像贫穷造成了资本一样，资本主义在养育了自己的继承人的同时，也孕育了自己的掘墓人——文化现代主义和批判的社会学。这就是马克思所说的历史辩证论。
>
> （《富家子》，载《声音的重量》，作家出版社，1998 年版）

这是理性的论断。而通俗的说法是，在这个世界上，金钱（资本）的非公平拥有，污损了人性的美好与单纯，也败坏了本应和谐的人际关系——因此，金钱不代表道德，也不代表正义，更不代表世道人心。恰恰相反，金钱掘构了人间沟壑，离间了本该浑然和谐的人类情感。

那么，对金钱（资本或物质）的迷信，便是幼稚的，愚盲的，也是危险的。

直面现世的迷离

索尔·贝娄的《赫索格》是一部现实意义很重大的书。

其主人公赫索格的一句话，正道出了这种意义之所在。他说："事实王国和价值标准王国不是永远隔绝。"这是值得今人很好领悟一下的具有警世意味的话。

在市场经济发展的初期，现世迷离、人心叵测，人道主义确实发生了危机。而人道主义正是知识分子赖以安身立命的思想基础，因此，人们自然会对纷乱的现世产生认识上的迷离。

这一切，作为美国中产阶级知识分子的赫索格，比我们先一步有了较为深刻的体验。这一体验，马德琳和格斯贝奇的忘情负义，是一个爆发点，使赫索格最终发现，在现代社会中，人的观念已发生了变化，人道主义理想已被现实生活击得粉碎。现实生活处处显得与他格格不入，他的那套"高尚的理想"，他的"好心肠"到处碰壁，正如他自己所说：

> 在这种年头，要是仿佛不会给自己招来麻烦似的对人行善，一定会被人疑作是脑子有毛病了——患了受虐狂或者任

性症什么的。人类所有高贵的道德情操，往往被人怀疑为一种欺骗手段。

于是，他的精神支柱遭到了破坏，心理状态失去了平衡。在那风雨飘摇的世界里，他找不到赖以生存的立足之地，不知应该怎样认识周围的现实，怎样对待和安排自己的生活，甚至弄不清自己的生命到底在哪里，怀疑自己究竟还是不是一个人，也即发生了所谓“自我本质的危机”。他曾痛苦地大声疾呼：“我感谢上苍给予我一个人的生命。可是这生命在哪儿呀！作为我生存唯一借口的人的生命在哪儿呀！”

这是当时美国社会的真实折射。因为“不可避免的个人混乱，也就是社会悲剧的写照”。

《赫索格》的伟大之处正是在于，让其人物（赫索格）身处迷乱的现实社会，内心的矛盾与痛苦极端化的时候，让他透过迷雾看到人性深处那虽微弱却温暖的善性的东西：赫索格的二哥威利，虽经商欺诈，但对赫索格也充满兄弟之情；像格斯贝奇这样玩弄感情的荡汉，对妻子亦是那么温顺，对孩子亦是那么柔情……这一切，都给人以感动和希望。所以，人们有理由坚信：人性是不灭的，人类是有前途的。

索尔·贝娄给赫索格找到了一条直面现世迷离的生路：既生活在现实之中，又不附和时代的疯狂；既不积极反对，又不随波逐流；既与现实和解，又保持着个人尊严。

这其实亦是一条艰难的路，但的确是一条可以选择的路。因为，有路总比没路好，有路便不会绝望与沦丧。

“抵抗”中的成长

连日晚睡前读一部书，是一部老旧之书，四十余万字，即《扬布拉德一家》（外国文学出版社，1980 年 3 月版）。该书系我一次逛北京春季书市所得。之所以说其“老旧”，不仅出版年限已逾三十年，而且纸质暗黄、酥脆，已经不得翻，一掀动书页，纸屑就落下，读罢之后，要洗手。但纸页有彻骨的幽香，鼻翼一翕动，人就醉了。

它的作者是美国黑人作家约翰·基伦斯，书后附有简介：

> 约翰·奥列佛·基伦斯是美国黑人小说家和杰出的社会活动家，1916 年 1 月 14 日出生于美国南部佐治亚州麦康，在南方成长并受教育，上过霍华德、哥伦比亚、纽约等大学，1936 年起在华盛顿的国家劳工关系局任职，1942 年入伍参加海军陆战队，曾在南太平洋作战两年多。《扬布拉德一家》初版于 1954 年，是基伦斯的第一部长篇小说，也是他的代表作，出版后广受赞誉，被誉为“美国黑人进步文学的里程碑”。这部小说，以扬布拉德这个黑人家庭两代人的生活和遭遇为主线，集中表现了本世纪头三十年里美国南方黑人所遭受到的歧视和

迫害，也描写了黑人的初步觉醒和在革命的工人阶级领导下团结起来进行斗争的意识。他的另一部代表作《于是我们听到了雷声》(1963)，写了美国军队中的种族歧视，系根据作者的亲身经历而写成。六十年代以后，他一方面从事写作，一方面在费斯克、霍华德、哥伦比亚等大学教文学创作，主张用传统的批判现实主义创作方法写重大的社会题材。他虽也写过一些电影剧本、剧本和政论，但他的主要成就是四部长篇小说，除上述两部小说外，尚有:《西比》(1967)，通过爱情友情描写1954年美国最高法院裁决取消学校中的种族隔离制后黑人民族与白人统治阶级之间的矛盾与斗争;《八人舞》(1971)，作者自称是用“美国黑人语言”写的一出“黑人的黑色幽默喜剧”，以讽刺为初进社交界的姑娘举办的舞会以及“其他类似的资产阶级臭玩意儿……它们把黑人民族引向民族团结的相反方向”。作者在写作之暇积极参加社会活动，曾担任哈莱姆作家协会主席和美国非洲文化协会作家委员会主席等职。1973年曾来我国访问。

即便作者在历史上曾拥有盛名，但在今天，他已经死寂无名。可见他在美国的文学地位很低，尚未进入经典作家的行列。面对这么一位被湮没了的作家和这么一部被尘封了的书，我试着开始阅读，像一次没有预期的探险。

但阅读几页之后，躺在枕畔的我，情不自禁地坐了起来，因为他的书写，质朴而多含感情，贴着人物的身份，用人物自身的情感逻辑娓娓道来，准确地呈现人性的内在特征。开始的这几页，写一个叫萝莉的黑人女婴的诞生。他的父亲自然希望生个男孩，但面对“颜色像胡萝卜那么红”的既可笑又可爱的一个小小的生命，父亲马上想到的是“现在可得加倍地干活了”，因为在被白人压迫的生活环境中，女孩子的成长就更多了几分艰难，他必须“争一口气”，给女儿最起码的庇护。他的心绪是复杂的，“他一方面觉得软弱无力，一筹莫展，惶恐不安；一方面又觉得自己坚强有力，无所畏惧”。为了给自己壮胆，他在庭院里放枪，在砰砰的枪声中，他感受到了上帝赐给他的力量，因为女儿的存在，他必须站立起来。

这来自被压迫者的心灵消息，是那么的准确，其悲壮的成色摄人魂魄，让读者情不自禁地进入并展开对一家人未来命运的关切和猜想。

我一气读了三十页，读到小说的主人公悉数登场。而每个人物的出现，都有自然而然的来路，都是命运的安排，让他们不得不前来扮演自己在生活中的角色，不仅他们自己不能选择，即便是作者，也没有任意安排的能力。

我深刻地感到，这是一部让读者深陷其中的小说，一旦拿起，就再也放不下了。

但是，还是强迫自己放下，一如真感情到场，不能放任地挥霍，要慢慢地消享。熄灯躺下，却不能入睡，依着书中的线索，演绎后边的故事，一如与爱人分别，还在揣度她的心思，以便再次与她相见时，能够心心相印、琴瑟相和，让快感升级。

就这样，经过五个既陶醉又节制的夜晚，完成了这次阅读之旅。掩卷沉思，发现，这是一部反映“反抗者”自身不断成长的小说，力量之源，是内心的觉醒、勇气的形成和意志的不断壮大。

萝莉的女儿洁妮，被白人欺负，幸亏有哥哥罗贝及时出现，才免遭失身。但白人警察把罗贝带进警所，罪名是他殴打了白人。萝莉被传唤，让她用鞭子抽打自己的儿子，向白人谢罪。这是萝莉所不能接受的，因为是白人的侵犯在先，儿子不过是在情急之下对妹妹施行了救护。但白人警察坚称，白人是有修养的，怎么会强奸黑人？即便有个正直的白人目击者出来作证，也被视为神经出了问题，不足为凭。他们的逻辑是，生为黑人，又长得美，这就是罪过，是治安的不稳定因素。萝莉是个有坚定意志的人，从小就懂得抗争，自然不能抡起那不公的鞭子。但警察警告说，如果她不抽打自己的儿子，就要把罗贝投进感化院。她震惊了，因为她的哥哥就被关进过感化院，知道那是专门用来折磨黑人的地方，一旦进了那里，最后的结局不死即残。面对这种不可掌控的凶险境地，她只好屈从。孩子的后背被打得皮开肉绽，她自己的心也顿然破裂。母子都发出无声的追问——儿子：妈妈怎么会这样？母亲：我这是怎么了？回到家里，母亲跪着给儿子清洗伤口，儿子拼命拒绝，母亲只好厉声呵斥，你要懂事。“天哪，白人多可恶啊！他们拼命地欺压你，仿佛现在还是奴隶时代似的，这还不够，还要让你的儿女对你也怀恨在心！”萝莉道出了种族歧视社会的深层本质，白人不仅欺压，还要离间，让黑人之间彼此不和，消减反抗。所以儿子必须懂事，即必须觉醒，否则就失去了自我救赎的希望。

这种描写令人震撼，它比那简单的快意恩仇的反抗故事来得深刻，更让人对整个社会做制度层面的反思。它的着眼点还在于，黑人命运的根本性改变，不仅要做外部的反抗，更重要的是要战胜自我，从内部立人。

整部小说的基调就定在这里，几乎所有的叙述，都围绕着黑人自身品格的增长而展开。

譬如主人公乔埃·扬布拉德，虽然特别能够承受苦难，但是面对强大的白人势力，还是有不可抑制的优柔和胆怯，以至于白人会计经常克扣他的薪饷，他也只能忍气吞声。是白人放肆的大笑，刺激了他最后的一点自尊，在下一次发薪时，他命令自己，必须做一次反抗的尝试。“离柜台越来越近了，他浑身冒着又凉又潮的汗水。他暗自祈祷，但愿会计主人这次不要骗他，一分都不要少给他，因为他实在忍受不住了。”

但是，那个白人会计还是少给了他一个不小的数目。他全身情不自禁地颤抖起来，壮起胆子对白人说："先生，您点错了。"白人愕然，之后恼羞成怒："黑鬼，你想诬陷人吗？滚开，不要妨碍我的工作！"白人的呵斥，让他心中烧起一团大火，烧得自己都疼痛不已，脸上绽出怪异的笑容，拳头也攥出锐响。白人知道，这是不顾一切的愤怒，再不妥协，就会引火烧身。他不得不装模作样地数了一下钱数，勉强地堆出假笑："真是怪事，是弄错了。"但也为了保全面子，他挥挥手："快走开，趁我还没有生气。"扬布拉德向着大门走去，"虽然有些后怕，但是心里还是觉得很痛快，他的心情就像一个男子汉应有的心情那样。"扬布拉德终于战胜了自我，虽然只是刚刚迈出了一小步，但在妻子萝莉的眼中，却不啻一次长途旅行。他们的爱情也因此而升华。

> 今晚上，今晚上，我的天哪！他们在这茫茫的黑夜里一同出发，去共同做一次旅行。这就像她所记得的多年前的情景一样。这次旅行比过去任何一次都更加美好，两个人的身心都结合在一起，是爱情和精神的结合——相亲相爱，两人合而为一了。

作者的笔致多么醉人，多么意蕴悠长。它告诉人们，黑暗的夜空不可怕，只要人的心中有光亮。为奴不可怕，只要心不奴。有了这样的内在力量，漫漫的自救之途，就是一个伟大的征程，而且，因了被压迫者的反抗处处闪现着人性的光辉，更令人肃然起敬，愿与他们结伴而行，共同成长，完成精神上的终极救赎。

所以，基伦斯虽然被埋没了，但《扬布拉德一家》却是一块蒙尘的金子，它有永恒的"静观价值"，一经捡起，就光芒四射，惊世骇俗。

被轻慢了的经典

办公室的北窗下，有个水泥石台，上边随便扔着一本美国作家冯纳格特的长篇小说《囚鸟》(董乐山译，漓江出版社“外国文学名著丛书”的一种，1986年3月第一版)。那是北京书市的特价书，买的时候，好像就是冲着译者的大名。到手之后，并无阅读兴趣，扔来扔去，视而不见。某日实在无聊，就捡起，没想到那译笔实在典雅，简洁而生动，居然就读下去了，直至读完。

《囚鸟》是冯纳格特上世纪七十年代的代表作。它以主人公自述的形式，描写了一个三次入狱的老囚犯的一生，这也就构成了“囚鸟”的形象寓意。作品穿插了美国经济大萧条、第二次世界大战、朝鲜战争、麦卡锡主义和“水门事件”等重大历史事件，把个人命运放在时代进程之中，收到了讽喻的艺术效果。

主人公斯代布克是哈佛大学的高才生，毕业之后，费尽百般周折才进了白宫，做了尼克松的总统青年事务特别顾问。这个职位，在外人看来，高不可攀。但他被冷落在白宫的一间地下室里，偌大个房间，只有他一人，而每天的工作就是给总统上报一份有关青年动态的简报。他上报了无数次简报，却从来没收到一份答复，后来他才知道，总统根本不看简报，随手就扔进废纸篓里。而当时共产主义思潮在美国青年中颇为流行，严重地危害着民主党的统治，这让斯代布克寝食不安，即便简报形同废纸，他也精心收集，认真地写，好像他的工作牵系着美国的命运。

身为总统特别顾问，但整个任期，只是在他被解职的那一天，才第一次见到总统。那一天，本来是研究如何制止越战危机之后共产主义思潮的泛滥，但总统尼克松却大讲笑话。这让斯代布克顿感不快，本能地施以抗议——同时点燃了四支香烟，愤愤地喷云吐雾。烟雾终于吸引了总统的目光，他说："让我们暂且休会吧，且看我们的青年事务特别顾问给我们表演如何扑灭篝火。"

全场大笑，他被解职。

失业之后，他到闹罢工的地方去闲逛，真实地了解到了政府和企业如何联手盘剥工人内情，他心灵的天平开始倾斜，情不自禁地站在了工人一边。他希望罢工能给工人赢得权益，所以悉心指点，但罢工领袖不予理睬，因为那些人是文盲、是流氓无产者，罢工的本意是要出个人之名。他很失望。同时，他又在无意之中洞悉了政府和企业主秘密勾结，在罢工的路途上设下圈套，并在制高点上潜伏狙击手，制造血案，然后再转嫁给罢工领袖，把他们送上绞刑架。出于良知，他通报给罢工群众，但遭到嘲笑，遂悲痛欲绝。

惨剧终于如期发生，工人不仅乖乖收兵，还背上道义责任，便真诚地驯服了。

其中的一个政府帮凶，是他哈佛的同学，叫克留斯，他要竞选议员，遂在演讲中大赞总统仁政。斯代布克不可容忍，不惜招供说自己是共产党员，然后指正克留斯是自己的同志，参与了几桩暴力活动。即便克留斯极力辩驳，但斯代布克以亲身经历的种种细节，为法庭提供了确凿的证据，克留斯终于败下阵来，被判了两年监禁。

多少年以后两同学相遇，斯代布克灵魂不安，真诚地向克留斯致歉，希望得到他的原谅。克留斯一笑，“老同学，对于你，我非但不能责怪，还要感谢，”他说，“如果没有你那致命的一击，我也不会决然地离开那腐败无为的体制，走上自主发展的道路。”

此时的克留斯是大企业家，有钱，有美女，人生大好。

而那个美女正是斯代布克的初恋情人莎拉。莎拉愧疚于自己恋人对一个无辜者的伤害，主动送去安慰，一来二去，竟觉得克留斯比斯代布克要好，他敢作敢为，有很强的行动能力。

斯代布克受到空前的刺激，心绪大乱，叮嘱自己，要心平气和。

“心平气和”这个词，在小说中反复出现，类似安魂曲。

但是，越是心平气和，斯代布克越是陷落，不断丢怪露丑，又两次锒铛入狱。以至于无女人青睐，他不得不娶了一个又黑又瘦的犹太女人。他认真地爱这个女人，认为她是世上唯一值得爱的女人——因为她黑，所以她纯洁；因为她瘦，所以她性感。

她给他生下一个儿子之后，死了。儿子长大后，也上了哈佛大学，后来成了《纽约时报》的专栏作家。自以为日后有了依靠，但儿子让他滚开，且不得透露他们的父子关系。儿子的批评享有盛名，而且专拿斯代布克这样的“社会渣滓”做抨击对象。

走投无路时，他遇到了一个以捡破烂为生的拾荒婆。见到他，那个拾荒女人眼前一亮，紧紧抓住他的胳膊：“斯代布克，是你吗？我是你的玛丽啊！”

在上大学时，玛丽曾与他同居过，是第一个让他变成男人的人。虽然也有一分惊喜，但因为她浑身臭味，他不禁拼命躲闪，玛丽则越掐越紧：“我寻找了你半生，再也不让你跑走了。”

一个落魄的疯子，一个拾荒的女人，从此形影不离。在街头，在闲置的工棚，在荒郊野外，总能见到他们如胶似漆的恩爱模样。准确地说，他们不停地做爱，甚至有些恬不知耻。

等到玛丽确认斯代布克不再跑走了，她告诉他，她有钱，是纽约著名的拉姆杰克公司的大股东，她靠律师以格拉汉姆夫人的名义秘密地管理她的公司，攒下的钱都记在他斯代布克的名下。

她告诉他，即便是这样，他们也必须以现在的身份生活——因为落魄，所以人们悲悯；因贫穷，所以人们同情——官僚政客、贵胄巨富、土匪盗贼，都不会把你放在眼里，更不会跟你较真算计，你就会过得无忧无虑、无苦无悲，幸福而安静，喜乐而平和。

自己一贯主张的心平气和，居然在一个拾荒婆子这里得以实现，斯代布克百感交集，把这个浑身发臭的老女人紧紧抱进怀里。这一刻，他真的爱她。

为了庆贺，他们进了一家酒吧。那个犹太舞者拼命表演，以期顾客能多给几文小费。那些脑满肠肥、西服革履的人，只是不耐烦地扔给几个美分，而斯代布克却塞给他一张大钞。那个舞者愣了，早早地退下场去，溜了。这意外所得，够他一家人旬月所需，他怕梦破。

斯代布克和玛丽也赶紧抽身而走，他们面相丑陋，但笑容灿烂。

斯代布克情不自禁地背了一首诗：

我不在乎一死，
不在乎，不在乎！
就像射精一样，
就像射精一样！

他觉得自己真的从人间地狱里逃了出来，而且是灵魂的出逃。他好像立刻就悟出了一些伟大的道理，让自己变得通透了——上帝保佑，要同无聊相斗，甚至天神也赢不了！要同愚蠢相斗，甚至天神也赢不了！要同虚伪相斗，甚至天神也赢不了！要同卑鄙相斗，甚至天神也赢不了！

他臆想着克留斯来拜访他，并问他："斯代布克，为什么一个出身名门又受过良好教育的人愿意过你现在这样的生活？"

"你问为什么？"他看一眼身边的玛丽，回答道，"是因为基督在山上的教谕，先生。"

冯纳格特是美国"黑色幽默"派的代表性作家。《囚鸟》读毕，给我最突出的感觉是：所谓黑色幽默，就是用最严肃的态度、最严肃的笔法写最荒诞的人与事，然后得出最不荒诞的结论。由此看来，在我国的现当代文学中，还没有真正的黑色幽默作品，有的只是一点技术性模仿，聊以充数而已。

所以，我们的文学界、我们的当代作家，不要因为莫言获了诺奖，就一俊遮百丑，认为我们的文学，已进入了"历史上最好的时期"。我们离真正的经典写作，还存在着很大差距，应该有最起码的自知之明，怀着谦卑，沉潜地创作，拿出属于我们的乡村寓言、城市寓言、生活寓言、时代寓言。因为，真正的现代派，不在于炫技，而在于对生活的透视能力、对时代脉搏的把握能力、对世道人心的关怀能力。它需要站在高处俯瞰，需要深入内部挖掘，需要超越现实的局限，需要穿越表面的遮蔽，反映人性的本真和世界的本质，其立身之基，还是"现实主义"。

斯泰伦的雪茄

某晚喝浓茶，兴奋，迟迟不能入眠。再加上爱犬刚特上床与人并卧，空间狭仄，不得翻身。小犬被宠，便学人样，斥它下床，竟学儿童泣怨状，楚楚哀怜，不忍。不久，它竟睡去，鼻息之声，也一如人。便在昏柔的床头灯下，读威廉·斯泰伦的随笔集《文学先父》（译林出版社，2010 年 11 月版）。

斯泰伦乃二战后美国文坛最重要的作家之一，美国南方文坛的代表性作家。他的作品着力探索艰难的历史和道德问题，以悲剧性的激烈情节著称，不少作品引起较大争议。长篇小说《纳特·特纳的自白》获普利策小说奖和美国艺术文学院的豪威尔斯奖；《苏菲的选择》获美国全国图书奖，成为风行世界的畅销书，在我国也有很大影响，据此改编的同名电影亦获奥斯卡大奖。

《文学先父》七万多字，收文十四篇，极具个人色彩，叙事生动坦诚，不避隐私，敢揭痛处，堪称至文。甫一进入，就欲罢不能，直至卷终，已凌晨三时。去书闭眼，思绪纷繁，感到文学的天地是个大世界。

从斯泰伦这里，始知上世纪中叶的美国，是个清教徒的世界，禁忌多，也压制言论，不似今日的自由。所谓全球最开放的自由世界，也是个渐进的过程。十五岁的斯泰伦被好奇心所驱动，到纽约公共图书馆想借阅一本名为《性欲性精神的变态》的书，遭图书管理员的审查和斥责，让一个纯洁少年顿感自己很不道德，落荒而逃。塞林格的《麦田里的守望者》被多数家庭所拒绝，从家庭书架上驱除。斯泰伦的第一部小说《在黑暗中躺下》写得很节制，却也被出版商认为有伤风化的字眼太多。

肯尼迪第一个下达了对古巴的封锁令，但他却酷爱哈瓦那雪茄，并默许从古巴偷运过来，在白宫宴会上分给被邀请的名流淑媛，得意地享受一种私密的情调。于是，斯泰伦发现了被意识形态遮掩下的共同的人性，他说："在全世界的领袖中，那位哈佛大学毕业生与那位哈瓦那的马克思主义者，在气质和才智上十分相像，要是没有二十世纪历史的风暴以及那种把他们变成不共戴天的仇敌的稀奇古怪的宿命论，他们也许会热烈地彼此吸引。"因为在白宫里陪总统享受哈瓦那雪茄，他看到了总统夫妇最常人的一面——"这期间大部分时间，杰姬（肯尼迪夫人的爱称）都把她那双光着的、匀称优美的大脚放在总统的大腿上，总统欣赏地承受着，却微笑着听我讲纳特·特纳的暴动故事。"（我不禁莞尔，美国的"匀称优美的大脚"与中国的"纤秀的小脚"，有审美上的异趣。）斯泰伦在肯尼迪遇害之后，抽掉了一支珍藏的总统送给他的哈瓦纳雪茄，认为是最好的纪念。可见，肯尼迪是进入美国人心的。

在《一宗大天花病例》中，斯泰伦以极为坦诚的笔墨描写了由于医生的误诊，判自己得了梅毒之后，开始道德自审、自省的过程。廉价的性爱——花两美元就与一个瘦女人仓促交合而破了童子之身——让他走上歧路；该死的海军陆战队司令，由于要整治士兵的堕落而不发放卫生套，反而愚蠢地让淋病、梅毒流行——根本上说，大人物难辞其咎；医生的歧视和有意的误诊，反而让事情走向反面……塑造道德，反而败坏了道德，个人、社会、体制都是这个问题链条上的一环。

斯泰伦真心宣告，他的文学先父是马克·吐温。因为他们都是奴隶主而又反对蓄奴，而又同受清教徒之苦，他的《纳特·特纳的自白》就是向《哈克贝里·费恩历险记》致敬的作品。他谦虚地承认，他与之交往的作家，都对他的创作有着重要影响，他是一个肯于博采众长的人。

他敢于说出与上流社会人际交往的真实感受，那些人，“高尚的道德与可怕的愚蠢”集于一身，令人吃惊。人们是因为“习惯了活着而厌弃死亡”，并不是真正认清了生命的意义。时光可以扯平一切，但也可以“动摇这个民族的良知”。

斯泰伦的文风也极为诙谐，在《皈依或祈祷为时已晚》一文中，煞有介事地对自己之所以得前列腺炎进行反思，劈头就说，“上帝之不存在可以用前列腺之存在加以证明”。当尝试着用一种未被批准的新药剂治疗并获得痊愈之后，他说，“那药片真是一种奇药，它向我证明纽约的主教是否正确以及上帝是否存在，而且要是上帝试图通过前列腺惩罚男人们，那么，我们已用智慧胜利地击败了他。”这表明了他作为彻底的无神论者的态度。

在最后的一篇文章《与阿奎那一起散步》中，他论述了与家人温馨相处的重要性，也叙述了与爱犬阿奎那一起散步给他带来的生活乐趣。告诉人们，狗是温柔圣洁的，其气质一如淑女，尽管它不实用，连一只花栗鼠都没有捕到过，但它可以免除人的孤独寂寞，对心灵的安慰胜过追名逐利的人。

读罢，爱犬刚特正打了一个人一样的鼾声，我柔情大发，轻轻地抚摸了它一下，居然醒来，疑惑地看着我，好像在说，你怎么还不睡？

竟安然睡去。

在读写中重生

端午小长假，读《重生：苏珊·桑塔格日记与笔记（1947—1963）》（上海译文出版社，2013年4月版），读得昏天黑地、乐不思蜀，其形状可用一词形容，即：饕餮。

毕竟是卓越的知识者，即便是日记和笔记，即便是断片与絮语，也有铺天盖地的思想波澜，也是不成体系的哲学大著，与柏拉图、尼采、维特根斯坦比肩辉映。其阅读快感，验证了她自己所说，知识的“渴求”，就像性的渴求，满足之后，焦灼平复，身体安详，心灵开花。

我对她产生了强烈的爱意，因其死亡而悲伤，因其不朽而与之淫。对她的崇拜，上升到“忠诚”的层面，不容他人对她有微词。也一如她所说，“如果我对你不忠，是因为你对我不重要”，因为她对我太重要，所以没理由不忠。

她少时，因母亲对女孩的种种限制，想割去乳房以示反抗，后来她真的割去了，是社会的种种滞阻限制了她的思想自由——“我获得自由，却不快乐”，她抑郁成肿，危及生命，被迫割去，却完成了最终的反抗。她一语成谶，类如先知。而在行为方式上，她是思想界的圣女贞德——人们一边依赖她，一边出卖她，残损之后，愈加完美。

她幼时因为读了居里夫人的传记，就特别厌恶周围的人对名利的追逐。她发现，一个素日里很可爱的人，一涉及名利，性情就大变，以至于姣好的面目也一下子变得丑陋不堪了。为了躲避客厅里大人们世俗的争辩，她甚至在后院里挖了一个地穴钻了进去。她向往“别处的世界”，内心激荡着一种强烈的欲望，即：“要去爱某种极其崇高、极其伟大的东西”。这种东西，她后来从文学的书籍中找到了。她在文学中感受到了一种内在的快乐，意识到：文学是驶向“别处”的交通工具，而且——甚至更好——文学本身即可为目的地。从此，她只依赖自己的感受力，在文学中沉迷，把遇到的所有非文学环境统统排斥在外。她一生都过着地穴式的生活，却从“地穴”里对这个世界的本质发出了最准确的声音。

譬如人们为什么要读写——她在1950年11月12日的日记中写道，杰克·伦敦的《马丁·伊登》“对我产生了多么大的影响，尽管我觉得作为艺术作品，它是那么微不足道”，因为马丁“能看到幻象的本领”，让我“觉醒”，人的价值是从凡俗、低微处拔腿，而走到高处。这就不禁让人联想到，路遥的《平凡世界》也是一部在艺术上“微不足道”的作品，但对国人却产生了强烈而持久的吸引，也是因为它给了人们鸡变凤凰的希望，使人们有勇气从黑暗贫寒处跋涉到明亮饱暖之乡，有励志作用。

在同年11月17日的日记中，她说，“另一部对我来讲是关键的、‘提前看的’书——《写作生活回忆》(毛姆著)，让我完全信奉一种温文尔雅的禁欲主义，对我的影响很大，尤其是，又是在格局方面。”那一年她才十三岁，就知道了人最重要的东西，是“严肃”，那会使人有大格局，能成就“行至远方”的事业。而陷在欲望中的人，会弱化智慧，会愚钝、愚蠢。这也关乎“觉醒”，让人少走弯路，因为她体悟到，人的一生要想前后一致，就是要学会限制欲望。

1961年5月的一则日记，她明确提出“书是一堵墙”的概念，认为书是一个堡垒，“我置身于它的背后，人家看不见我……它可以变成弹药，向别人——墙那边那些我将与之讲话的人——开火！”她的话让我很会心，因为在生活中，人都有“羞怯”面世的弱点，是书中的智慧以及旷日持久的积累，使我们内心充盈，获取了自信和力量，有了坦然面世的勇气和能力。

生活的真相往往是这样，我们不是热爱道德，而是惧怕不道德；与其说是惧怕不道德，不如说是无能力为不道德买单。而书对不道德的揭示，对道德的界定，给我们设定了路标，让我们有能力规避不道德的路径，从而节省不必要的生命成本。所以，她说，卡夫卡哪怕最混乱的叙述，也具有让人惊警的现实魔力。

1961年8月23日的日记中，她很形象地阐释了阅读在生命中的现实意义。她说，阅读与做爱的区别就在于：阅读行为被外界打扰，可以停下，在书上做一记号，事后接着阅读，快乐依然能够持续下去；而做爱就不同，一旦停下，只有从头再来，或者干脆就失去兴趣。那么，阅读的现实意义，就是它随时随地能给人带来生命快乐。

关于写作，她在1961年8月和1962年1月的几处日记中都有明确的论述。她说，写作是一种美的行为，是一种自我的心灵愉悦，是允许自己成为另一个“我”，并最终界定自己，实现个人拯救。写作还可以完成与这个世界的疏离，缓解与现实的紧张关系，使微不足道的自己“自以为是”。她反对写作的功利性质，把写作视为自我创造行为，是自我成长和壮大的生命方式。总之，一句话，写作能使个体存在具有足以抗拒被外界淹没的内在力量，使个体真正成为自己。

她认为，写作者之所以有力量，是因为写作者可凭借一人之力，体现出四种原则思想：创造、守护、破坏、修复。这就注定了，写作者拥有最丰富、最强健的生命气象——对内，修复残缺，扩张心域，气韵盈满，“我”即为圣；对外，破除荒谬，守护真理，主持公道，“我”即为王。

桑塔格的日记，处处有锋刃，剑锋所指，是我们的世俗心和苟活下的妥协与麻木。她让我们激情复活，看到文字世界的光亮所在，因而重建对读写的信任以及对“公共知识分子”的身份认同，庄重地履行使命。

这就是“重生”的意义。

思在别处

夜色黑沉，万籁俱寂，案头的一盏灯，独自熹微，发出似有似无的嘶音，一如浅吻。

此境之下，一卷枯涩之书，即苏珊·桑塔格的《反对阐释》——虽幽玄得近乎天书，竟也像读小说，读散文，字字晓得，句句会心，便五内俱热，了无倦意。

原来沉潜之态，与智慧迫近，无趣味处得真趣味——遥远的旨意，其实就在近处。

便感慨：天下，是没有读不进去的书的。

这时才觉得，人生下来，不就是俗的，那些精神的峰峦，也不是高不可攀的——总能达到崇高处，就是能读得进那些“读不进”的典籍的时候。

这时，也不禁生出意外的联想：如果靠读书和写作获取名利，那真是谬取了途径。在不懂处求懂，在不可攀处求攀，须皓首穷经，须呕心沥血，是苦的。其成本，是生命在时光中的耗损。如果没有经年的阅读积累，即便是能够潜下心来，也是不会从“死”书中，读出“生”的趣味的。通俗地说，在湮没之境，求显达，近乎幻梦，再一意孤行，就可笑了。而那些世俗的途径就不同。譬如经商与做官。经商可以投机，可以“虚拟”，可以利滚利；做官可以把社会资本转化成个人资本，还有不请自到的“附加值”。这样的途径，未必需要过人的资质，只要肯趋于世俗，效益总是有的。而且，名利的大小，往往是与世俗化的程度成正比的。

而读懂一本难读的书有什么效益?

不过是读破之后的一点欣喜，一点感动，一点满足，且更多的时候，还不能与人言说。

所以，读书与写作，不是好营生，只是能感受到人性的深度、精神的高度而已。根本上，它不是名利之态，而是生命的自足。海德格尔的“贫穷而能听到风声”，苏珊·桑塔格的“贫穷正是作家尊严之象征”，乃通透之说。正因为他们甘于“自足”，不为名利而丢乖露丑、自讨其辱，而专心于精神的跋涉，乃“高峰”自立，成为“社会的良心”。

大量的阅读，使苏珊·桑塔格感受到，“艺术世界是超越时空、给心境以安宁的世界”，是让她“像男人一样独立的世界”，而且是一个“思想占据首位的世界”。她觉得文学很性感，说：“思想就是激情，而且是持久的激情。”

于是，对文学，她坚定地选择了，她爱了!

后来她发现，她爱对了。作家生涯使她享受到了一种凡常人生所没有的“生命特权”，即：好奇心的无尽满足，思想感情的自由表达，生命激情的纵情释放。由此带来的，是人格的独立，生命的拓展，精神的富足。

桑塔格身材高挑、臀部饱满、面容秀美、长发披肩，可谓亭亭玉立，灿若明星，正有招摇资质，但她却喜“自己待着，无人来烦”。

为什么能够这样从容地呆着？因为文学是无形的通道，即便房间紧闭，却总像开着一扇门，通向世界的每一个角落。这正是《旧约》里所说的“喜乐”之境，肉身拘，而心悠远；四处黑茫，而心中有光。

便风流有自。

卡尔·罗利森夫妇在《铸就偶像——苏珊·桑塔格传》中写道：

> 桑塔格从衬衫到裙子一身黑，行军般大踏步前行，走在探索的道路上。方向明确，脚步坚定，仿佛她对自己需要什么早已心知肚明，一定会得到她之所需一样。

是文学使桑塔格美得自信，便也美得自立、自尊，便有了别样的力量，即对身外世界的蔑视。

而对名利的追逐，本质上是对生存世界的匍匐；人一直立，名利便顿然失重了。

纽约的名利场便震惊：桑塔格居然是个美人儿，居然还是个有头脑的美人儿！为了给名利场挽回面子，首先是男性团体接纳她，后来是整体地接纳她，而且是以急迫的姿态。

文学的桑塔格像一仞临海悬崖，陡峭处，是诱惑，是风光。

尽管她因此声名鹊起，但名利在此时，不过是她生命的余影。

桑塔格一生都没有医疗保险，却欢悦地活到了七十二岁。她的作品和思想，是她最可靠的生命保险。

而且，思想使她跨越了雅俗和功力界限，写作姿态纵横捭阖，摇曳生姿。她既可以在娱乐的《时尚》杂志上指点潮流，也可以在严肃的《党派评论》和《纽约书评》上大显身手，她“用右手获得文艺界当权机构颁发的奖项，然后用左手抨击这个机构”。所以评论界说，桑塔格献给美国文化的一大礼物是告诉人们可以在任何地方找到思想界。

以此推之，她在女权主义上的最大贡献，不在于她是一个坚定的同性恋的支持者和践行者，竖起了爱无禁区的人性旗帜，而在于她揭示出：女性如果不能“像男性一样思考”，就总是第一批变成物的人，其身体总是首当其冲地被殖民。在人类学上的一大贡献，不在于她为女性争得了尊严，而在于她给了以男权为主宰的人类世界一个无须阐释的启示：如果没有思想，男人也会首当其冲地成为物的殖民。

由此说来，名利只会造就显贵，助长虚荣，掀动浮华，激荡欲望，把树影当树，把人当物。通观人类历史，好像名利的赢家，在人们做形而下的艳羡之后，往往并不庄严成偶像，世人非但不崇拜，反而施以口唾，至少存内心之鄙。因为名利与偶像虽有相类的皮相，但撕开之后，却有不同的筋脉。名利虽有种种说法，本质上还是寄情于现实利益的获取。获取，抑或是攫取，抑或是捞取，均是下垂的姿态，诱使人向低处伸手。偶像则不同，是人性标杆、思想底色、精神品质，与立人有关，与向上的进取有关。之所以被人崇拜，还有一层原因，每个人心中都有一个桑塔格式的情结，即：“要去爱某种极其崇高、极其伟大的东西”的本欲。

夜色黑沉，万籁俱寂，案头的一盏灯，独自熹微，发出似有似无的嘶音，一如浅吻。

吻是心灵之吻，便不必张扬，也不必羞惭，更不必“阐释”，手不释卷，安心承领就是了。

无眠读梦

夜半醒来，无眠，檐滴如漏，一滴一滴地叫人烦，便读美国摄影家、作家罗伯特·詹姆斯·沃勒的《廊桥遗梦》。书的原名为《麦迪逊县的桥》(《The Bridges of Madison County》)，写的是一对中年人罗伯特·金凯和弗朗西丝卡的爱情故事。

还是中文译名好：沉吟两遍，脑中使浮出一个立体的形象，舌尖上便产生一种肉感，一种腴艳的肉感。便惊叹，对我来说，汉语真是一种（或者说是唯一一种）可以从词语中嚼出肉感的语言啊!

就读下去了。

竟从两人朴实而挚深的爱情中，读出一种温暖的欲望……希望隔日的傍晚，与自己的爱人在一家店里简单地吃一顿饭。给她要一份焖带鱼，她对海物有不竭的热情；给自己要一份清炖油菜，油菜须是整棵的，筷子挑起来，能够原汁原味地吃下去。素日，每饭必肉，每次与她用餐，均铺张了满桌，以示对她的爱意。金凯和弗朗西丝卡的爱情，打动人心之处，便是原汤原汁的味道，无浮华虚侈却厚笃。所以，让自己多吃一些蔬菜，使心智少一点油腻引起的昏聩，清洁地爱她。

但须有酒。一小瓶白兰地，两瓶冰镇啤酒，且一小杯一小杯地喝，慢慢地使两个人的心热烈起来。金凯和弗朗西丝卡，最初的相互打动，便是金凯囊中的两瓶啤酒和弗朗西丝卡厨间放了很久的那瓶白兰地。

酒是生命液，是情感提升的酶。

金凯走进弗朗西丝卡的场院时，进入她视线的，是一辆破旧的卡车，一个破旧的黄背包和一个有长长头发瘦瘦的陌生男人。但这个陌生男人紧绷绷的胸肌和敏捷的身姿，马上使她体内产生一种热乎乎的东西。这个男人以前的身世、社会背景和生存环境，均与这种“热乎乎”的东西无关。由此，更坚定了本人的一个认知，便是真正的爱情是一种可遇而不可求的天赐。

爱情是什么？爱情是生命层面上的魔法一般的侵入，是鬼使神差、突如其来的吸引而又心甘情愿地接受的莫名其妙的心灵感应。

本来弗朗西丝卡已指给金凯去廊桥的路，却下意识地说：“如果你愿意的话，我可以领你去。”

在车上，金凯递给她一支烟，不抽烟的她竟接过来，毫不犹豫地抽下去。

从廊桥回来，她竟极自然地留他吃晚饭，温情地为一个陌生人烧菜，并与之对饮，若不是觉得初次相识，连顶灯都要关掉。

送他走后，她赤身裸体地在镜前观察自己，并第一次光着身子睡了一觉。第二天，她穿着绷紧身子胸部轮廓鲜明的圆领衫让金凯拍照，竟对自己隔着衣服这样曲线毕露并不感到发窘。

爱情产生得就如此的简单。不可思议，但真实。我为这真实的简单，一大颗一大颗地流泪。

社会生活，使我们自己变成两个人：一个是规则、伦理、人际关系和是非利害混合成的“复杂的人”；一个是想要沐浴，洒一点香水，自由地走到他人的视线之外，念两首叶芝的诗，生一种情的冲动，抱一抱爱人，也讨一点温存的“简单的人”。正是“复杂”与“简单”的不同消长，使人表现出不同的面目和性情。但人为的戒律，使“复杂”与“简单”由自然的调和变成激烈的对抗，便弄得人面目皆非。吹萨克斯管的卡明斯为朋友金凯写了一首纪念曲《弗朗西丝卡》，写得简单而优雅，并说：“复杂的玩艺好弄，简单才难。”难就难在现代人已经不再相信“简单”，现世的冲撞与人性的欺诈，使人们失去了面对“简单”的勇气。人们喜读《廊桥遗梦》或许就是在书页之中追享这种简单的快意与魅力。慰情聊胜无是也！

主人公火一般爱情的产生，最根本的，缘于他们对诗意的坦然眷爱。弗朗西丝卡虽为一介农妇，却喜读叶芝的诗，并且固执地认为，最好的丈夫，当既是个诗人又是一个懂得疯狂地爱的情人。金凯则跋涉于大自然，用镜头摄取虽不被人接受却能表达一己主观审美的风景。他们的结合，其实是诗意的交合与共鸣。

人们天性地惧怕自己活得太“俗”。

机械文明下，人们整体地趋向“媚俗”，公众已耻谈诗意，给诗意的人以大嘲讽，指斥为“不合时宜的人”。细思之，乃是一种未醒悟的人性悲哀。

读这部小说，便不能不讲到性爱。说到爱情，人们习惯把欲与爱分开，尊精神之爱，而鄙肉体之爱。这是不可思议的事：无肉体之爱，精神之爱又从何附丽？无肉体之爱，强烈的精神之爱会寻得如何的归宿？爱恋中人，肉体的亢奋与灵魂的亢奋是一体的东西。如果没有灵魂的亢奋，金凯与弗朗西丝卡欲的巅峰便不会持续整整四天；如果没有这四天的激情，永久的分别之后，不熄的精神之爱便不会燃烧到死，成为绝唱！所以，把肉体之爱与精神之爱决然分离，是人不了解自己，不能把握自己，缺乏人的自信自尊使然。

在技术生殖成为现实的今天，肉体之爱便是爱情的最璀璨的火花，是一种最强烈的人性证明——机械或许什么都可以成就，那份生命最伟大的激情，却是唯一不可代替的。另一方面，对于同一生活状态，对其存在的价值，不同的人有不同的评判，使人走向疏离。但爱恋中人，在你我的强烈拥有中，进入一种共同状态——“咱们”。“咱们”对生活的“相同评判”，提升了对生活的热情，使生命得以强化，便有足够的能量去抵御人情的淡漠和机械文明的挤压！

弗朗西丝卡房间的那两点烛光，总是在我眼前闪动着。

寻找“同路者”

一直以为，阅读是为了获取经历之外的经历、经验之外的经验，因而拓展生命的维度，让人生超越局限，更广阔地伸展的。但阅读的实际感受，特别是“过量阅读”之后，发现，在超出我们自己人生体验的经验面前，我们常常不敢确认，久久不能融入我们自身的情感世界，而是一直停留在“知道”的界面，难以化成“我”。

譬如，我父亲身材挺拔，而且是个猎人，枪法很准，猎物在他面前，很难逃过。但他在人面前却没有与之匹配的刚烈性格，邻人欺负他，在门外叫骂、扔石块，明明枪就挂在墙上，他也不摘下来，出去以振声威，而只是低头蹲在屋里傻笑。所以，他虽然是一个货真价实的枪客，却一辈子活得低声下气。最初的阅读，我很喜欢海明威和杰克·伦敦的作品，那些硬汉形象能让我摆脱父亲的阴影，感到扬眉吐气。但一接触到沈从文、孙犁、汪曾祺，我立刻就陷入一种爱情一般的痴迷，再读海明威的时候，我居然感到他很做作，很不真实，甚至有些隔膜，便兴味大减。为什么？还是父亲在起作用。父亲身上那种温厚、隐忍的东西，经常出现在后几位的文字里，让我回到生活的原点与来路，感到遗传性情的种种，因而大感亲切，本能地与之亲和。

再譬如，四十岁以前最爱读的文学品种是小说，特别是长篇小说。那种天马行空式的想象，让我在生活的苍白和单调之外，感到一种悠远和宏富的东西，让我激动不已。过了四十岁，因为经历了足量数的沧桑与变幻，知道了平凡的生活才是硬道理，美梦十有八九不会成真，便羞于在想象中迷醉，耻于一大把年纪还春梦不醒。一如喧哗之后必定是平静，绚烂之后必定是质朴一样，我突然喜欢阅读一些朴素的东西，即散文与随笔。蒙田说，人到了二十岁，到了生命的顶峰，以后就走下坡路了。四十岁已进入老年，应该过退隐的生活了。三十八岁那年，他称自己已到了暮年，辞去波尔多法院推事的职务，躲进蒙田城堡的一座塔楼，不问世事，也不问家事，一心读书、思考、写作，一“隐”就是十年，写出了著名的《蒙田随笔》第一、二卷。就是说，人一过四十岁，即进入随笔年华，写随笔、读随笔，才是自知知人的状态。

多年的随笔阅读，让我不平的心渐渐地平静下来，甚至进入一种不以物喜不以己悲的从容之境。因为随笔文字所记述的都是一些朴实的人类经验，属于“实”生活和常态生活，能给阅读者的人生感受予以切实的验证，让人感到，天地空蒙，岁月不经，然而“我”（基本人性）还是在的。

譬如读《美国散文精选》，富兰克林的《致富之道》，就让人联想到中国的《增广贤文》，感到，古今与东西，在人生的基本经验上是一致的。他说：啮啃久了，老鼠也能咬断粗缆；斧斤不停，力小也能伐倒巨木。这不禁让人想到中国的“水滴石穿”和“积跬步以至千里”。

富兰克林是美国的大政治家，但在随笔中所阐发的却是平民哲学。小民无帝力可依，所依靠的无非是时光中的坚忍。所以，他的文字见人见性，读着舒服，让人感到，生活中的人是无贵贱之分的，在本质上是一样的。

还有华盛顿的《谕侄书》。其中“真正的友谊乃是迟开之花迟发之树，只有经受得住风雨洗礼才无愧于这一美誉”一句，也是草根精神的底色。直让人感到，随笔面前人人平等，尺牍之小，是不让《独立宣言》之大的。

其实，人一过了四十岁，世界观、人生观和价值观就基本定型了，具有了旁观者的心态，能有定见地看待周围的一切。所以，他人的议论，无论多么精彩，也很难让人乱性乱魂，做盲目的遵从。阅读的时候，也往往不是为了获取“新知”，而是捕捉适合自己口味的识见。换言之，不是为了增益，而是为了验证。这时的阅读，基本上是一个寻找“同路者”的过程——趣味稍合，见解略同，就心中大悦，感到那人的著作写得真是好，是可做枕边书的。

譬如威廉·库伦·布赖安特在美国作家中并没有杰出的地位，其文字基本是不被人关注的，然而读了他的《论诗歌和时代与国家的关系》，就突然觉得他要比海明威高明得多。因为至今还没有一个人像他那么认为，民俗、神话、传说、谣曲乃是诗歌（文学）之源，“隐秘难明的事物当中往往具有某种激越神思与慑服心灵的强大力量”，而理性、科学，乃至现代化、信息化过于发达的社会，往往缺少有质地的文学。他的观点正吻合了我的创作经历和和创作理念，让我兴奋不已，自然就比海明威更令我敬重——我的创作，植根于京西的民俗、风情、传奇和物事，没有地域文化的底蕴，我的文学气象肯定就被湮没了。而且我一直认为，没有陕西的偏僻、原始、神秘、厚朴，就不会有陈忠实的《白鹿原》、贾平凹的《秦腔》。

这种情状，爱默生有透辟的说法：一切思想与行动的是非评断，都是以个人的认识为依归的。在《谈美》一文中，他认为，所谓美，首先是那个自然的存在给了我们直觉上的愉悦；其次是引起了心灵的冲动，即人的个人意志以主动的姿态介入其中；最后是客观事物被人视为智力对象，做主观的考量。通俗地说，美是一种精神现象，它源于自然，但它的充分发展则有赖于人的意志的干预和参加，即必须与“真”密切地结合起来，从而由原来的自然美上升为人类的艺术美，这样才完成了审美的全部历程。窃以为，这个“真”字，就是源于个人经历的切身体验，经验被验证之后，美才有了情感温度，才作用于心，让人弘毅而安妥。

最后我要说的是，常年的阅读，“我”被反复验证之后，就会生出一种心灵豪迈和人生自信——已是骏马，何必再肥？便不被倚重，也能心安。

既然河山广阔，大地无垠，这个世界一定会有我的一个位置，便不必用他人的价值尺度衡量自己的存在。再傲岸的山峰，也无非是大地的皱褶，便身份低微，也能承重，自足于隐忍之中。

就理解了父亲——外在的懦弱，恰恰证明了他内心的强健，他心中的猎枪一直是在的，以悲悯为准星，以本分为依托，始终瞄准着最值得猎取的“猎物”。

俄国篇

拒绝淡忘

人最惧怕的，不是贫穷，不是病弱，而是被淡漠。

读果戈理的《狂人日记》(《果戈理选集》，满涛译，人民文学出版社，1984 年版)，这种认识更确实了。

文中的小职员“我”，无论多么勤勉，多么负责，终究被人淡漠着。“十一月九日”的日记记录着他真实的生活样相：

> 我八点钟到部里。科长头也不抬，仿佛没有看见我进来。我也装作好像我们之间什么事情也没有发生似的。我披览并校正文稿。四点钟下班。走过部长的住宅，但一个人也没有看见。饭后，大部分时间躺在床上。

这种被漠视，使“我”感觉不到在社会上的价值，成为一个无声无息的行尸走肉。这种状况使“我”无法承受，“我”便故意犯一些小错误，以期引起上司的注意，但这些小错误，并不足以刺激业已麻木的官僚体制的神经，上司对此常常失察。当“错误”都不能引起人们的关注的时候，“我”只能用极端的手段，用自己的“发疯”做最后的尝试，即自称是西班牙总统，并以总统的身份对待和处理周围的人与事。终于有了反应，“我”被当作疯子投入监狱，遭到狱卒的杖笞，但“我”却感到很受用，认为这是那个神奇的国度宰相对皇帝的特殊的礼节。“我”在非人的待遇中为什么还感到那么愉快？因为“我”终于被关注了，难以忍受的漠视局面终于结束了。

在病态的社会，只有“反常”才能得到“健康”的礼遇。这是一种黑色的幽默，让人不禁笑起来，并且伴着自怜的眼泪。因为“我”未尝不是现实中的我们。

哀后深思，人为什么拼命地追求身外的东西？诸如金钱、权势、名声、地位，甚至时尚、美色和种种令人鄙薄的带有市井成色的东西？因为这些可以使个体在人群中得以凸现，得以被认知。人生并不是一个自我完善的过程，而是被社会塑造的过程，即被认可的过程；如果不被认可，生存的意义几近于无。果戈理让“我”在疯狂状态下发出了最清醒的声音：

> 不，我再也没有力量忍受下去了。天哪！他们怎样地对待我！他们用冷水浇我的头！他们不关心我，不看我，也不听我说话。我哪一点对不起他们？他们干吗折磨我？他们要我这可怜虫怎么样？我能够给你们什么？我什么也没有呀。我筋疲力尽，再也受不了他们的折磨，我的脑袋发烧，一切东西都在我眼前打转。救救我吧！把我带走！给我一辆像旋风一样的雪橇。开车呀，我的驭者，响起来呀，我的铃铎，飞奔呀，马，带我离开这个世界！再远些，再远些，我什么都不要看见。

从“狂人”的自白中可以看出，被人淡漠，是一件比死亡还要难以忍受的事情。

所以，人们争幸、争宠，要拼命发出声音，这是拒绝被漠视和遗忘的本能的反抗，是一种人性的反应。知识分子执着于自己的个人立场，也是拒绝被社会融合与湮没的极端之举，与凡庸人群追逐市井时尚在人性层面上没有本质区别。

这不禁让我想到作家和思想者的写作问题。

有人承认，自己的写作是为了读者；有人拒绝读者，标榜其写作只是为了倾听自己的内心。凭着我的本性，我当然倾向于后者；现在看来，这二者并没有优劣之分，只是写作的姿态不同而已。其实，任何写作者的写作，都是以让人们认可为前提的，都是以引领和指导读者为指归。正如周晓枫在《忠诚与背叛》一文中所说的那样：

> 书写者的劳动渴望着承认，没有阅读伴随的书写如同一场对方不在场的绝望暗恋，开始部分虽然壮怀激烈，但继续下去存在太多现实困难。要有依次的叶片，然后才是花梗之上托举的灿烂朵瓣，那些叶子如同读者，形成令人鼓舞的簇拥之势，谁不向往投身其间？

所以写作者的目的实现的过程，就是被读者认可的过程。读者的认可成就了作者的自我认可，写作者就不会被遗忘和淡漠所伤害，就会葆有激情地完成写作的使命。

在这方面，马原是一个清醒的人：他最初写先锋派小说，是以强烈的先锋姿态，提高他的话语强度，以引起读者的关注；当先锋性被时尚吸纳与融合之后，他改变了策略，要以写作流行小说重新引起读者的注意。没有受体的介入，哪能完成精神的引领？所以对写作者最致命的惩罚，是读者的淡漠。马原是一个智者，他懂得不断架设“我心”与现实沟通的桥梁。

作为现实中的人，生活经验也告诉我们，社会对于一个人的最有效的惩罚并不在于伦理、舆论、法纪和刑律等有形的惩罚，而是放任你，又不让你有机会说话；让你赋闲，而又不给你价值实现的舞台；让你成为一个可有可无的“阉人”，让你成为一个被人遗忘的毫无坐标的梦游者。如此，你虽生犹死，甚至生不如死。人们在“焦点”中，不管是在“褒扬”的视线上，还是在“惩处”的中心，无论如何，都是最大的受益者：因为你“存在”着，存在就是价值。

当然，我敬畏那些为内心写作的人。只有心怀超人勇气的人才敢拒绝读者，卡夫卡是文学史上的独特例证。孤独者的写作如此寂寞，如此关涉内心，几乎是个秘密，但写作给他带来的苦痛远远大于声誉和快乐。在无人分享的大寂寥中，他一个人为神写作。而且，他不仅是为神写作，他自身就是神。然而，神是虚妄的，他能沉浸于非人间性的幻境之中而不接受人间温暖的抚慰，本身也就是“病态”的。况且，卡夫卡的再现，也是现代人把他从历史的淡漠中解救出来的过程；这种“人间性”的解救过程，仍然是世俗的，是走下神坛的反讽。

所以，我孤标傲世，并不反对别人的凡俗；我甘于寂寞，并不贬损别人的时尚。因为，拒绝被淡漠，是人自救的一种本能。在这种反抗中，不是沦为凡人，就是变成“疯子”，还有他途否？只有神知道。

失意者之书

有人问我："有没有专为失意者预备的书？"

我说"没有。但是，有适合在失意时读的书，比如赫尔岑的《往事与随想》。"

他说："最近我感到很失落，正处在百无聊赖中，请将《往事与随想》借我一阅。"

此公借书月余，来舍下还书。我问："感觉如何？"

他一笑："根本就看不下去，此书沉闷得要死，使无聊人更感到无聊。"

我也一笑，并不搭腔。我感到他并不是一个真正的失意者，而是欲望太强烈的得意人稍有一失而已，他并不真的需要精神的抚慰。

送走他之后，我翻开书的扉页，看到自己写的一行题记：

> 这是一部让人懂得生命的高贵，因而坚韧地活下去的书。

不禁念出声来，眼角竟湿润了。

并不是我脆弱，而是它曾拯救过我——我曾担任过一个职务，因工作的争执，把顶头上司得罪了。他欲置我于死地，在把我挤出原单位之后，对我进行了“缺席”审计。因为缺席，许多自己原来的部下都在他的鼓动下，做了反证，使我有口难辩。在莫名的压力之下，我感到眼前一片黑暗，以为“流放者”的命运正等待着自己，便想到了一部“流放者”的书，即赫尔岑的《往事与随想》。

这部书，巴金曾戮力阅读和翻译过。他之所以能从“文革”的政治厄运中坚韧地走出来，并不计个人的得失，写了一部“忏悔录”式讲真话的《随想录》，就是因了赫氏的这部大著的支撑。

以前我曾翻过巴金的译本，也曾因它的琐碎与枯涩而不得读完。此时再找，这个版本已不见了，便踅到街头的书店去。在书店的角落里，正有一部人民文学版的项星耀的译本，顶着厚厚的积尘，怨女般兀自沉寂着。

店员说：“五年前只进了这一部，五年后仍然还是这一部。”

我苦涩地一笑，默默地把它“请”走了。

拭去书衣上的积尘，压膜的封面竟光鲜可鉴，书的内页也柔韧如初，不禁叹道：人与书，乃一种宿命关系啊！

潜心读下去，透过琐碎的叙述，我感到了一股豪迈的气概——赫尔岑是俄罗斯的贵族，有世袭的地位和优越的生活条件，他完全可以养尊处优、舒适悠闲地过一生。但俄罗斯的文化传统，特别是别林斯基那代人所营造的人文氛围，使赫尔岑选择了追求真理的生活道路。从此，厄运接踵而来：先后两次被流放，饱尝了生死离别的人生大痛。但人生境遇降到最低点之后，他并没有沉落于对个人命运的自艾自怜上——而是把它作为真实把握社会人生的一次难得的机遇。在对底层苦难的亲感亲历中，他发现了生活的真相：正义、良知、真理和人性的光辉正是在被迫害、被欺凌、被蔑视、被贬抑的土壤中才愈发灿烂，人性的温暖与伟大、真理的价值与力量，是超越现实的状态而存在的。

《往事与随想》记述了这一真相，告诉人们——人，是不能被外界打垮的。人的沉沦，只在于其自身，只在于自我中，正义、良知、真理、人性这些光辉质素的内在丧失。

赫氏的书，增强了我直面一切的勇气——我良心不亏，人格不损，何惧之有？！于是，在痴迷的阅读中，我把那桩不公正的审计忘却了。后来，接到了新的任命，也就是宣布了我的清白与无辜。走在灿烂的阳光下，我长舒了一口气，关键之时，只有自己能救自己。

也想到了毛泽东从井冈山到瑞金的那段日子。此间，毛泽东被三次免职，在中央没有一点发言权，但他没有消沉，平静地做了两件事：一件是写调查报告，一件便是潜心读书。在江西特有的樟树下，他把马列的书真正读懂了，也就胜券在握了。

所以，真正的好书，都是为失意者预备的。然而，有好书读得下的日子正是幸福的时光，又何来失意呢？

文人的真实生态

闷热，无心写作，读陀思妥耶夫斯基的日记和书信集。

他的此类作品，内容宏富，既有那个时代的文学生态，也有个人的精神轨迹，诱人沉醉，如饮清泉，如啖甘饴。

陀氏真穷，文字里多记他对稿费的计较和渴望。虽然巴尔扎克也穷，《人间喜剧》的浩瀚气象也是金钱的推动，但是，他是为多余的欲望买单，而陀氏的穷，穷在基本的生活层面上，是深切之痛。

陀氏对《现代人》团体和涅克拉索夫有大怨，认为涅克拉索夫等人是文坛市侩小人。由于陀氏那时是文坛新人，作品到了涅氏手中之后，总是被长久搁置，陀氏只得痛苦地等待。待陀氏即将绝望的时候，涅氏才告知其刊载消息，意图让陀氏放低身价，把文稿贱卖。所以，陀思妥耶夫斯基对涅克拉索夫既恨之入骨，又不得不屈从，因为他得活，得写作，还期待着被社会认同。

事实上，从巴纳耶夫娃的回忆录里得知，别林斯基和涅克拉索夫主持《祖国纪事》《现代人》的出版，也是穷人办刊，总是陷在入不敷出的困境。由于要保证稿源，还要"打眼"，故以"团体"的形式拢聚着一些骨干作者，包括屠格涅夫。为撑门面，涅克拉索夫常常是拿出自己私人的积蓄，别林斯基的文章也基本上是交给自己的刊物发表，且几乎是不取分文——穷与累，让他病，终至早亡。

在这期间，屠格涅夫的表现，才真正的近乎小人。他是贵族，有自己的农庄，有自己的农奴，生活富裕，不然也不会有《猎人笔记》那样从容悠闲的文字。但是，作为同人，他给《祖国纪事》写稿，也是待价而沽，如不满足，就威胁撤稿，拿到别林斯基论敌的刊物上发表。他再普通的文字，在涅克拉索夫那里，也要拿到每印张三百到五百卢布的稿酬，而陀思妥耶夫斯基的呕心沥血之作，也不过每印张五十到一百二十卢布。

屠格涅夫因为有钱，所以有社交风仪，总是在女人的裙边周旋。他酷爱虚荣，总是编造自己的绅士故事。他从《祖国纪事》编辑部拿到稿酬走到街上，遇到一个熟悉的贵妇坐着马车从身边经过，急步上前献殷勤，抓住贵妇的手吻个不停，约人家小饮。被拒绝之后，他又踅回编辑部，对涅克拉索夫等人绘声绘色地描绘，说他拦住了惊马，救了一个上流社会的女人。涅克拉索夫当然能猜到那个真实的场面，但为了稳住他为刊物写稿，还是送上赞叹。屠格涅夫沉浸在自己编造的神话中，觉得自己高人一等。

这些，陀思妥耶夫斯基自然不会获悉，他只会从“被侮辱与被迫害”的角度考虑问题，他只是看到涅克拉索夫的势利。作为两大刊物的经纪人，涅克拉索夫当然要有些基本的经营之道，他是在为“共同的信仰”代人受过。这是个恶性循环——涅克拉索夫及《现代人》被当局和时世所迫，而陀思妥耶夫斯基又被涅克拉索夫和《现代人》所迫，本“同是天涯沦落人”，却不能相互理解、惺惺相惜。这就是伟大的俄罗斯文学最具悲剧色彩的一个侧面，这就是伟大的别林斯基为什么既不见容于专制势力，又不被“同路人”真心拥戴的一个真实原因。

其实，陀氏也有不被人知的另一面——他流放之后大变，向沙皇妥协，并且主动示好。他的《罪与罚》就是献给皇太子亚历山大三世的。他与当局的书报检查官经常有书信往来，在信中大骂别林斯基、屠格涅夫。认为别林斯基“混乱”“幼稚”“无耻”，认为屠格涅夫的《烟》是失败之作，坏得一团糟。他总是预支稿费，因癫痫症经常发作，作品常不能如约完成，诚信度极差。他经常赌博，把血汗钱一夜输光，然后四处求援，让人可怜。为此，他多次接受反动势力的资助，并为其唱赞歌。他信奉基督，仇视社会主义，对“革命党人”殊少同情心。他对女人有极端的柔情，通信里总有“吻你的纤足”“吻你的小脚”之类的香艳字词。

究其原因，是他视写作为唯一生命，为了写作，他可以不顾忌操守。

中国人总讲“文如其人”，其实文与人常常是分离的，古今中外不乏例证。

陀思妥耶夫斯基做人如此卑劣，作品却那么伟大，直让人想到钱钟书的确是个“通人”，他说，如果觉得鸡蛋好吃，何必一定要见那只下蛋的母鸡呢。

便可以说，这种文与人的不一致性，或许就是文学的魅力所在。

所以，我特别赞成祝勇关于大历史散文写作的一个理念：历史的走向，往往不取决于道路，而是取决于行走的脚——脚下的一颗沙砾，往往会趔趄了步伐，留下歪斜的身影。

宗教，道德家的底色

读《托尔斯泰散文三篇》（徐迟译，湖南文艺出版社，1992年4月第三版），徐迟的译笔很典雅，重语言，有诗的韵味。

托尔斯泰这三篇散文，都是长文，但读时愉悦，无繁冗、沉闷的感觉。其篇目为：《为什么人要把自己弄得昏迷不醒》《〈克莱采奏鸣曲〉后记》《过良好生活的第一步》。

徐迟在译序里说：

> （这三篇散文）骤看，或骤然听说时，是要使人失笑的。因为在第一篇里，托尔斯泰劝人不要吸纸烟不要喝酒；第二篇里，他劝男人女人不要性交，并且劝做丈夫的不要跟妻子性交；第三篇里，他劝人不要吃肉。

记得十年前我读到他的小说《克莱采奏鸣曲》时，曾写过一篇书评，题为《过严肃的生活》。文中认为他的小说，有过多教化，破坏了艺术的美。时到今日，看过他的大部分作品，就习惯了，觉得这倒是一种风格，或者称为“托尔斯泰文体”。特别是读了他的传记之后，反倒觉得托尔斯泰只有“这样”写，才有文本力量，因为他有“是非格外分明、爱憎格外热烈的生活态度”，他笃信宗教，是个圣徒，内外如一。

他痛恨自己拥有土地，拥有农奴，甚至连自己的写作也认为是一种罪恶，因为他有钱、有闲，而农奴匍匐在土地上，受罪、吃苦，他不能改善他们的生活。

他在道德上对自己过苛，甚至殃及家人，致使多年来人们误解托尔斯泰夫人，认为她为妻不淑，要对托尔斯泰的出走和死亡负责。其实托尔斯泰夫人不仅贤淑，而且是他的知己和得力助手，她在为他接连生育了十三个孩子的同时，帮他抄书稿，三千页的《战争与和平》，她竟抄了七遍。这是平常女人所做不到的，因而她与其夫一样伟大。只不过托尔斯泰光环巨大，把她遮蔽了；只不过托尔斯泰掌握着话语霸权，让人听不到她温柔的声音。

既然托尔斯泰是一个伟大的道德家，那么我们从道德的角度读他，便会读出信仰的光芒和生命的庄严，情不自禁地忏悔自己的种种不经之思、不经之举，崇敬纯粹与圣洁。

托翁的真实

读《外国文人日记抄》，给我感觉最深的，是托尔斯泰的生命状态。

他有很强烈的虚无意识，他在 1898 年 1 月 1 日的日记里写道：

> 一事须记：即一切生命都是没有意义的，除非它的终结是为上帝服务，为上帝的工作服务而使之完成，那是我们不可企及的。稍缓我当将这个意见写出来，现在我很忙乱。

虚无造成了他的死亡意识也很强烈，总觉得自己来日无多，在每天的日记之后，都要把第二天的日期写上，然后写道：莫斯科。但愿我还活着。

托尔斯泰很鄙薄肉体生活，只为精神的完善而活。但他精神生活的出发点，是要为宗教服务，所以他的日记，多说教内容。因为是出自真心，喋喋不休地说教，也不让人厌烦，感到如果不这样，就不是托尔斯泰了。

虽然托尔斯泰痴迷宗教，但他没有进入教主的位阶，也就是还没有达到宗教的最高境界，他一直在路上，在凡世和进入天堂的窄门之间，不过是个最高级的使徒。这集中体现在他对女人的态度上。耶稣对妓女都讲宽容，阻止拿石头的信众对其做进一步的伤害。那是个最著名的场景：情绪激动的信众要对妓女施法，征求耶稣的意见，耶稣蹲在地上，用一块石头在地上画啊画，大家安静下来，耶稣也就缓缓地说："你们当中没有犯过罪的人，可以拿石头砸她。"人们静默，最后散去。而托尔斯泰手中的石头是总也不放下的，他在日记里，处处表现出对女人的歧视。信手摘录几条，可窥全豹：

> 当一个女人恋爱一个男人的时候，她能够从他的身上看出他所没有的好处来，但当她不属意于他的时候，她又不能从别人的意见之外看出他的长处来。

> 女人并不用语言来表达她们的思想，而是用语言以达到她们的目的，她们在别人的语言中所搜寻的也是这个目的。

> 一个妻子亲近着她的丈夫，对他说了许多以前没有说过的抚爱的话。丈夫感动了，但这只是因为她做过一些淫秽的事情而已。

> 一个女人，她只在人家与她有关涉的时候是性子和静的。一切与她无关的事情，她都不觉得有趣味，而这种事情如果与别人有了关涉，她是要恼怒的。她似乎担负着（主宰着）一切与她接近的人的生命，好像没有她，大家都会灭亡。为了一切轻微的责难，她会侮辱每一个人，但在十分钟之后，她立刻就忘记了，而且一点也没有懊悔。

在托尔斯泰眼里，女人是弱智、功利、淫荡、狭隘和任性的劣等人种，大可不必平等待之，更遑论尊重和怜爱。

令人吃惊的是，强烈的宗教情结，使托尔斯泰陷入巨大的内心纠结之中。虽然他也认为写作是他精神生活的存在方式、是他接近上帝的根本途径，但是他面对工人、农民、奴仆的悲惨生活，又觉得写作是一种“有闲”，是一种“罪恶”，于是他既想写，又反对写。

他说：

> 我不能写作时，我觉得痛苦，于是我对自己施以强迫。这多么愚蠢啊！好像生命是存在于写作之中似的。实则生命根本不存在于一切身外的活动。生命并不如我之所欲，而是上帝之所欲。没有著作，生命反而更充实，更有意义。现在我正学着不写作而生活，我确信能够做得到。
>
> 我们的艺术，因为它供给了资产阶级的娱乐，不仅类似于卖淫，简直与卖淫没有丝毫区别。

所以，从日记中，可看到托尔斯泰真实的生活状态：他生命撕裂，人格分裂，既是圣徒，又是伧夫，伟大与凡俗交并。

这很好。这让我们有了平常心，能够从容地做人。

过严谨的生活

在写作《复活》以前，托尔斯泰写了一个篇幅较短、却在他后期作品中占有极其重要地位并一度被禁止发行的小说，便是《克莱采奏鸣曲》。这篇小说虽远远不能与托翁的长篇巨作《战争与和平》《安娜·卡列尼娜》及《复活》相比，但我对它的阅读兴趣却远远超过托翁的其他任何著作，前后曾读过四遍。

这并不说明我的欣赏品位低下，而是这篇东西既短却又最能代表托尔斯泰的艺术精神。托翁是一个对生活秉持极端严肃精神的人，他作品的宗教气息、说教气息很浓。他除了把自己的思想纳入形象——用小说“说教”外，甚至迫不及待地用论文的形式直接“说教”。而《克莱采奏鸣曲》是他形象“说教”中，最简洁、最激昂、最让人容易接受的一篇。

小说的故事，描述一个名叫波兹德内雪夫的人，他从很年轻的时候就过着淫佚的生活，后来他厌恶了这种生活，梦想另一种爱，最高尚的爱。最后，他和一个在窘境中过日子的地主的女儿结了婚。他认为她是一个贞洁的对象，由此而结束了自己放荡可憎的生活，坚决地决定在婚后做一个忠实的丈夫。起初，他企图使蜜月成为一种庄严美丽的举动；可是到婚后的第三天，他发现所谓蜜月者，不过是长辈们特许的“无节制的欢乐的纵欲”。于是，他就不可避免地感到厌烦，感到它实在是一种“不能忍受的苦刑”。口角便经常发生，到最后，在夫妻之间除了恨，简直不再有别的感觉。因此，当他因事到乡间去，妻子便与一位音乐家以音乐为媒介私通。他疯狂了，赶走了音乐家，同时将一把匕首刺进了自己妻子的左肋。

自然，这是一个“爱”的悲剧。导致这场悲剧的原因，是波兹德内雪夫以往的放荡生活的经历，使他丧失了感受美好爱情的能力，神圣的新婚生活也不能使他精神愉悦，因为在他眼里，一切都是肉欲。

还是让我们听一听作品中波兹德内雪夫的自白吧：

> 十个月以来，我过着淫佚的生活，最可憎的生活；我梦想着爱，梦想着最高尚的爱，甚至用那种爱的名义来梦想一切。是的，我愿意详细告诉你，我怎样杀掉我的妻子。因此，我必须说一说我是怎么堕落的。在我认识她以前，我早已杀掉了她。我第一次尝试了没有爱情的肉欲，我就杀掉了“这位”妻子，实际上在那时，我已杀掉了“我”的妻子……

可以说，爱情和肉欲是势不两立的，一个人如果选择了放荡的肉欲生活，他就很难有纯洁的爱情生活。这一点，生活给波兹德内雪夫的教训是深刻的：

> ……在第一次堕落的时候，我就有了一种深刻的悲哀，甚至想坐起来痛哭，想痛哭我童贞的丧失，痛哭我和女性之间关系的永被玷污……一个人若为了自己的快感和好几个女人发生过关系，也就不是一个正常的人，而是一个永被损坏了的

人，一个浪荡子了……

不仅仅是这些，淫佚生活还使波兹德内雪夫发生了心理变态，一些美好的事物，比如音乐，都被看成有性欲的味道：

> 据说音乐使我们的灵魂提高。胡说，完全不对！音乐当然有作用，起着一种可怕的作用，但决不能提高灵魂，它既不能提高也不能降低灵魂，只能产生冲动……

放荡生活对人类灵魂的损害是多么的可怕啊！

因此，不管物质生活得到多么大的改善，科学和文明得到多么大的提高，世风开放到何等程度，过严谨自律的生活始终那么重要！

托翁的这篇小说，从艺术上也给我们有益的启示：这篇小说采用了独白式的体裁，由于主人公的议论贴紧了主人公的生活实际，真实地反映了人物的心态，不仅让人感觉不到说教的厌烦，而且产生一种痛快淋漓的艺术效果。

所以，我们没必要激烈地反对在艺术中融入“说教”的成分。艺术作品的教化功能，并未因人为的反对而消失。况且，恰当、贴近生活的形象的“说教”，是温暖的和风，在徐徐的吹送中，人们的心智，会怡然地打开。

美好的呼唤

一早天就阴得沉，无气流迂回，人闷得心慌。想进城逛三联书店，也取消。

午后，暗色匝地，雨雪纷飞，有末日感觉。

道路泥泞，不能外出，就静读契诃夫。

都说有肺病的人往往灰暗、消沉，但契诃夫一直是那么明媚、深情地对人们说，要热爱生活。

他一直主张人要自立，要把“自己身上奴性的血一滴一滴地挤出去”，让血管里流淌的不是奴隶之血，而是“真正的人的血”。他一贯反对把人分为“平凡”与“天才”，或是“失败者”与“成功者”的思维定势和先入之见。单在 1888 年 11 月间，他就两度在书信中申述这个看法：“把人分成成功者和失败者，就意味着用狭隘的眼光和人为的偏见来看人的本质。”他始终批判那种庸俗的人生观和幸福观，呼吁人们要有超脱的意志和宽阔的胸怀，他豪迈地说：“人们所需要的不是三俄尺土地，不是一个庄园，而是整个地球。”

即便是死亡的阴影已浓重地笼罩在他的头上，他也没放弃对未来的希望。他在最后的作品中，不断地书写“希望”这一主题。

小说《主教》，写到一个叫彼奥德尔的主教之死——死神降临：

> 但他不想死，他仍旧觉得他没有得到一种顶重要的东西，一种他过去朦朦胧胧向往过的东西。虽然他还是死了，但第二天是复活节，城里所有的教堂的清脆而欢畅的钟声从早到晚地在城市上空飘荡，使得春天的空气颤抖，鸟儿在歌唱，阳光普照大地。

契诃夫是在告诉人们，一个人死了，但生活还在继续。

在契诃夫去世前的1903年，他完成了小说《新娘》。小说描写一个叫娜嘉的乡下姑娘，在一个叫沙夏的莫斯科人引领下灵魂的觉醒。沙夏因肺结核在乡下疗养，把对文明生活的感受传递给了蒙昧的娜嘉。于是面对沙夏的死亡，她没有感伤，相反，她有了一种新的感奋：

> 这时，在她面前出现了一种宽广辽阔的新生活，虽然朦朦胧胧，充满神秘，却强烈地吸引着她、召唤着她。

契诃夫是在告诉人们，一个人死了，但新生活的美好却在召唤着后人。

《樱桃园》是契诃夫的绝命之作 在作品中他预示了新时代的即将来临，因为不能亲自告别“樱桃园”式的旧生活，他笔下不禁流露出淡淡的忧伤，但他还是借助一个年经的剧中人之口，深情地呼唤道：“新生活，你好！”

这样一个对人类、对人类生活充满乐观感情的人，不会有戾气，内心有大和谐。以至于临终的时候，他平静地说：“我要死了。”遂用心地品尝了最后的一杯香槟酒，很受用地感叹道：“我好久没有喝香槟酒了。”喝完就侧身而睡——永远地睡去了，留给世人的，是一派从容优雅、恬静安详。

契诃夫真是伟大，即便是死，也让人心驰神往。

重读契诃夫，我不禁想到汪曾祺。

汪曾祺的文字之所以有那么鲜明的温暖底色，或许是因为他酷爱读契诃夫，是契诃夫的魂韵附着在了他的身上。换言之，也许不是什么士大夫精神和明清小品滋养了汪曾祺，而是他对契诃夫多有心得，自觉不自觉地接续了俄罗斯文学的伟大传统。

低调与原则

一

伟大的作家总是把自己看低，甚至低到尘埃之下。

阿赫玛托娃全面地认同人民，她的诗歌总是倾向于俗语、倾向于民歌用词。她永远鄙视“诗人”这个词所包含的优越性气息。“我不明白这些大词，”她甚至说，“诗人，台球。”（即：诗人与台球手二者无异）这不是谦虚，是她对自己的存在始终保持清醒认识的结果。所以，她亲近普通人，努力表达民间情感，呈现人民性，因而她的叙述伦理从不受历史调整的影响，保持了个人的独立。

1885年底，契诃夫第一次去彼得堡，结识了《新时报》主编苏沃林，两人相谈甚欢。此后契诃夫佳作迭出，1888年写出了第二个剧本《伊凡诺夫》，短篇小说集《黄昏》摘得普希金文学奖，他从幽默小品作者进阶成了具有全国影响力的重要作家。在接踵而至的声名面前，契诃夫没有忘乎所以，他在给苏沃林写的信中说：

> 您和我都爱普通人，但人们爱我们却是因为在他们眼里我

们不是普通人。比如，现在到处都要请我去做客，招待我吃喝，把我当作将军一样地请去参加婚礼。于是我想，如果我们明天在他们眼里变成了普通人，他们就不再喜欢，而只是为我们感到惋惜，这是很糟糕的。

次年，从名利场莫斯科来到市郊苏梅过上村居生活后，契诃夫对生命有了新感悟。他迫不及待写信告诉苏沃林："大自然是一服极好的镇静剂，它能让人心平气和，也就是说，它能让人变得与世无争。"并说，因为过上了普通人的宁静生活，他能够"把自己身上的奴性一滴一滴地挤出去"。

二

伟大的作家总是有着属于自己的创作原则，即便是受到外界的指责，也不会改变。

1890年初，契诃夫写出了《盗马贼》，他的出版人苏沃林指责作品"过于客观"，即"对于善恶的冷漠，缺乏理想与思想"。契诃夫不为所动，写了封长信，与苏沃林辩明态度：

您希望我在描写盗马贼的时候，同时要说上一句：盗马行为是一种恶行。但要知道这是不用我说也早就明了的事。就让法官去审判盗马贼好了，我的任务仅仅是真实地表现他们。当然，把艺术与布道结合起来是件愉快的事，但由于艺术技巧上的条件所限，我本人很难做到，而且几乎是不可能做到的。……当我在写作的时候，我充分信任读者，相信读者自己会延伸小说中没有展开的个人感受。

契诃夫说出了小说创作的大忌。许多作家，总是喜欢在叙述中带入个人感情，并借人物的口、甚至干脆自己跳出来频发议论，以为只有这样才精彩、才独特。这种主观上的干预，破坏了叙事的自然秩序，不仅突兀生硬，也剥夺了读者介入式的联想，因而弱化了小说的张力，是不言而喻的败笔。

诗人拜伦在给他同父异母的姐姐奥古斯塔·拜伦的信中说，“所谓情书，实际上是一片胡言乱语，不过是恭维、浪漫和欺骗的大杂烩而已。”所以，他规劝姐姐，不要热衷于情书类作品的阅读，它会惑心乱神，让自己失去安宁。他也反对姐姐写情书，因为情书的“欺骗”性质，让虚假的感情大行其道，误人害己，最终反而失去爱情。

对情书的不信任，使他从来不把情书当作正经作品，便任性而写，意在调情，把其作为社交手段。所以，流布于世的《拜伦书信选》也很少收入他的情书。据后人的挖掘，他的情书充满了色情和语言暴力，与伟大诗人的浪漫情怀和诗意之美相去甚远。因此就有人据此而败坏拜伦的形象，认为他低。其实这怨不得诗人，拿他根本不看重的文体看重他本人，这是后人自己的错位。

朴质而美

高尔基出身底层，为文时就特别注重简洁、朴实和准确，因而就少渲染、少浮华、少议论，原汁原味地道来，有极丰沛的现场感和真实感。

这是我读他的《文学写照》（巴金译，北方文艺出版社，2008 年 10 月第一版）的突出感觉。特别是他的《列夫·托尔斯泰》一文，写得简洁明快，类似一篇现场记录，把托尔斯泰勾勒得活灵活现，许多地方都让人忍俊不禁。在他的笔下，托尔斯泰不仅身形小，姿态也低微，像个农民，既智慧又粗俗，亲切得十分可爱。

托尔斯泰的两只手生得很古怪，它们很难看，上面高高低低地布满了膨大的血管。然而就是这样的手，居然有蓬勃的创造力和表现力。这不禁让高尔基想到了农民的手。

托尔斯泰对农民有很深刻的认识，对高尔基的小说《公牛》中对农民的描绘提出了坦率的批评。他说：

> 不过您遣词用字并不高明，您笔下那些农民的讲话都显得太高明了。在实际生活中，他们讲话都是很愚蠢的，而且次

序颠倒，不相连贯，简直不知他们在说什么。他们是故意这样做的：在他们愚蠢的语言后面，始终藏着一个想使对方讲出心事的愿望。一个好的农民，从来不会一下子就露出自己的聪明来，他知道这是对自己不利的。他们有自我保护的本能，一般都沉默寡言，只是让你多说，露出你的弱点。他们对谁都不相信，就是对自己的老婆也怕讲出自己的心事。然而在您的小说里，他们全是那么坦白爽快，而且还用警句讲话，这是不对的，也是与实际不相宜的。

托尔斯泰与高尔基在乡间散步时，看到一个肥胖的农妇在花坛前工作——身子弯成直角，露出她那双象腿一样的粗腿，硕大的乳房一直都在晃动。托尔斯泰停了下来，长时间地观望，然后说："俄罗斯所有的繁荣都是建立在这种女象柱上面的，倘若贵族不是时常跟她这样的母马交配的话，那么他们早就绝种了。贵族整体是虚弱的，他们的力量主要是来自这种混血的行为。"

托尔斯泰很爱讲女人，而且是用那种俄罗斯农民的腔调。他突然问高尔基："您年轻的时候很是荒唐过一番吧？"见高尔基有些发窘，他说："找女人，我当时是不要命的！"他告诉高尔基："一个抓住你下体的女人并不危险，危险的倒是钻进你灵魂的女人！"脏字粗话托尔斯泰脱口而出，竟让出身底层的高尔基都有些不适应。

托尔斯泰谈到禁欲主义，他严肃地说："是'缝'起来的，而不是逢出来的，在生活中有'缝'这个动词，而没有'逢'。"高尔基明白，他是在说，禁欲主义的关键是在于自我克制，是钳住性欲的出口，而不是寻找客观机会、顺势而为。所以他觉得托尔斯泰的语言极为生动，俗中见雅，指归精准。

议论到陀思妥耶夫斯基的《白痴》，托尔斯泰认为他写得很丑恶，因为它的主人公梅希金公爵是个癫痫病患者，在生活中却表现得很直率、很纯洁，这就有了戏弄的味道。如果把他写成一个健康人，再有直率、纯洁的品质，那么就会让人大为感动，产生信任。所以他写得脏，是一种别有用心的脏，让人远离健康的人性。

托尔斯泰很喜欢把女人和文人放在一起议论。他说："女人在肉体上比男人更诚实，而在思想上却比男人更虚伪。可是她在撒谎的时候，并不相信自己所说的话；卢梭也撒谎，却把自己所说的谎话信以为真。"

托尔斯泰不回避农民身上发出的臭味，喜欢跟他们交谈，但当他要通过一个路口去远处的一个教堂时，三个骑马的农民却堵在那里不给他让路。高尔基见状顿感不平，想上前疏导，农民见人走近，自己走开了。托尔斯泰一点也不生气，他笑着说道："农民不认识我，很愚蠢，但他们的马却很聪明，它们认识托尔斯泰伯爵。"

然后他说："你得信任农民，因为他们知道，镀的金会磨光，猪皮倒永远留在那儿，而且他们也亲口说过，'一切都会过去，只有真理留着'，哈哈……"

托尔斯泰很欣赏农民管理女人的方法，白天狠狠地踹她们的屁股，晚上却拼命地亲她们的脚并把她们重重地压在床上。所以当听到高尔基为了惩治他那个恶劣的女邻居，不得不用铲子拍了她的屁股时，托尔斯泰竟笑疼了肚子，并用尖细的声音说："用了铲子！打在……用了铲子……哈哈！正打在……铲子很宽吧？"

由于自己的农民品性得到了自然的释放，所以托尔斯泰对高尔基说："今天我过得多么好！我的灵魂非常快乐，所以我希望您也快乐！特别是您！您是个好人，很好的人！"

风尘中的道德之尊

高尔基的《不合时宜的思想》(作家出版社，1998年版)是一部令人怦然心动的书。当时该社的一位友人要我写一篇书评，我不假思索地婉拒了。因为这样的大书，怎么能由我这样的浅薄之辈妄加臧否呢？只能用心品。品完全书，已到2000年仲夏，时草长成丛，蝉噪蛙鸣，人之思绪亦繁杂如斯，更无法做清晰的剔评，便将所思所感率性辑录，聊备一格耳。

一

道德，不是天然地存在于人的心灵。

道德，是对一切肮脏的、丑恶的事物极端厌恶的感情，是对一切纯洁精神和美好行为的自觉追求。所以，对于善和恶均可耻地漠不关心的人，是不会建树道德的。

在环顾四周时，你会发现，真正令我们悲愤不平的，不是贫和富的差距，而是贫与富惊人相似的处世态度：便是对善恶与是非的麻木不仁。

悲愤之后，我们不得不降格以求，去亲近那些虽然“酸腐”，却洁身自好的人。尽管他们研究的问题很不实用，他们的言谈和争论很不着边际，但他们热衷于“自我完善”，有自己的善恶观念，在他们那里，多多少少还会感受到一点道德温暖。这些微的温暖，竟让我们感动得流下泪来。

二

物质主义在现世的膨胀，直接导致了人的两种弱化：一是弱化了对自然的珍重与敬畏；二是弱化了对弱者的关怀与亲近。

中国人一向对松间明月、大漠孤烟、野渡横舟、小桥流水有深度的感动，但一进到物质甚嚣尘上的年代，松间明月、大漠孤烟很快就被星级宾馆的豪华场面所置换，被白领阶层、准白领阶层的写字楼所取代；野渡横舟、小桥流水亦被人造景区闹哄哄的人流和森林一般的遮阳伞所覆盖。这一切，被作为“现代化”的物质符号，正大举占领自然的原野；似乎现代化便是都市化，而都市化就是宾馆化，就是钢筋水泥、声光电色与人肉气息。

在上世纪九十年代以降的文学作品里，改革常常成了官员和富商的改革，幸福常常只剩下名流和美女的幸福；黑压压的底层生命构成了市井与现实，却被作家排除在“现实”与“市井”之外。只有那些朱门应酬、大腕谋略、名车迎送以及由这些图景暗示的社会等级体制，才是他们心目中民主与人道主义的堂皇全景。

这两种弱化的背后，可以有千万个忧患，但本质的忧患只有一个：便是对生命尊严的弱化！

人的生命尊严一旦沦丧，人便也蜕化成物了。爵士乐下的欢歌，不啻为洞穴中的哀哭。

三

在市场经济的生活中，功利主义在人们的内心愈来愈占有了位置。所谓功利主义，就是追求个人利益的最大化，在成本——收益的转换中，以最小的投入，获得最大的收益。通俗地说，功利主义就是算计着自己的利益过日子，它讲究的是：利己、实用、实惠、势利和非奉献。一句话，自己的一切付出，都立足于回报的原则上。

所以，功利主义是个冷冰冰的经济学逻辑，它排斥人情温暖，生命在利益驱动之下，走向疏离，甚至对峙。

于是，在善良人眼里，功利主义是个可怕的东西。

但是，我们还有爱！

在爱的面前，经济学最基本的逻辑顿然失去效力——在一般的功利关系中，一个人的付出，就是另一个人的所得，但是在相爱的人之间，这种看来亘古不变的算式却发生了令人惊叹的变化：当一个人为自己的亲人或其他人付出辛劳或牺牲时，他并不觉得自己损失了什么，相反却感到自己有所获得。因为他发现，当他通过自己的行为改进他人的境遇时，竟使自己感到了生命的意义。而经济学意义上的效益提高，自己福利的递增，都无法使一个人感到自我存在的价值，只有当他认为别人的生存、别人的幸福有自己的原因时，才找到了自我价值。

我们都会从对自己亲人的爱中，体味到这一点。

这样一来，功利主义的道德观就走到了尽头。当我们说，一个人只有对他人承担义务，才会使自己的生命有意义时，其实是在说，一个人的效用就是他人的效用，一个人的成本就是收益。这时的人，已无从考虑回报，便与功利主义决然告别了。所以，道德一旦被称为道德，就意味着与功利主义分道扬镳。所以康德说，当一个人没有任何功利考虑和外在强制，自觉地去履行（人间）义务时，他的行为才是道德的。

于是，人间的爱，是道德的基础，是道德的保证。因为，我们确信爱是人性的根本标志，是个永恒的东西；所以，在功利主义的红尘中，我们心神镇定，从容地微笑着。

四

真理是超功利的。

道德是超功利的。

人的生命尊严是超功利的。人间的爱亦是超功利的。

在物质主义甚嚣尘上的时刻，感觉这些非物质主义的人间情感，不免有些悲壮的色彩。但悲壮不是忧伤，更不是无奈，忧伤与无奈会弱化心灵的力量，而悲壮则是灵魂不屈的“不合时宜”的反抗。我们之所以对诸如真理、道德、生命尊严和爱这些被红尘遮掩的情感进行抚摸，是缘于追求纯粹生活的内心律令。

兽性，一直在人性的深处沉潜着，我们之所以惧怕外在的诱引，是因为它会使兽性浮出生命的“界面”，使人陷落到野蛮状态。而眼下的“诱引”真是太多太多，足以引起善良人的忧虑与警觉。这个时代，不允许我们建立“话语霸权”，我们不好干涉别人的生活，但我们可以自我完善——对真理、道德、生命尊严和爱的话语关怀，会浸润到我们的内心深处，变成一种自觉的道德律令，即一种生命理性。

我们相信，具有了这种生命理性的人，是不会轻易地就被“世俗”的感情冲动所俘获的。他们有一种理想的“坚守”，自己成就了自己，因而代表了纯粹意义上的人类尊严。

神秘的乡村与爱情

伊凡·阿列克谢耶维奇·蒲宁，是俄罗斯最后一个古典作家、诗人，1933年度诺贝尔文学奖获得者、俄罗斯批判现实主义的重要代表。

作家自幼年时期起就住在奥勒尔省祖传的布特尔基村的庄园里，生活在“花、草、庄稼的海洋里”及“田野的寂静”中。作家幼年时代的生活环境，对他的全部创作生涯有着极为深刻的影响。

他的中短篇小说集《故园》，便是充分体现这一特点的代表作（赵询译，四川人民出版社，1981年12月版）。这是我于1983年在良乡城内买到的。当时，我尚是一个文学青年，对小说的语言极为关注。蒲宁的语言，结构精练、严谨，辞采花团锦簇，令人目眩，爱不释手。他写自然风光如诗如画，看到他寥寥数语的勾画，你便仿佛已经闻到花草的芳香，看到了春日的晴空、金黄的田野。高尔基说：“如果要指出蒲宁写的小说的特点，那么称他为当代最优秀的修辞巨匠是不过分的。”

事隔十数年，再重读他的《故园》，其语言的吸引已退居其次，令人心仪不止的是神秘的乡村氛围及在这个背景之下产生的神秘的爱情。

一对感情冷漠的夫妻，为了挽救将要崩溃的感情生活，回到男方幼时生活过的庄园。那个庄园极为寂静，寂静得有一团厚厚的莫名的温情。女人半躺在那张古老宽大的床上，不知为什么，感到很愉快，一种对自己男人的眷恋之情悄然生起，自己被自己感动得嘤嘤低泣起来。

一束透明的银色月光投在炕炉上，这束光在昏暗的房间里显得奇异、明亮而苍白。我吸着烟，烟雾在这片昏暗中慢慢飘动着。地板上的粗毛地毯，月光下温暖的炉灶，一切都让人感到这是在故土家园，一切都散发着舒适的、偏僻乡村的气息……

这是那个男人此时的感觉，他也不禁激动起来：

我们一定要在自己的家园里生活，栖身在自己的一席之地，远远离开一切的一切，如莫泊桑所说的那样，“在自己的老家生、老、病、死！”

这是蒲宁短篇小说《新年》中的情景。

神秘的乡村气息，神秘地复燃了业已熄灭的爱情之火，让人怦然心动。

城市的喧嚣可以毁灭爱情，田野的寂静可以拯救爱情。噫吁唏！这缘于人类血脉里深潜的“家园情结”。家园是一方质朴的土地，爱情是一种质朴的感情。质朴归于质朴，心性怡然。

蒲松龄的聊斋里美色可以治病，蒲宁小说里“寂静的田野”亦可以治病，皆具匠心也！

蒲宁的乡村所弥漫的神秘气息，主要在于他描绘的是“晦冥之境”

中的乡村。所谓晦冥之境，系黄昏与夜晚。一写乡村，蒲宁便着意地将乡村置于黄昏或夜晚之境。

一出车站，夕阳耀眼，不远处是一片茂密的树林。我们久久地漫步在空气凉爽的林中小路上，在泥泞的大道旁，在翠绿的槭树、榆树，枝叶茂密的核桃树间，踏着树根，踏着人们踩出来的、有弹性的小径，天鹅绒般的核桃树叶时而擦着我们的身子。

（《一个小小的爱情故事》）

在黑黝黝的矮树林后面，仍然笼罩着一片淡绿的半明不暗的光，微弱地映在远方的湖面上。湖面如镜，苍苍茫茫，岸边披着露珠的花草树木发出强烈的芹菜味，看不见的蚊子秘密地，好像有所询问地嗡嗡叫着。

（《露霞》）

这是另一种生活，一种特殊的夜的生活，一种不待晨曦初现时便不能理解的生活。夜幕沉默着，只有今春栖息在我们阳台上的那只夜莺还在慢声啼鸣。大厅里的钟摆在专心地、节奏准确地咔咔走动，寂静使房间里的空气变得紧张了。我两肘撑在床上，倾听着每一个微小的动静，感到自己完全被这个神秘的时刻控制住了，这是造物主为接吻、为偷偷地拥抱安排的时刻。这么说，我的那些非分之想和莫名的期待便是十分自然的了。

（《通宵晚霞》）

这样的笔触，比比皆是，令人眼花缭乱。钱钟书先生说过，晦冥之境，易于相思。种种眷恋，种种思念，多生于黄昏与夜晚。怨妇最难熬的时刻，是入睡前的静夜时光；游子最难排遣的时光，是夜半的无眠。所以，蒲宁乡村的神秘，是被晦冥的薄雾所笼罩的神秘，是心灵之弦最敏感、最易潜入幽微之境时的心理感应。这种感应是人类共通的，便具有人性的意义。

钟情于蒲宁的乡村小说，盖因为自己乡村的出身。蒲宁简直就是乡村的神经，将乡村的神秘气息，活脱、勃郁地传感给我们的身心。他的作品是状写乡村美景的经典。我们受到了机械文明愈来愈沉重的挤压，我们便愈来愈需要在与乡村的温柔亲和中，透一口气。我们便放不下他的小说。

乡村情结，或曰故园情结，或曰土地情结，是一种古老而美好的情绪，它给生命以温情的滋润。所以，称蒲宁是俄罗斯文学史上最后一位古典作家是对的，因为在他之后，再也没有写乡村美景写得是那么回事的俄国作家了。

灵魂的展览馆

贾植芳在《勃留索夫日记钞》（百花文艺出版社，1992年5月第一版）的中译本序言中说：

> 日记是一个人灵魂的展览馆，尤其是一个内心生活丰富和复杂的诗人或作家，又处于历史激变社会转型期的时代，他精神世界的骚动，更其剧烈和纷繁。又因为作者的写作目的，是留给自己查看的，因此，它真实而纯净，像一个没有浓妆艳抹的妇女，倒显出她的天然风韵以及她的“缺陷美”——她的真实的自我。它是真正的写实文学，不仅是一个诗人或作家的生活记录，也是他的成长史、人格史和创作史的自然形态。至于当时的社会动态、文场风习，这里当然也有真实的反映和清晰的折射。因此，它又是一个特定历史时代的聚光镜。

我觉得贾植芳对日记写作的定义是准确的，也与我对日记的理解相暗合，便增强了我坚持日记写作的信心，而且也得到一个有意的启示：即要更注重“自然的形态”，并通过一己的日记努力反映“社会动态、文场风习”和时代的律动，有“折射”、聚光镜作用。

通读勃留索夫日记以后，我更感到贾植芳的序是及物的论断，它把勃氏日记的特点极为鲜明地概括出来，并上升到理念的层面，殊可信。

不过，“是留给自己查看的”的特点，虽保持了“真实与纯净”，但也预设了天大的危险，就是身后的发表，会遭到无法阻止的删节和篡改。勃留索夫的日记，其编者是他的夫人乔安娜·伦特·勃留索娃，所推出的是经她删节的文本，存下了大量涂改的痕迹，有许多地方不能连贯阅读，即便是用力地猜测和想象，也无法“复原”，往往是不知所云。

即便是这样，也能透过他的日记，清晰地看到十九世纪末叶俄国的“社会动态”和“文场风习”。

譬如俄国社会对象征派诗歌艺术的接受，经历了抵制、批判、漠视到承认的过程。起初称其为“颓废派”，后来才把它当作象征艺术。象征派诗人之间，因为社会的挤压，他们的关系，也呈现病态，爱恨交加，始终不能和为营垒。具体到勃留索夫，他与巴尔蒙特、杜勃罗留波夫，陷入很深的同性恋之中，几日不见，就思念得魂不守舍，写很长的信札，倾诉爱慕和苦闷。但只要相聚，就口角，就互相贬损，就互相伤害，都觉得自己的诗是杰作，而友人的诗则平庸不足道也。他们真是一群刺猬，远观致敬，近观则互刺，不能温暖在一起。如果用“颓废”形容其生活实况，绝不为过。

他们自视甚高，勇于挑战权威。托尔斯泰的《什么是艺术》发表在《哲学和心理问题》杂志第四十卷第五期（1897）和第四十一卷第一期（1898）上。勃留索夫读后，拍案而起，认为它抄袭了自己《杰作》序言中所表达的立意，就于1898年1月20日，致信给托尔斯泰，信中表示，由于他早已推出有关的概念，他应被视为新艺术的先行者，而托尔斯泰在文章中竟只字未提，他对此表示惊讶（不满）。对勃留索夫的质问，托尔斯泰不仅置之不理，在稍后的著作再版时，他虽然注意到了前者的《杰作》，但仍然没有称勃留索夫为新艺术的先行者。这还不算，托尔斯泰还故意引用了勃留索夫的一行诗——“噢，遮掩起你那白嫩的大腿”，并讽刺道，这是冒充内行的人或精神病患者所写的东西，是“居然在莫斯科”得以发表的毫无价值的货色的一个典型案例。

勃留索夫受到了巨大刺激，他发奋写了一本《论艺术》，于1899年在莫斯科出版，并在前言中详细地指出了他与托尔斯泰之间的同与不同，并认为，他的论述不仅在先、也远在托尔斯泰之上。他在1898年8月13日的日记中写道：“《论艺术》一书完稿了，它现在正静静地躺在我面前。为造物主赋予生命的神奇力量赞美吧！这些生命创造出的文字不仅具有非凡的能量，而且还有无穷的奥秘。”

他不仅要向托尔斯泰示威，还要向其有力地证明自己。

令人忍俊不禁的是，当他兴冲冲地去拜访梅列日科夫斯基，以期听到赞誉时，大评论家竟直截了当地说道，对你那本书我没什么可说的，正如对托尔斯泰那本书没什么可说的一样，因为你和他都自以为是，其实书里什么真正的内容都没有。

不仅如此，梅列日科夫斯基还斥责道，你就像毒蛇一样偷偷咬人一口。说到托尔斯泰，他大声叫嚷着：“他是个怪物，一个庸俗的怪物！”

被否定和斥责之后，勃留索夫居然大感快意，因为在人们眼里，他与托尔斯泰一样，都不被施以敬意。他们扯平了。

那一年，勃留索夫才二十五岁，还是大学三年级的学生。

思想的火花

一

夜读普里什文的日记体散文集《大地的眼睛》，心里很不平静。《大地的眼睛》是普里什文晚年的日记，记录的是每日思想的片断。思想的片断被有心地积累下来，竟成了巨著，成了思想的高楼大厦，是一件令人吃惊的事。

自己每日也有瞬间的思想“火花”，闪现时，当然感到心中一热，却没有用笔头记录下来。一是因为慵懒，二是认为这样的瞬间，于思想体系的构筑，是可有可无的事。究其原因，系受了一种文论的影响。

新时期的文论中，有这么一种论点：中国之所以没有博大的哲学经典，概因中国人思想之不成系统。孔孟、老庄及毛泽东的哲学著作，均为语录体，有睿智，有机敏，亦有浅近和漂浮。如此著作，可为时尚“断章取义”，却不能为灵魂“勾玄探幽”。而西方的哲学著作，是系统思想的产物，宏大精深，横贯时空，经纬人伦。一部《资本论》，影响世代无产者，可为力证。自己是个追求所谓的完美和深刻的人，这样的观点，被默默地接受下来。

然而，自己究竟是个凡人，即便是思想者，并不是一个有强大灵魂的思想家。思想的目的，有直接的功利在，便是使自己在人生的道路上走得辉煌些，有意义些，从未有过指引众人、建筑文明世界、推动人类进步的大魄力、大气概。无如此气魄者，是不易构筑自己的理论（思想）体系的。

便依旧是闪现一些思想的“火花”。即便这样的“火花”，自己竟也不屑于捕捉，最终将瞬间的“深刻”都消失了。回望内心，一片空茫，一片失落。

细想起来，一个思想家再有系统的思想，在人类思想的长河中，也不过是浩淼中之一滴，连绵中的一层波浪。抽象地说，亦不过是人类思想史的素材积累，而不是永恒的经典。

再淡的墨水，也能留驻最强烈的情感和最深刻的思想。还是把每日的思想片断记下来吧，坚持下去，不经意间，就构筑了一部完整的个人思想史。最起码，尚有这么一个功能：文将证明，这个人曾思考过。而一个人在世上活得高贵还是低贱，这一点很重要。

二

人在特定的环境下生活得久了，观察生活、感受生活的方式就成了定式，就有了框框。那么，我们就需要作家（广义的）——作家的责任，就是要打破人类情感世界的定式，冲出褊狭的框框，为人类提供对生活的全新的观照角度。聪明的读者，就是要去占据和使用这些角度，去拓展自己的心灵空间。

读拉法叶夫人的《克利佛王妃》，使我得出这样的结论：任何人都不应要求他人做出其能力所不能及的事，否则，你自身就会得到惩罚。读普海弗的《曼侬·列斯康》使我觉得人的主观取舍是多么的武断。

因为曼侬虽然善变、贪婪，但她却可爱、慷慨而温柔，只有这样的曼侬才鲜活、才自然、才有人的魅力。伏尔泰的《赣第德》，表面上是在嘲讽那些哲学上的乐观主义，其实是要你接受这样一个教训：做人要容忍，更要隐忍，要注意开垦自己的园地，对你不得不做的事，要以勤勉和不屈不挠的精神去做，而且还要做好。如果不是这个伏尔泰，我们哪里会想到，做人还有这样的一种做法呢！

林语堂好像做到了，但他不是原创，而是抄袭了伏尔泰。

历史的选择

读过帕斯捷尔纳克的长诗《崇高的病》，感到他对列宁形象的塑造是充满人性的，是理智而深刻的。再读马雅可夫斯基的一首同样写列宁的长诗，便感到激情有余，而理性不足。读了前者，留下的是思考；而读了后者，竟有一种喧嚣过后的疲惫。据说，俄罗斯的读者和我国的读者也大都有这样的感觉。其缘由何在呢?

马雅可夫斯基与帕斯捷尔纳克都是大诗人。但是，是两种不同的诗人。

在十月革命初期，革命与斗争是人民生活的主题，读者无暇静心于文化的修养，所以，他们的阅读与欣赏能力不能算太高，只是需要激励自己斗志的作品。于是，他们选择了马雅可夫斯基，喜欢他的作品，便是极自然的事。

几十年过去了，和平生活又重新激活了俄国人民热爱艺术的天性，读者的阅读与欣赏水平大大提高了。他们已不再满足于只富激情的诗，他们还要追求深奥典雅、远离政治而贴近人性的作品。所以，读者又选择了帕斯捷尔纳克。

因为二者是不同性质的诗人，读者自然对他们有不同的选择：对前者，可以说是时代的选择；之于后者，则是历史的选择。时代选择激情，而历史选择深刻；激情易现易逝，深刻却沉入时间深处。这并不是比较两个诗人的优劣，而是客观地评论一种文艺现象。

郭沫若是集两种不同性质的诗人特征于一身的诗人。回望历史，他写出了沉雄而深刻的诗篇；涉身时代，又写出了激越而躁动的华章。尽管人们对他的两种诗人特质有褒有贬或褒此贬彼，但这毕竟是一种文艺存在，是一个不灭的奇特的历史存在。这个存在的根本特点便是：既投入于时代，又观照于历史；既沐浴于政治风云，又亲和于世道人心。于是，之于郭沫若，他的激情华章，易逝；他的历史诗篇，长存。他是一座绕不开的风景：你可以喜欢帕斯捷尔纳克式的郭沫若，而不喜欢马雅可夫斯基式的郭沫若；你亦可以喜欢马雅可夫斯基式的郭沫若，而不喜欢帕斯捷尔纳克式的郭沫若……总之，他总有你喜欢的那一个点，总有吸引你折服你的那一个点。

这是不是伟大？这是不是不朽？

但可以说，一切文学家，都逃不脱这两种诗人的命运。

我想，像郭沫若这样集两种诗人于一身的文学家是千年一出或万年一出的个例。我们可学，但很难修出正果；可以不学，但须有清醒的操守。可以贴近政治，投入时代；但不能是投机、迎合、谄媚与附庸。文学有独立的品格，它以人性的眼光看待政治，它要求社会的政治生活不悖逆世道人心，以对人的最终关怀为其运作准则和出发点。如此，大到马克思、列宁和鲁迅，小到遇罗克、张中晓和顾准，虽亦干预政治，却亦有不朽的文学生命。

亦可以做时代的歌手与鼓手，但须真诚。以自己的真情而歌而鼓，为时代播送激情与呐喊，做时代的赤子。当时代前进了，社会进步了，原有的激情可能被新的激情替代，但诗人已完成了时代的使命：诗篇虽逝，诗人犹荣。在社会发展史上，定会有诗人闪光的一页。否则，如姚雪垠之流，以文学为猎取政治资本之手段，以获取个人名利为目的，不仅被文学史所埋葬，亦为人类史所不齿。

一些作家以远离政治、远离时尚为创作原则，以求得艺术上的纯粹与不朽，这是一种文学的自尊，不可指摘。但是我想说，远离政治、远离时尚，不应该是远离善恶、回避是非。对善恶与是非的评判，可以鉴别出一个作家的文学品格，亦可以鉴别出一个作家的人生品格。孙犁的《荷花淀》虽然没有正面写八路军的抗战场面，却歌颂了人性中正义之美。这种正义之美，如诗如花，是可以荡涤邪恶的生存之基的。其后期作品虽远离政治，却对文场与世情场的是是非非做了率性的评说，剥去了丑的包装，擦亮了善的容颜，让人感到了人格的魅力与文心的妩媚。

爱的悲壮

《日瓦戈医生》的中文版刚一面世，我就第一时间买到了（蓝英年、张秉衡译，外国文学出版社，1987 年版）。那时，我对文学有对情人般的热情，文学界的任何一点消息，都像情人的一缕呼吸，是极醉心地承纳的。

读过之后，印象是深刻的，深刻于对苏联那段历史的惊异；然而却不心动，盖它的文学气息是不够浓郁的，情感的表达亦无卓异处，觉得西方的热炒，是聚焦于意识形态层面的。

甚至对它有一点反感，并模糊地感到："冷学"与显学的背后风景，差不多是一样的。冷，就意味着显，显也意味着冷，是时空变幻的产物，并不取决于文本自身的价值。

那时的阅读，全凭着一种直觉；现在有了研究者的心境，便执意重读一过。重读过后，感到初读的印象是不错的，《日瓦戈医生》的文学价值正在于对那个特定年代，保留了一部极繁复极形象的解读文本，正如索尔仁尼琴的《古拉格群岛》一样。一般读者，不会有阅读的耐心；慧心的读者，也不会用文学的只眼去苛求它。

然而它比《古拉格群岛》的文学价值要高得多，它毕竟有撰写人心、描摹人性的深刻笔触，有历史的脉搏感；而《古拉格群岛》却显得庞杂、琐屑，有太强的意识形态意图，史料的编织有人为的迹象，让人不太敢真信。

对苏联文学史料的大量阅读，也使人们能用历史的眼光冷静地看这些所谓反专制主义的代表作品。帕斯捷尔纳克虽然提供了一部颇有解读价值的文本，但说他是反专制主义的“英勇斗士”是不确的。他也曾违心地写过颂诗：他曾卖力地把歌颂斯大林的格鲁吉亚诗歌翻成俄文，把诗集《第二次诞生》最长的一首诗献给布哈林。1934年，布哈林在苏联第一次作家代表大会上代表党中央把帕斯捷尔纳克树为“诗人样板”。但随着布哈林的失势，他的身价亦随之滑落。实事求是地说，斯大林并没有直接迫害他，只是把已自杀五年的马雅可夫斯基拉出来树为“诗人样板”，以压制他。从这一点看，斯大林是很懂文人心理的，这样的抑制比直接的迫害，还令把文名看得过重的文人失落。直接的迫害，尚可以给予文人以“斗士”的资本；变相的打击，却把文人抛进莫可名状的尴尬之境。帕斯捷尔纳克正是在一种难言的抑郁中，创作了《日瓦戈医生》的。

1958年10月23日，瑞典文学院宣布将1958年度诺贝尔文学奖颁给帕斯捷尔纳克，苏联政府威逼他发表声明拒绝接受，否则将把他开除出作家协会。帕斯捷尔纳克并没有屈服，他在给作协主席团的信中写道：“任何力量也无法使我拒绝人家给我——一个生活在俄罗斯的当代作家，即苏联作家——的荣誉。”并说：“你们可以枪毙我，将我流放，你们什么事都干得出来。我预先宽恕你们。”对荣誉的执着，使他不顾利害，正义凛然，义无反顾。但几个小时之后，他的情人伊文斯卡娅与他通了电话，他的态度发生了戏剧性变化——他立即到邮电局给瑞典文学院拍了拒绝接受奖金的电报，并同时拍电报给苏共中央，提出了自己的条件，要求尽快恢复伊文斯卡娅的工作。可以看出，一个真正的作家，对名位和荣誉的执著，固然是其世俗性的弱点，但其本质的弱点，是对情感的内在需求。情感之所在，正是作家抵抗强大的外界挤压所据守的最后一道防线，这道防线的被攻破，会使作家陷入比死亡更不堪的虚无与幻灭。

在《日瓦戈医生》中有一段几乎是作者自白的话，可以让我们洞悉帕氏的心理背景：

> 人世上有时会遇到一种博大而强烈的感觉。这种感觉中总掺杂着怜悯。我们越爱我们所钟爱的对象，我们越觉得她像牺牲品。有些男人对女人的同情超越了想象的限度。

帕氏不忍心他的情人做他荣誉的牺牲品，便做出了“超越想象的限度”的选择。其实，他的选择也依然是一种认识的错位：他放弃不放弃诺贝尔文学奖的领取都是一个结局，他和他的情人都改变不了“既定”的被挤压的命运。但是他到底是那样做了，使他与他的《日瓦戈医生》都氤氲了一团浓郁的悲剧色彩。

帕斯捷尔纳克的悲剧，标明着他身上流淌的是高贵的俄罗斯知识分子的文化血脉，便是在托尔斯泰、陀思妥耶夫斯基身上强烈体现的爱与同情和牺牲精神。这是一种渗到骨子里的东西，中国的知识分子是很难学到的。

欲望的劫数

布尔加科夫的悲剧性生平，是我购买并阅读《大师和玛格丽特》（钱诚译，外国文学出版社，1999年版）的原因。

布尔加科夫是在作品遭禁、生活贫困、朋友疏远、人格遭受侮辱的情形下，写作这部著作的。他说："作家不论遇到多大困难都应该坚贞不屈……如果使文学去适应把个人生活安排得更为舒适、更富有的需要，这样的文学便是一种令人厌恶的勾当了。"所以，正如疾病使普鲁斯特写作，孤独使卡夫卡写作一样，是厄运将布尔加科夫与荣誉、富贵分开之后，他才投入写作的。他的写作是为了自尊，是为了内心需要，是他生命快乐本身。因为已没有了出版可能，远方的期待亦毫无意义，他回到的是纯粹层面的写作。

布尔加科夫活在他虚构的世界里，他是用文字处理他与现实的关系的，或者说，《大师和玛格丽特》是作家与现实的唯一联系。现实是冰冷的刚性的东西，它与柔性的情感的东西相隔绝，而人心正是柔性情感的本源。如果不想使人心受到无情撞击而破碎，必须自觉地与现实疏离，回到内心。疏离是一种无奈，自觉地疏离，却是一种自由，是一种不合作的自由。

有几个作家愿意向现实妥协呢？布尔加科夫放弃了现实的身份，而以精神的身份把生命拓展到现实之外，向未来提供一个生命价值不灭的例证。

人与现实相隔绝之后，脆弱的心灵，会本能地选择自杀；而坚定的心灵，会选择再生的路径——就是在现实之外，建立一个能安妥心灵的比现实更真实的心灵世界——我思故我在，我想象故我在，人陷入想象世界之后，会模糊与现实的区别。现实的伤口，会包扎于想象之手，痛苦便被钝化，便多了几分生下去的信心——这是一种个人与现实的幽默关系。如果现实是物，一己的心灵就是购物之手——物的价格太昂贵了，不购买是唯一的明智的选择。这样，便可以避免透支，而透支之后的再生是异常艰难的。不购买并不意味着放弃，可以葆有意想中的占有。这种占有状态是一种热身操，可以激发并积聚内在的能量——一种终将会拥有的热情——纯粹意义的写作，其作用或者就在于：在不可改变的现实面前，隔绝并不弃绝，永远能在厄运的挤压面前，露出微笑。就像一首牙买加民歌里的奴隶的歌唱："你们有权利，我们有道德。"永不绝望，是最根本的生命道德。

很同意余华对《大师和玛格丽特》的评价，他说，这部作品标志着布尔加科夫与现实业已建立了"幽默的关系"。

> 他让魔鬼访问莫斯科，作品一开始他就表明了自己的态度，那就是他要讲述的不是一个斤斤计较的故事。他要告诉我们的不是个人的恩怨，而是真正意义上的现实，这样的现实不是人们所认为的实在的现实，而是事实、想象、荒诞的现实，是过去、现在、将来的现实，是应有尽有的现实。同时他也表明了自己的内心在仇恨之后已经获得了宁静。所以，他把撒旦请来了。撒旦在作品中经常沉思默想，这样的品格

正是布尔加科夫历尽艰难之后的安详。

（《布尔加科夫与〈大师和玛格丽特〉》，载《我能否相信自己》，人民日报出版社，1998 年版）

在写作中获得的“安详”，使布尔加科夫进入佛教所说的“入定”状态，他开始审视人类的各种欲望。

他借魔鬼撒旦煽动人的欲望，而且人的各种欲望都可以实现。但欲望得以满足之后，人心却不曾安宁，不曾有彻心彻肺的幸福感觉——人们依然迷乱，依然失落，依然伸出企求不止的手。那字纸里面，被欲望折磨得灰头灰脸的人物，活生生就是现实中的我们。其实，他是借魔鬼的视角告诉人们：人不是“魔王（命运）的无辜牺牲品”，而是人自己的牺牲品——人不知道自己到底需要什么。

沃兰德之所以把恶作剧的地点选在了大剧院，就是要选取一个易于观察大众生活的视角。他制造的所谓恶作剧，其实是通过设置一些夸大事物特征的环境，来检验人们大声宣布的信念是否真诚，是否坚定。他最终发现，人们的信念是不真诚的，也是不坚定的，人们生活在虚假和矫情之中。正是矫情，使人们把不需要的变成需要的，把肉欲当成爱情。于是，魔鬼都感到了悲哀，他把最后一线人类自救的希望寄托在了大师和玛格丽特身上。因为，就是在这么一个文人、这么一个女人身上，还保留着人类最后的一点点真诚。

大师与玛格丽特的爱情成了唯一美好的结局。

于是，作为大师的布尔加科夫，其轰轰烈烈的一部鸿篇巨制，不过是一篇小小的寓言故事。

他自己很清楚，因为写过这部书后，他悄悄地死了。

爱与恨

读茨维塔耶娃的《还你》。

非爱即仇，乃一种凡常的人情状。但忘我的爱、彻底的爱、无私的爱，即不求索取的爱，却是不会与怨恨成因果的。怨恨，生于有所求的爱。爱有所求，一旦不果，便生怨恨。这是一种爱的遗憾与残缺。但即便是由爱而怨恨，其怨，亦是一种无可奈何的怨；其恨，也不是市井上那种刻毒的恨。怨中有一丝感伤，恨中有一丝犹豫。

以茨维塔耶娃《还你》一诗为证：

属于你的，
我都会还你。
我不贪污金钱，
更不会贪污情感。

属于你的，
我都会还你。
我向你借过月亮，

那么就还你太阳。

属于你的，
我都会还你。
我只有一点犹豫，
你曾给过我的爱，
我是否该用恨来补偿。

可以悟出，爱情的失落，用忧伤的恨来补偿，是不知所措时的一种过渡性取向，之于潜在的本善，有颇大的不甘、不愿。一时生起的怨恨，时光会使它慢慢地淡化。只不过这种过渡，或云烟瞬现，或旷日持久，因人而异也。总之，因爱而恨，是一种人间性的精神按摩，经历之后，会更懂得如何去爱。但纠缠于金钱、权势上的恨，却是一种可怕的境界：那是一种地狱性的生死挤压，恨与被恨，恨结百系，轮回不止。那时，人与鬼，并无几多区别。

所以，人的一生，无论如何，还是好好地爱一爱为好。

纯粹的艺术情怀

康·帕乌斯托夫斯基的《金蔷薇》是一部极为抒情的艺术札记，对中国的艺术家有深刻的影响，而中国的许多文艺青年则把它作为艺术的圣经膜拜不止。如果你跟文学青年聊天，他们会把书中的精彩章节丝毫不差地给你背出来。我正是受了这些赤子的感染，才阅读这部著名的著作的。读后感到，与其说该书论述了什么是艺术、怎么从事艺术的问题，不如说是论述了如何艺术地看待生活的问题。生活的灰暗只要用艺术的眼光来欣赏，便有了亮色，一切就变得可以容忍了。所以，从事艺术活动，当艺术家，其实是一件极为幸福的事。关键的是，既然你进入了艺术的行当，就要甘于承受，心无旁骛，葆有纯粹的艺术情怀，否则就会误人误己，落入痛苦和失落的渊薮。怎么葆有纯粹的艺术情怀呢？《金蔷薇》的确能给我们一些有益的启发。

一

在回忆童年的时候，我们都有很多温暖与幸福的记忆，以为童年是人生最幸福的阶段。那么，童年就没有痛苦，甚至苦难吗？有，而且与其他的人生阶段相比，一点也不少，甚至更多。之所以感受到童年是幸福的，其一，人的记忆具有天然的淡化苦难、美化生活的功能；其二，童年具有诗意地理解生活的本能。

所以，康·帕乌斯托夫斯基说：“诗意地理解生活、理解我们周围的一切——是我们从儿童时代得到的最可贵的礼物。”成年人，为什么常常感到生活得不幸福、不如意，系丢掉了这一“最可贵的礼物”之故。所以，海德格尔呼吁人们要“诗意地栖止”，亦透出他极良苦的用心。

艺术家与普通人的区别，就在于艺术家在成年之后的漫长的冷静的岁月中，没有丢掉那“最可贵的礼物”。因此，形成了特殊的认知品格：在平凡中找到不平凡，在不平凡中找到平凡；抑或，在痛苦中找到快乐，在不幸中找到幸福。

二

康·帕乌斯托夫斯基说：“几乎每一个作家都有自己的鼓舞者，自己的守护神，后者一般也都是作家。”这是经验之谈，我毫不保留地接受它。因为在自己的写作生涯中，只消将自己喜爱的作家的作品读上两行，自己立即就想写作，写出能与之比肩的作品来。比如读萨特，立即就想到要构筑自己的哲学体系或思想体系；读鲁迅，立即就想把鲁迅写过的题目也写上一遍。还比如，一个专门写与思想大量“对话”的作家，当冲撞的文思弄得他头绪纷繁无从下笔的时候，他总是希望与我谈上一会儿。我的谈话，一下子就深入到他冥思苦想的那个认知层面，帮他拨开缭绕他思绪的那团迷雾，他豁然开朗，进入了极为清晰的思想路径。他情不自禁地恳求道：“你要呵护我呀！”

所以，作家与作家之间的呵护，就是心灵与精神上的呵护。你可以不帮助他以物质，但不可以不支持他以精神。

梭罗说：伟大诗人的作品，只有伟大的诗人才能读通。这一方面是说，思想者只能追寻思想者，思想者是思想者的友人与知音；另一方面是说，思想者不要寄希望于市井人物，亦不要寄厚望于世俗评判，夏虫不可与之言冰也。

三

左拉在一次同朋友的聚会时指出，想象对于作家来说，是完全不需要的；作家的写作只应当根据精确的观察，就像他左拉一样。

在场的莫泊桑问道："那么您常常根据报上的一条简讯就写出一大部长篇小说，而且一连好几个月足不出户，那又该怎么解释呢？"

左拉无言。

左拉的话可能别有用意，但莫泊桑却真的动了心。其实，他们都太知道想象之于艺术、之于生活的重要意义了。

想象乃艺术生命力的发端，是艺术"永恒的太阳和上帝"。

想象力乃大自然的伟大赐予，它蕴藏于人的天性之中，亦即：想象，是人的本能之一。人运用他对生活的观察和思想感情的积累，创造出与现实并存的虚构的生活、虚构的人物及虚构的事件。现实的缺憾，人通过想象予以补充。

所以，想象一方面不能脱离现实而生存，它靠现实来滋养；另一方面，想象又经常在某种程度上影响生活的流程与走向，影响我们对人对事的看法。想象是一种心灵的力量：现实生活的冰冷，可以在想象中感受到温暖；现实生活的残缺，可以在想象中修补得圆满……想象在这个层面上，比现实更重要，它是精神蕴藉之途，是心灵安妥之径。因着人对想象的信任，促使人到生活中去寻找他所想象的东西，并为其最终的实现而奋斗不息。

回望来时的路，想象的历史，恰是今日的现实。于是，想象是一种永恒的内驱力，亦是永远的生产力。

物质的挤压与冰冷，消费的疯狂与迷乱，内心的疲顿与不安，正是人的想象力衰退与匮乏的征兆。而没有想象力的人群，正是没有创造力的人群，是没有希望与未来的人群。所以，诗意的生活与美好的未来，呼唤想象力的复生与勃发。

面对一束橱窗里的花，男人说，花是装饰品；女人却说，花是生灵。

装饰品，是缺乏想象力的冰冷的物质世界；生灵，才是在想象力召唤之下，饱含生命激情、充满活力、温暖快乐的人类生活。

女人之所以美丽，亦在于此。

四

一场柔雨，青草更青。这是自然境界。

一双眼睛，当更好的思想注入头脑，它便会明亮起来。这是心灵的境界。

青草承认最小一滴雨水给它的影响，它努力报以春天的颜色；眼睛承认每一缕思绪对它的影响，它努力发现世间的美好。春天已经来到了，植物不会再停留于冬天的枯黄；阳光如此温暖，恶人也会回头。

自然给心灵以昭示，人类陶醉于自然的法则，因而给心灵找到出路。

梭罗是尊崇自然法则的人。他恬静地生活在瓦尔登湖畔，自然界有序的律动，使他恢复了自己的纯洁，因而也发现了“邻人”的纯洁。

普里什文亦是尊崇自然法则的人，他以农艺师的身份，在林中感受每一片落叶，发现每一片落叶都可以写成一首长诗，都是一种思想的具形。人只需忠实地记录大自然，作家则正是大自然的“记录员”。他正是忠实地观察了，记录了，传达了，所以他把自己造就成为一个伟大的思想家。

当现实生活的浮躁，使你感到世界是那么苍白、单调和枯槁的时候，你要自觉地走入一片莽林：你会发现，一切是那么的青葱、丰富与神奇；你会发现，除了钱币的破碎之音外，还有风声与虫鸣；你还会发现，林中的广阔与幽深，使你来不及驻足回望，前面的瑰丽与神秘一重又一重地吸引着你，便感到以往的境界是一叶障目，未盲而自盲。

所以，一个健康的人类社会，不能远离自然与艺术。艺术是什么？艺术是艺术家用心灵感受了大自然的万千风光之后，创造出的“第二世界”。这个世界，使大自然的美性情化、思想化。它提炼、凝聚了自然的意志与法则，直接作用于人的精神与心灵。那么，什么是艺术家？艺术家就是摆脱了环境强加于他的一切非固有的人为的东西，而遵从自然的启示与召唤，只“按心灵的意志”生活的人。

这种生活方式，既体现了大自然的意志，又体现了最健全的理智。一个“按心灵”、按内心呼唤而生活的人，永远是创造者，是造福于人类的人。

我听到了一个声音，毫不保留地转达给你：

快把你的视线转向内心，
你将发现你心中有一千处
地区未曾发现。
那么去旅行，
成为家庭（心灵）宇宙志的地理专家。

（威廉·哈平顿：《致友人》）

五

作家的头衔已失去了原有的灵光。虽然有时势的因素，但根本的是作家使命感的消失。

这种使命感的消失，其外在的表现，是作家把自己的写作当成一门手艺，一个行当；写作不是为了神圣的精神召唤，而是为了谋生。于是，作家已不是人类灵魂的工程师，而是世俗生活的一个役徒。

作家的世俗化，是一种根本性的堕落。

在人类的精神史上，伟大而不朽的作家，正在于他们内心的强大，即具有无与伦比的责任感与使命感。

荷兰作家爱德华·德比，出生于航海世家，曾被任命为爪哇岛的行政官员，具有锦绣的前程。但荷兰对爪哇的殖民统治，使爪哇人穷困潦倒，痛苦不堪。强烈的正义感，使他视自己的前程为粪土，他写文章抨击和揭露殖民统治的罪恶，以争取爪哇的解放与独立为己任，不屈不挠，英勇斗争，承受了巨大的自我牺牲。然而他那用心血写就的作品，却永远流传于爪哇人和荷兰人的心中。

在忠实于自己的事业这一点上，爱德华·德比有一位同道——他的荷兰同乡梵高。梵高一生坎坷，饱尝艰辛。他本可以安享于成功画家优裕的生活，但他认为画家的事业就是用自己的全部天才竭尽全力地对抗苦难，从而为人类创造欢乐，这是他的天职，别无选择。于是，服务于人类的梵高在时间的深处，大放光芒。

从这两个例子来看，伟大的艺术家都是为人类正义和社会良知服务的人。使命感和内在的动力激励着他们兀自经受苦难，创造出人间的精神奇迹。这种精神奇迹，就是人类的灵魂，它使人们坚定了生活的信念，对未来充满了欢乐的期待，人间因此而充满了生机与活力，人类因此而祥和与进步。

出海人的生活是风险、苦难与牺牲相加的生活。他们时时感受到死亡，便在崖礁上刻下一行铭文：“悼念所有死于海上和将要死于海上的人。”

这样的铭文给一般人的感觉，是绝望与忧伤。但一位拉脱维亚作家却说：

> 恰恰相反。这是一行极有英雄气概的铭文。它说明人是永远不会屈服的，不管风险有多大，也仍要继续自己的事业。我倒想把这行铭文作为卷首语，题在每一本描写人类生活和不屈不挠精神的书本上去。对我来说，这个铭文可以读作：“悼念所有曾经征服和将要征服大海的人。”

所以，真正的作家，正是这样一种解读“铭文”的人。他们内心坚定，充满了英雄主义气概；他们背负的使命，便是丰富人们的内心，提升人们的精神，使人类生活得崇高而有尊严。

所以，作家从来不应是世俗生活的役徒，而应是一种肩负天职的人。这种天职，便是召唤人类的心灵从现实步入理想，从物质步入精神，从自私步入忘我，从世俗步入天伦……

除此之外，作家的称谓，便无所附着。

还原被硝烟遮蔽的人性

某次赴桂林，在列车上，和衣而睡，辗转反侧，不能入眠。

汗如暗流，应接不暇，上手擦拭，即是泥。方痛感到，人的确是泥做的。

为求心静，暗灯下看书。看的是肖洛霍夫的《他们为祖国而战》（史刃译，上海人民出版社，1973年7月版）。此书冠以“内部发行”名号，出版说明指出，该书的描写，使用了对苏联伟大的卫国战争的歪曲手法，不仅思想内容反动，艺术上也趣味低级、极其低劣。此书是我从地摊上淘来，纸质昏黄，却有沉积墨香。

该书是小长篇，十四万九千字，取材于苏军1942年夏季在顿河草原上的保卫战。由于处在战略退却阶段，战事残酷，即便是有强烈的政治信仰做支撑，红军战士也表现出下意识的恐惧。但是，他们在恐惧中，抵抗，在绝望中，希望，以顽强的意志，度过了黎明前的黑暗。小说情节生动，让人不能释卷，到了曙色熹微时，居然看完了。

虽然近乎一夜未睡，但周身通泰、神清气爽。好久没有这样的阅读快感了！

这是一部永远不会过时的书。它还原了战争下的人，以及在生死倏忽间的人性种种，有强烈的现场感，而无图解痕迹，让人痛感真实，其品质，是我们战争题材的作品所不具备的。

在肖洛霍夫笔下，死的必然性，使人麻木于死，这种麻木，近乎勇敢。而生的偶然性，使人绝望于生，这种绝望，类似于珍惜。硝烟的罅隙中，人回望旧日的生活，贫瘠的土地、寡奶的母牛、粗鄙的女人，也变得丰厚、丰沛、丰美，也有了重大的生存意义。或者说，和平时期极为凡俗的生活，在战火焚烧之下，也是人间天堂。当伤重的人从死神的掌心踅回，偶然的生，使他忘记了苦痛与抱怨，只是笑着摇摇头，叹道："她胳肢窝里是什么味道，我竟然想不起来了。"

这微弱的感叹，却是对战争最深重的谴责，含着致命的锋芒。这样的书，的确"反动"，因为它记述的是超意识形态的体验和思考。

我的声音过着它自己的生活

人是社会的人，人又是个体的人。如何理解个体的人？不能不读一读前苏联立陶宛诗人爱德华达斯·梅热拉伊蒂斯的组诗:《人》。

这部诗作成于1961年，他在《自传片断》中曾谈到写作的背景:

> 我书中的一切，都不是我所发现和想出来的，事情就是如此：生活本身把全部注意力集中在最值得诗人关心的对象——人身上。当年这个人曾被个人崇拜完全遮住了。然而，一旦这种崇拜被消除，以其全部的雄姿出现舞台上的便是人——伟大、平凡而又富有其全部的美。

个人崇拜，使人丧失了对自身存在及价值的判断能力：人们依附，人们盲从，人们生活在某种政治尺度中。作为人，自身对于人类发展有何作用与意义，便无从判断了。因此，个人消失了，人变得可有可无了。这是一种悲剧，最直接的后果，便是人盼肉体与精神的分离：肉体的生活有百态，精神的生活却一律，人的生活更趋于动物的生活，是一种愚昧的枯槁的无性灵的群体的存在。

梅热拉伊蒂斯的《人》，以恢宏的气势、灵动的意象，歌颂人在自由形态之下的肉体美与精神美，他宣布：人是世界和自己命运的主宰者，对改造社会和自然负有崇高的使命。

我的声音过着它自己的生活。
它有自己的历史，
也有自己的传记。

（《声音》）

当灾难最终从心头消逝和隐去的时候，
我的白发上就再也不会有一根黑线闪烁。
就像白花花的苹果树，只要我在村边长大，我就将屹立，就将照耀。

（《头发》）

声音“过着它自己的生活”，象征着人的自我意志；黑发变成白发之后，却巍然“屹立”，并且“照耀”，象征着人的精神超然于肉体之外，对外在世界的征服与改造。这一切，都是人的自我圣化：人的存在是神圣的！

然而，眼下的人们正流行着对物质的崇拜，人之所以为人的意义，被人们的享受欲所湮没。人，湮没于政治，或许是一种被迫；而人湮没于物质，却是一种自觉，这是一种真正的人的危机。

如果说，人从个人崇拜中挣脱出来，是第一次革命，那么，从物质崇拜中超脱出来，便是人迫切需要的第二次革命。这是一种自我革命，所执之利器，仍是人的自我圣化。

张炜、张承志们追求“纯洁的精神”是一种自我圣化。

价值天平失衡之后，重新设定价值，使心灵得以安妥，亦是一种自我圣化。

在金钱压迫之下，保持人格的自尊，是一种自我圣化。

崇尚理想，追求创造，则更是一种自我圣化。

人，不自我圣化，又能怎么样呢？人间有一句俗话不是说得很明白么？人不能为活着而活着啊！

雾霭散去，光明依在

亚历山大·雅科夫列夫《雾霭》一书，读毕之后，有大感慨。

这是一本难得而珍贵的大书，它关乎俄罗斯的民族性格、历史变迁、政治风云，特别是苏联解体的前后，戈尔巴乔夫的改革引起的利益冲撞、思想纷争、人际纠葛，都描述得撼人心魄。

雅科夫列夫是戈尔巴乔夫的改革智囊，有“在场”身份，历史叙事常含感情，有梁启超笔法，是个人史。他的文字鲜明生动，诗意盎然，精彩议论比比皆是，又是一部品相极高的文学史诗。它为金雁的《倒转“红轮”》提供了立论依据，让人看到了俄罗斯的历史记忆与中国知识分子的现实思考之间的内在联系，可珍藏，可反复重读。

从《雾霭》中，感到一种宿命式的沉重：凡改革，都要付出沉重的代价；改革者，都很难彻底摆脱自身的历史局限。

俄罗斯的改革，从沙皇时代的总理斯托雷平始，却被苏维埃政权冷冻、搁置近一个世纪，到赫鲁晓夫、戈尔巴乔夫才回到原点。一路是血。

土地是俄罗斯的命运所在，然而是不幸的命运。斯托雷平想要改变农民被长久奴役的地位，把土地还给农民，却遭到了列夫·托尔斯泰的强烈抨击，认为土地私有化，是俄罗斯之祸。斯托雷平用极大的耐性、不失优雅地回击道："上天使人具有某些与生俱来的本能，诸如饥饿感、性欲等，此类最强烈的感觉之一是所有感。因此，就不能像爱自己的东西一样去爱别人的东西，也不能像对自己的土地一样侍弄、改良临时使用的土地。"托尔斯泰是伟大的人道主义者，却是改革的最顽固的反对派，这让人始料不及。斯托雷平最后之死，不是死于布尔什维克的长矛，而是同一营垒的短枪，因为他伤害了贵族的利益，不得不死。

而苏维埃取得政权，也不是因为著名的十月革命，而是缘于由斯托雷平改革引起的后发性混乱。资产阶级民主派要收拾烂摊子，遂发起二月民主革命，但革命又没有明确方向，空让"自由"迷眼。布尔什维克乘势占领冬宫，"窃"得果实，那著名的枪声类似表演，几乎是不费一枪一弹。

之后，农民不仅未得到土地，即便是得到土地的愿望都不能有，强权和暴力给他们上了双重枷锁，他们给集体化、工业化让路，给集权和专制买单。

后来的苏维埃政权从斯托雷平的改革中吸取了反向的经验，建立了稳固的专制政体，不可动摇的计划经济体制和由克格勃掌控的秩序结构，也就是惯常所说的"斯大林模式"或"斯大林化"。

以后的改革，事实上，都是从去斯大林化开始。赫鲁晓夫的"秘密报告"，戈尔巴乔夫的"改革新思维"，剑锋所指，都是指向斯大林式思维对俄罗斯大地的禁锢和毒化。

赫鲁晓夫的改革热情不可谓不大，但是，当他清算了斯大林之后，他渐渐发现，个人独断，政治生活的非民主化，固然是阻碍历史进步的重要因素，而根本的原因，是这个体制本身有问题。这个发现，导致了他的迟疑与徘徊，因为他本身就是布尔什维克"生活方式"的产物，他说："我们不能跟过去一刀两断，因为我们还未有那断然决然的勇气"。他本能地选择了妥协，在局部进行修修补补。即便是这样，也伤害了专制集团的自身利益，最终把他赶下台去。

戈尔巴乔夫及早地意识到了这个问题，上台伊始，就进行了战略性的谋划。他让雅科夫列夫负责政治清洗受害者平反委员会的工作，对斯大林进行彻底的清算；他又让其充任世界经济与国际关系研究所所长，吸纳西方民主国家的改革经验；继又让其担任中宣部部长，为他的改革进行有效的舆论准备，并出台"公开性"决议。由此看来，雅科夫列夫不仅是个戈尔巴乔夫的改革智囊，而且是他的前哨、排头兵。

戈尔巴乔夫的改革可谓步步为营，卓有成效。彻底清算斯大林，避免回到过去；向西方学习，营造了良好的国际环境；掌控舆论，使主张深入人心；实行公开性，瓦解了特务统治（克格勃）的根基；使公民享有言论自由，因而推进了社会生活的民主化。以至于最顽固的势力也向他的改革问好，不得不融入不可阻挡的时代潮流。

但是改革的顺风顺水，让他放松了警惕，把表面拥护改革的反对派人物（譬如克格勃头目）推上重要位置，新的个人崇拜迅速滋长——"改革教父"的美誉让他容不得别人掠其光辉，而把自己最得力的伙伴雅科夫列夫排挤出核心营垒。在反对派的"政变"面前他惊慌失措、优柔寡断，缺乏"战士品格"（雅科夫列夫语），还要抬出苏共总书记的身份，靠"党性"处置，关键时刻，他忘记了这个社会的根基。其实，他的功亏一篑，最根本的原因就在于，他向体制开刀，却还要依赖于体制，是他骨子里的"苏联情结"或"布尔什维克情结"最终害了他。

人们普遍指责是戈尔巴乔夫断送了苏联的命运，而与他激烈交锋的叶利钦却在接受《俄罗斯报》专访时说，"那是必须要发生的历史安排”。叶利钦认为，能够成立独联体这样的组织，是在“天定苏联灭亡”这样的情况下，所能够做出的最好的决策。他说：“决定成立独联体，是我们几个国家的领导人一起避免了苏联解体之后有可能出现的各种负面结果”，“这是我们的最大的功绩”。叶利钦同时还强调：“关于苏联的解体和独联体的建立，没有任何秘密的协定和背后的交易，当事人目前仍都在世。很多人已经写出了回忆录，当时的每一天、每一分钟都是有目共睹的，没有任何幕后交易和秘密。”

政治民主化，经济市场化，是现代社会的必然趋势。潮流所动之下，反对派可以令赫鲁晓夫、戈尔巴乔夫倒台，却不能使时光逆转。这就是叶利钦的“天定”说的理性依据。

改革必须付出代价。代价的付出，表面是某个个人，其实是整个国家和公民社会。

雅科夫列夫的《雾霭》是一部具有深刻反思意义的著作，是改革者的精神教科书。他在最后说：

> 依我之见，如果不对俄罗斯生活的各个方面来一次果断的非布尔什维克化，那么有效的民主改革是不可能的，而公民社会的形成注定要经历痛苦的震动。我过去、现在和将来都断言，我们该彻底改变权力模式了：不是国家——社会——人，而是人——社会——国家。到那时，一切必将各就各位，真正的公平必将得胜。

他在雾霭中，看到了明日的光明，让人心生感动，并抱定了希望。

日本篇

缘心而荣

物质的追压，市声的喧嚣，使追求内心生活的人，有了几分惶惑、几分不安，这是不争的事实。

读了中江兆民，我感到，作为世俗意义上的普通人，这是自然而然的，但对以精神生活为重的人来说，这是有害的。因为，精神生活者的生存基础，正是在于对于人类“基本价值”的瞩望与恪守。在风尚面前的惶惑与不安，多少表现出在基本价值判断上的犹疑与动摇，这关系到一个人的精神品格问题。

十九世纪日本的哲学家中江兆民是个彻底的精神生活者。在得了喉癌，生命只剩下一年半可过的时候，他未表现出一丝不安，他首先想到的是，把自己尚未表述的对人类“基本问题”“基本价值”的思考赶紧写出来。他对自己的门人幸德秋水说：“我的病日益恶化，看来活不了多少时候了。如果现在不对后世子孙说几句话，难道还算一个读书人吗？”因此，他用这一年半的时间写下了两部伟大的哲学著作——《一年有半》和《续一年有半》。

中江兆民认为，得了绝症，恰恰是命运赐予了他一个难得的机遇，可以毫无挂碍地表达他心灵最真实的声音。最令人唏嘘的是，他在疗病期间，得以观看了日本的“评弹”——净琉璃，被表演大师的精彩表演深深折服，他感慨道：“我不但爱好音乐和戏曲，而且能和这些杰出的艺术家生活在同一个时代，真是幸运！于是，我是不能叹息遭遇不好的。”

他真是一个以精神生活为上的人——对生命价值的评判，被他彻底地建立在精神生活的基础之上。那么，他写下的书，便是人类生活的福音书。

在评说思想与文化的价值时，世俗的评判（物质的评判）往往能遮住人们的视线。文学艺术，包括哲学，并不一定有显著的功效让人看见或听见，也就是说，这些隶属于精神的质素，与贸易的逆差顺差、银根的松紧、工商业的繁荣与否，好像没有什么关系。但是，事实证明，大国与小国的区别，往往不在于疆土的大小，而在于人民的气质、胸襟的大小；穷人与富人的区别，也不仅仅在于对财富的拥有数量，而更多的在于人格与修养。对此，中江兆民说：“……国家没有哲学，恰像客厅没有字画一样，不免降低了这个国家的品格和地位。康德和笛卡尔实在是德、法两国的荣耀，是两国客厅的字画，对两国人民的品格和地位，自然不是没有关系的。”

没有哲学的人民，不会有庄严的使命和远大的抱负，一味追求现世的享乐和时尚的浮华便是自然的事。同样，一个身有资财的人，如果嘴上总是操着有关粪尿和生殖器一类的话语，进得酒肆便如驴饮，进得包房便泡小姐，便会给人以俗恶贫穷之感，对其之厌，远比对穷人之怜来得锐利。物质的发达，可以使人生活得好，但并不一定给人带来高贵。高贵来自本身的自持力和自信力，即本身的文化底蕴，也就是精神含量。这就是说，是思想与文化的因素，决定着国家和个人的生存品质，以及未来的走向和位置。

就中国和日本两个民族的比较来说，日本民族明白事理，很会顺应时代潮流，绝不抱顽固态度。这就使像明治维新那样大的社会变革，也兵不血刃地完成了，三百个封建诸侯争先恐后地把土地和政权上缴皇室而毫不迟疑，而未发生大的社会动荡。而在中国，就像鲁迅说的那样，就是搬动一把椅子都要流血，何况社会改革。这一切，尽管经济因素起了相当作用，但根本上，还是与两国的文化传统有关。

中国本土文化积累的悠久与深厚，使它很难进行外来文化和异质文化的吸收，固守的成分多，变化的因素少；而日本文化的形成，是建立在文化引进的基础上的，那么，文化引进与吸收，便是它的一种常态。所以，日本的变革来得比中国容易，经济的启动也比中国来得快。但是，日本文化的这种灵动性，却造成了民族根性的缺乏理性，浮躁和轻浮是日本人的重大病根，他们有发达的小聪明、小机智，而没有创立雄奇伟业的大意志和大气魄。而中国文化虽然要背负因袭的重负，但富有理性的博大而精深的气象，也造就了中国人的仁厚与坚韧，具体表现为：重道义，而轻小利，富有功德，有建功立业有所成就的远大追求。在这种文化驱动下的国度和国民，其未来的景象，是不言而喻的。那么，经济的暂时落后，也是不可怕的。

细想起来，物质的评判与精神的评判（根本价值的评判）的根本区别，在于前者用眼用耳，而后者则用心用脑。那么，前者当然关注于物质的浮世风景，而后者则要透过表面的繁华，考量它是否与生命的质量和人类的文明进步有关。一看，一考量，所对的价值层面不同，那么，判断的结论也就自然不同。所以，精神生活者在物质迫压下的犹疑与不安，意味着对自己价值体系之外的价值的妥协，意味着自我判断立场和判断能力的丧失。早在二十世纪初，陈独秀就在《东西民族根本思想之差异》一文中指出了中国人，尤其是中国的知识分子在文化与人格上的缺陷，便是信仰的缺乏。到了二十一世纪之初，中国精神界的现状说明，中国知识分子的根本问题依然是信仰问题。所以，解决中国人文知识分子的精神品格问题，不从信仰入手，便是虚妄。

谢有顺在《勇气》一文中说：

> 中国作家的写作所抵达的价值层面，最高的也不过是君王、国家、民族、伦理所代表的中间价值系统（屈原、李贺、曹雪芹等人除外），它离终极价值（天、道、神）还有很长的路途。

其实中国文人对“天”的追问曾经有过，比如屈原。但后来中断了——避世风尚，使文风缥缈；趋势之态，使精神匍匐于物质主义的气息之中。在这两难境地中徜徉得久了，文人形成了一个虚化的自我，对现实的观照力便极大地消弱了。不要说终极价值，即便中间价值也无力撑持了，干脆消磨于享乐的、时尚的最低价值。那么，人文知识分子作为精神生活者的身份差不多就要自行消失了，因为在价值判断面前，自甘于市井人群的用眼用耳，而放弃了用心用脑。当思想者放弃对“精神超越性”的追求之后，他所遭遇到的痛苦，便是“士人格”的尊严沦落之后，成为凡人的痛苦，与思想者的身份无关。

所以，精神生活者的惶惑与不安，以及所感到的世态悲凉，相由心生，悲从心来。圣奥古斯丁在反省自己的一生后说，我的心就是我的仇敌；马丁·路德也曾说，最大的教皇不是在罗马，而是在我们的心中。精神生活者要想得救，根本上，还是要走向自己的内心。

其实，我之所说，都是些旧话。然而还是要说，因为，外表的事物，终究是不能战胜义理的。中江兆民也说，凡属义理的话，说出来就是陈腐的；然而一旦把它做出来，却是新奇的了。

中江兆民用他最后的时刻，创造了这种“新奇”，他写出了《一年有半》和《续一年有半》，把自己成就为最“轻薄”的民族中最深刻的哲学家，为人类生活留下了不朽的箴言，使生命的光辉融入时空的永恒。所以，他临终的时候，欣慰地说："在这样的遭遇中，只有我的妻室，我的孩子，我的笔，和我相依为命。然而这就使我满意了！除此之外，再也不需要从外界得到什么。"

他告诉了人们一点真实的生命消息。对于纯粹的精神生活者，缘心而幸，缘心而荣。

最后说一下，中江兆民最喜欢的格言是《论语·里仁》的两句话："德不孤，必有邻"和"朝闻道，夕死可矣"。

“私小说”的文脉

读永井荷风的《断肠亭日乘》知“日乘”作为“日记”的别名，语出南宋诗人陆游的《老学庵笔记》。陆游云：“黄鲁直有日记谓之《家乘》，至宜州犹不辍书。”据说，这是中国最早见诸记载的私人日记。

永井荷风《断肠亭日乘》的写作，从1917年9月16日起笔，时年三十八岁，一直到八十岁辞世当日，“不输给风不输给雨”，一日不辍地记了四十二年。岩波书店出版的三十卷荷风全集中，日记就占了厚厚七大卷。

荷风在生前就对自己的日记异常用心，外出时铅笔打草稿，回家之后再用毛笔一丝不苟地誊写在宣纸上，一年一本托书画匠精裱，箱函珍藏。1945年3月，美军大规模空袭东京，荷风栖身二十六年的偏奇馆（斋号断肠亭）和万卷藏书均化为灰烬，但仓皇逃命时，竟舍不得几函日记，冒死从火堆中救出，即便是颠沛流离，也不让其离开自己的左右。荷风生前就文名鼎盛，但他一贯不以为然，甘以“戏作末流”自居，唯独对日记颇为自许，认为将是传世之作。

时光也真的验证了他的自我判断，他的大部分著作已无人阅读，但他的日记却经久不衰地行世，被视为“文学的高峰”，令人作为枕边书耽读不止。作家远藤周甚至说：“日本文学可以没有《墨东绮谭》等名著而不缺憾，少了《断肠亭日乘》则是一大损失。”

不仅是日本作家，即便是日本国民，也嗜写日记。很多人都随身带一本漂亮的皮质“手帐”，随走随记，国民特别看重自己的“私生活”。也正因为此，日记文学，是日本文学的一大特色，故，也滋养了“私小说”，使其在日本文学中大行其道。

郁达夫和周氏二兄弟均钟情于日记，因为他们早期有留日的历史，深受日本文学的濡染，至于郁达夫的创作，更打上了日本文学的烙印，他的小说都是“自供状”“自叙传”，有“私小说”的文脉。

以“临终之眼”写纯情文字

芥川龙之介在三十五岁的韶华自杀，川端康成以为是大逆不道。芥川氏酷爱大自然之美，常生出深切感叹。川端说，你既然爱美，为什么常常想到自杀？芥川说，用“临终之眼”看，大自然才美。

这给了川端一个审美视角，他用“临终之眼”观察，写纯情文字。他说，因为能感受到自然之美，所以我善待人生。

川端惧怕热闹，因为热闹使人浮躁，不能静观自然，故每送走访客，他都要坐下来习字，因为“书法能统一身心，趋向高寂”。他特别喜欢一个俳句：

> 秋野无客影，
> 却闻金铃响叮叮。

他在诺贝尔授奖仪式上的演说辞中，居然大谈特谈“日本的美与我”。他特别推崇镰仓时代华严宗僧人明慧坐禅沐月的境界：

> 坐禅之时，得闲启目，见晓月残光，照入窗前。余身处暗

隅，心境澄明，似与月光融为一片，浑然不辨。

月华不仅可以明心，还可以壮胆，“虽狼嗥谷中，有月为伴，亦何惧哉”。川端真是一个纯粹的文人，只服从内心。所以，诺奖消息传来，他十分惊异，怎么会是我，怎么我突然间成了大名人？他感到很不真实，“呼吸，脉搏，一如往常”。他说，这个奖可以获，但应该是“临死之前的那一年”，因为这样，可不扰乱心中秩序，安心赏月，安心读写。

诺奖使他性情大变，再也找不到原来的那种内心的和谐，也步芥川龙之介的后尘，含煤气管自杀了。

夜读川端净美的散文，不禁忧伤，感到世俗的奖项，对“纯粹的文人”，是一种戕害。

川端康成两岁丧父，三岁丧母，自幼失怙，被祖父母收养。老人感幼儿悲怜，给予“盲目的慈爱”，但七岁时祖母又撒手人寰，与又聋又瞎的祖父相依为命。祖孙二人孤零零地住在村子一隅，与人少有来往，亲朋故旧也相继疏远，所以，偶有客来，祖父会感动得老泪纵横。川端放学回家，内无应门之人，老少相对，感到了异常的孤独与寂寞。平安朝的两部古书——《源氏物语》《枕草子》成为他的手边书，品味古时的忧伤，填补今日的空虚。十四岁祖父又去，他只好寄居在舅父家里，看人脸色过活。所以，川端有强烈的孤儿意识，自称“天涯孤儿”。

孤儿意识，使他异常敏感，遍察人间冷暖，使他本能地亲近文学。孤儿的怪癖，使他不惯融入人群，酷爱出走，寄情于“一个人的旅行”。在旅行中他能体会草木感情、山水之美，思维活跃，充盈自己。所以，他的大部分著作，都是完成在旅途之中。在孤旅中，别人的一点点关怀，都让他激动不已，对人间生出新的信任。一次伊豆之行，一个小舞女的一句“你是好人”的亲切话语，让他柔情澎湃，遂有《伊豆舞女》的名篇诞生。因为孤独，他对人间之爱有着极其强烈的渴望，这是他艺术的原动力。

少时对《源氏物语》《枕草子》的耽读，使川端对日本古典文学的“静雅”之美——本民族的审美趣味有着深刻的体验，但“天涯孤儿”的苦难经历，又给了他太多的主观感受，他不吐不快——所以，他对国外的文艺思潮，象征主义、表现主义、达达主义，又情不自禁地向往，且颇多会心之处，譬如自由联想、主观在场，就给了他从压抑中解脱出来的生命快感。两种作用，使川端康成成了日本“新感觉派”文学的一员骁将，他既“哀物”，又“哀情”，文学气象在实有和虚幻之间。

所以，在日本文学中，川端康成是最难把握的作家。

他的艺术世界，意蕴是那么的朦胧，情境又那么的飘忽，令人费解处多多。

倘说他是美的追求者，但他在作品中常常表现美的毁灭，美与死亡结下了不解之缘。

倘说他是女性的膜拜者，有时又不那么热切，甚至还投去冷漠的一瞥。

倘说他是官能的崇尚者，却只是发乎情止乎憧憬，还以遐想的成分居多。

…………

总之，他是唯美派与现代派的集合体。虽然二者的美学追求及理念相悖而抵牾，但在他那里却和谐交融，且相得益彰。他师心自用，戛戛独造，不可复制。

无我的永恒

《山之音》是川端康成的代表作之一。在“极端的现代寂寞之底，沉潜着古代之安谧”是作品的艺术特色。作品向人们提出了要从“个体无意识”走向“宇宙无意识”。“无我”，即是永恒的人生命题。

作品一开始，便在极垂暮的人生氛围中透露出死的信息。主人公信吾年过花甲，吐血健忘，气息奄奄。深夜，当他听到蝉凄清的叫声和远方的风中混杂着令人悚然的山音，信吾觉得这是在预告着自己的死亡。儿媳菊子告诉他：她有一个姨妈，就是在临死前听到了山吼。

信吾对死极恐惧，恐惧带给他的是对生的执着，而这种执着一旦落入潜意识的层面，便形成对性的执着。因为性是生的最直接的代表。这样，性与死在潜意识中的冲突，便构成整部作品探索生之奥秘的原始动力。川端康成是用梦的整体隐喻表现这种冲突的。川端康成用他特有的忧伤而沉郁的笔调，细腻地叙写了这些梦。信吾几乎所有的梦都直接或间接地与现实中的儿媳菊子有关，有的梦中，他还爱上了妻子那位美丽的姐姐，以致在现实中，他常常沉浸在对美丽的妻姐的回忆中。

但当信吾从梦乡闪回到现实之后，他失去了实现性的呼救的隐喻性空间，在现实的伦理观压迫下，这种由性而转换到的对生的呼救不可能产生实际的意义。信吾的出路在哪里呢？川端康成把自己对自然美的崇拜移植到作品中。作品不仅用植物排列了一个色彩斑斓的时间序列和空间结构，而且还用动物温暖活跃了这一时空。如绿叶上的蝉、花枝上的蝶、谷穗上的鸟和“信吾家中的居民”——狗、蛇、鸢……

川端让信吾与自然求得一个共融的情绪，让自然中所孕育的深邃而神秘的力量使信吾惊愕：瑟瑟秋风中，银杏树又发出了新芽；埋在地下两千多年的莲子开出了荷花。信吾由此产生了一种生命无限的扩张感，从而使心中的情结从卑琐走向博大，从灼烈走向淡泊，从具象走向纯粹，也就是从性的执着走向对更广阔的生的沉思。

首先他感到：生应该是慈悲的。感情之无利害的拓延，便是自我生的心理向更广阔的生的拓延。菊子是慈悲的。丈夫修一从别的女人那里回来，喝得烂醉，菊子却把他的脚放在自己的膝下，为他脱鞋，使修一沉靡的心得到救助。菊子还求信吾不要锯掉樱树上开着可怜的小花的旁枝。信吾便因此也变得慈悲：他对从山里来到他家居住的鸢、蛇等都怀着深情，称它们为“家里的主人”，甚至醒来时一听到鸢的声音，“就感受了爱情”。由于爱得到了延伸，使信吾与自然的交感极密切，在对自然的细腻感受中，他深刻领悟到：生应该是无心的。

“无心”之说是典型的东方精神。所谓“无心”，就是破除自我的痛苦与思考，进而破除“我”与“非我”的对立和界限，把自我完全融进自然的无限生命之中，“神动而天随”，做到物我合一。《易经》说：“易无思也，无为也，寂然不动，感而遂通天下之故。”佛教《法鼓经》云：“昔日迷时为有心，尔时悟罢了无心。”陶渊明也诗曰：“云无心以出岫，鸟倦飞而知还。”这些都是关于无心的诠释。

信吾有初悟之后，川端并未放手，又“扯”着他去感受江户时代的画和古戏“能乐”的特味，让他体味到艺术的生命亦是无限的。在自然和艺术的双重感召下，信吾终于有了彻悟，即：空即是色，色即是空。个体生命虽走向苍老、死亡，但时空中整个生命的流程没有苍老更没有死亡。只要破除“自我”，把“我”放到“无我”的生命宇宙中去，生命就会浩浩莽莽，无尽无穷；正如信吾房上的鸢，虽然在不知不觉中已换了代，但相同的鸢的声音却总是继续着。

纯情之美

读川端康成的第一本书，是他的《雪国》。书中凝重、悲壮的气氛压得我喘不过气来。那时，我以为川端康成是个硬心肠的人，有着冷峻的眼神和冷漠的面孔。后从王府井书店购得《川端康成散文选》（天津百花出版社，1988年版）一册。册前有一帧川端的照片，果然是一张冷漠的面孔，但眼神却不是揣测中的那种冷峻，而是一种深沉的忧抑。

川端康成的散文中，有大量的写景散文：伊豆的山水名胜、浅草的风光人物等等，均被他写得极具感情。从这些写景的散文中，看出川端康成对自然美的贪爱。他从热海的旅馆中半夜醒来，发现旅馆里葫芦花、海棠花正勃然地开放着，便心中极受感动，唱叹道："自然的美是无限的，人感受到的美却是有限的……要活下去！"（《花未眠》）看到自然美的无限，而告诫自己要好好活下去，这是只有艺术家才有的一种机心！正是由于对自然美的贪爱，使他不忍看到自然的美因时空的变化而凋零而飘逝。由于无奈，由于伤感，眼神便忧郁起来。在《美的存在与发现》中，他反复引用大俳人芭蕉的俳句："近江弟子同怜惜，我也无奈春归去"，正反映了他的心情。川端康成的忧郁使我很感动——人类美和自然美亘古以来便是相伴而生的两种美，自然美濡染了、启迪了、培植了人类美。而眼下的市井生活却把自然美排挤得离人类很远很远。在街衢上行走的人，其眼光往往漠然无物，让人感受不到性灵之光。所以，川端康成忧郁的眼光便很应该让更多的人来读一读。

川端康成散文中，记述与女性交往的篇什占了很大比重，表现出他对女性美的崇拜。作为大艺术家的他，不仅崇拜高雅的有地位的女性，如岸惠子、有马稻子等日本著名女艺术家，而且也崇拜凡常女性，如伊豆姑娘、浅草少女。因为他觉得，女性有“纯真的声音”“纯真的形体”和“纯真的精神”。川端康成对女性的崇拜与尊重甚至达到了神经质的地步：

> ……走到如此美貌的女子（有马稻子）身旁，我有点难以为情。在新桥站下车的时候，有马却来到我身旁，拎起我的手提包，我大惊失色。因为是去工作，手提包里全是书籍和纸张，很沉重。有马一直拎到出站口，叫了一辆出租车……她是当代电影明星，这样做真出乎我的意料之外。
>
> （《岸惠子的婚礼》）

川端是上了年纪的大艺术家，而有马只是一个年轻的演员，一个青年给一位老人拎个包，何至于“大惊失色”呢？可见崇拜之甚。川端对女性美的崇拜，是纯粹精神和审美意义上的。他与自己倾慕的女子交谈时，都不好意思坐得太近，更不敢握恋慕女子的手。有人提出质疑，他真挚地说：“不握恋慕女子的手也没关系嘛。”说得何其真纯！“倾慕之，不欲之”，是一种圣境，没有对美无私的爱，没有对美的透悟与极其澄澈的心地，谈何容易呢？！

热爱艺术的美，也是川端散文的一大主题。散文集中，《我在美丽的日本》《不灭的美》《日本文学之美》等论述日本文学之美的文章，殚精竭虑地挖掘日本文学之美，篇篇纯美无比，阅读时，不敢有一丝杂念和须臾的旁骛。就连大散文家刘白羽都“深为清淡而纯真的日本文学之美所倾倒”，何况我等一介凡常书生呢?

川端康成以艺术为人生目的，对艺术美的崇拜，便是抛却功利后的灵魂的崇拜，他在介绍日本文学之美的时候，便掘其精髓，把最耀眼的光芒献给读者，如此，便如何不诱人呢？！

他是如何“掘其精髓”呢？在他的《哀愁》一文中找到了答案。在第二次世界大战中，日本人民窒息在战争的阴云中，而大智的川端却为自己开了一扇透气的窗口——在往返东京的电车上，就着昏暗的灯光，仰读《源氏物语（湖月抄本）》。他听不到车外空袭的嚣叫，只闻到抄本上那淡淡的霉味儿。就这样，在整个战争期间，他只专心读这本书。最后，日本在其非正义战争中被打败了，大师川端康成却从日本文学之美上面，把自己诞生了！

于是，有缘读到这册《川端康成散文选》的人，便是很有福的人了。

融入生活的河流

村上春树作品在中国的热销，我认为是因为他描摹了人们在市场经济条件下的生活情景，记录了在物质迫压下人们精神流变的心路历程。这正暗合了国人现存的生存状态，引起了人们在情感上的呼应。

在这种“记录”中，村上春树最得力的作品，当属他的长篇小说《挪威的森林》和《舞！舞！舞！》。他的《世界尽头与冷酷仙境》《寻羊冒险记》《象的失踪》等，虽然也有深刻的揭橥，但“意象”之境遮蔽了生活的“现实”，既有形而上的深刻，也有形而上的枯涩，所以让人不能卒读。村上春树自己也说：“因为我觉得有必要以未经世俗浸染的非现实性来弄清我们周围的现实性。”因而他把后几部作品写成了揭示现世本质的“寓言”。寓言是豆灯蜡盏的静心读物，它的“微光”穿不透霓影红尘在人心上的厚重氤氲，对情感的冲击就弱了，也就很难引起共鸣了。

其实《挪威的森林》和《舞！舞！舞！》亦非什么了不起的大制作：寥落的几个人物，寥落的几爿场景，寥落的几段故事，寥落的几番风情——虽然“寥落”，却是“时尚”中的情、景与波澜，是现代人的生与死、性与爱、灵与肉和虚与实。这正是当下读者所关注的话语焦点，迷惘的人们正可以从中找寻到自我“救赎”的生命消息。

商品社会，人们的情感与生活面临着双重矛盾：物化生活与精神生活的矛盾，私人生活与社会生活的矛盾。古典哲学对人的阐述有一些基本的命题，比如：“爱是人类生存的基本方式”“灵魂生活是人类生命的内在本质”“人类的上帝就是生活着的自己”，等等。卡夫卡在他的日记中也坦陈，他生活和写作的理由就是他“经常性地而又极其强烈地感受到自我的深度”。也就是说，人对精神生活有着本能（本质）的要求。因此，人与外在的物化世界的冲突是必然的，不可逃避的；消费时代的到来，使这种冲突变得更加激烈了，达到了不可忍受的程度。

在现实中，人的生活遵循两种规则：一种是尊崇内心，尊崇自我的个人化生活原则；一种是被秩序规束，被时尚约定的社会化生活原则。遵从不同，人生走向和生活方式则不同——前者，是我“想”成为什么样的人，我“想”做哪些事；后者，则是我“应该”成为什么样的人，我“应该”做哪些事。村上春树作品中的人物，都是有鲜明个性的人，都想做“我想做的人，都想过一种独立自由的个人化的生活；然而，“我是个凡人，却遇上了一个非凡的时代”，消费时代强烈的竞争法则，使“我”必须具有“市场”的物化特征，必须适应时尚的潮流，否则，便不能安身立命，更遑论自己的灵魂生活。《舞！舞！舞！》中的“我”，是一个有强烈的个人意志的人，甚至连一朵普通的微笑，也能区分出是“私人性”的，还是公共性的，甚至与妓女的一次做爱，也能感受到有多少私人成分。他认为，私人属性是内心之真，是真情；公共属性则是一种表演，便于“消费”。他拒绝“公共性”的结局，使他被众人遗弃，成了“边缘人”。他感慨自己的处境时说的一句话令人唏嘘不已——“我的人生简直就像在老核桃树顶端洞穴中的一枚干果，昏昏然等待春天的松鼠”。于是就有了人生幻灭与无奈。为了缓解令人窒息的无奈，他只能寄情于酒色与流浪，不甘于被物化，却反而要求助于“消费”，这是现代人的生活真相，作品的现实感不容置疑。

读了村上春树的作品，感到现代人的彷徨、颓唐与虚妄是可以理解的，甚至是合理的——这是内心抵抗物化的自然反应。因为不甘心，所以才彷徨；因为要触摸人性，所以才感到痛苦。精神从来没向物质妥协，只是尚未找到内心与外在的沟通的津桥。可以说，村上春树的人物，都是在寻找灵魂引渡的桥梁时或欢歌、或悲哭，或生、或死。其精神所指，均不虚妄。

在《挪威的森林》中，“我”的第一个恋人直子，代表着内心；而另一个女孩绿子则代表着外在。在二者之间进行选择时，瞻前顾后，优柔寡断，使“我”付出了不必要的代价，以至于面对生活的来路，甚至不知“身在何处”。作品的昭示意义在于，在内心欲求与外在诱惑的两难选择中，决断力的缺乏是痛苦和无奈生成的重要原因。直子的病友玲子给“我”的一封规劝信中的一句话，很是耐人寻味：“（我们）不可能像用尺子测量长度、量角器测量角度和银行计算存款利息那样毫厘不爽地生活。”

人的决断力总是从生活的磨砺中来，内心的规避不利于决断力的养成。在我们尚无足够的心理定力的时候，我们是否不要太急于把人生纳入自己的轨道？如果我们不想因自己的偏执而被送进精神病院被动疗疴，那么，就应该心胸豁达地融入生活的河流，披红尘，历俗雨，强化我们的承受能力，铸就一种健全的精神人格。村上春树的人物，差不多都从乌托邦之境，被迫回到现实中去了，好也受得，孬也受得，自己的日子不会有别人替过。

其实，不仅是消费时代，自有人类以来，人都面临着我“想”做与我“应该”做的两种选择。人类历史证明，只做我“想”做的人，是圣人；既做我“想”做，又做我“应该”做的人，是智者；只做我“应该”做的人是凡夫。这是人生境界的三个层面，如果我们不做虚妄的“超越”，而是一步一个脚印地攀升上去，人生的幻灭感可能会少一些。人的自我“救赎”，或许能成为一种现实。

印度篇

句子之外的意义

读《泰戈尔谈人生》(商务印书馆，2009年12月版)。

泰戈尔对人生有乐观认识，他认为，人生的每个阶段都有意义。一如稻谷，离开了风光于田埂的日子，就又有了宝藏于仓廪的时光。读泰戈尔，不禁让人想到，好的诗句，好的文字，从不一下子说破，应该有回味——诗句结尾之处，正是意义生起之时。文学的伟大，就在它有“句子之外的意义”。

泰戈尔还有一个认识，让我心境豁然。他说：“人们往往接受你的奉献，而不接受你自身。”换言之，你贡奉了，价值就在了，没必要再关心“自身”在社会上、在人心中有没有位置。这让我联想到，所谓大人物，即便是身居高位、权重一时，或者腰缠万贯、颐指气使，但如果没有人格影响、社会作为、文明贡献，在时光深处，也是“小人物”；相反，位卑言轻、贫贱黯淡的小人物，如果他对国家、民族、群体，有积极贡献，对人类进步、社会风气有积极推动，历史也会记住他们，也是“大人物”。

所以，依泰戈尔的逻辑，“乐生”必定与“有为”紧密地联系在一起。

泰戈尔在论述人生的每个阶段都有意义的同时，也强调要懂得功成身退，让出原有的“位置”，开辟新的疆域，用另一种方式延续生命的价值。

他说，果实成熟，离别枝条，是它的光荣。

因为离开枝头，正是它新生命的开始——落入餐盘，被人类享用，会化作人的生命活力，经由人去开创新的价值；落入土地，会变成种子，衍生新的植株，结出更多的果实。所以，离弃并不意味着虚无，而是诞生。

给人的启发是，在博取权位的同时，应该记住：获得了权位，就应该适时放弃。否则被人强行从权位上拉下来，就失去了光荣与尊严。就是说，事功之后，要适时从权位上退下来，自己隐入台后，让功德熠熠闪光。

泰戈尔特别推崇印度古谚：年逾五十，人应该进入森林居住。

他解释说，这并不是要人去做隐士，而是提醒人，年逾五十，就不要再贪恋红尘，追名逐利，要懂得修炼内心，做默默的奉献。寿则多辱，并不是辱就天然地附着于寿，是寿者蒙昧，该通透清明之时，却趟红尘祸水，陷在功名利禄之中，丢怪露丑。

泰戈尔认为，人生再漫长，也不过是一瞬间的事。而且，实际情形，往往是这样，漫长的时光反而短暂，短暂的瞬间反而永恒。

他的话，一经回味，从自我人生中，会找到很多对应的例子。

填个人履历，发现倏忽间我已经有三十余年工龄了，回望三十年，真不知自己都做了什么，除了写了几部不温不火的书，还留下什么？简直是一事无成。而父亲临终前那个一瞬间的表情——眼神哀怜无助，就像一个落单的孩子——却给我留下了不可磨灭的痛感，每一想起，都会感到，生命苦短，要懂得珍惜。这短短的一瞬，抵得过三十年的碌碌无为，在人生体验上，有永恒的意义。

还比如，二十多年的婚姻生活，时光的磨损，已让我看不到爱情的模样了。但是，初恋的一个镜头，却让我念念不忘——黑夜里，她朝我走来，由于急切，忘记了脚下路面的不平，踩到一个凹处，打了一个剧烈的趔趄，虽未跌倒，但眼中的惊悚失魂却给我留下深深震撼。每一忆及，都让我感到，所谓爱情，就是这种惊悚性质，如果不能让人失魂落魄，就没多大意思了。

所以泰戈尔说，生命的存在，就是踩着一个个瞬间而走完人生旅程。

也就是说，人生的目的其实并非真的那么重要，重要的是过程，留下刻骨铭心记忆的那一个又一个生活瞬间。

读泰戈尔，感到他既幽深又明豁。他的诗，隽永蕴藉，非反复思量不能得其韵味一二，而他的人生之说，却深入浅出，是参悟通透之后的娓娓而谈。

譬如他说友谊和爱情的区别，就明达得让人会心会意：

所谓友谊，可以理解为三个实体，即两个人和一个世界。换言之，两个人成为合作者，做好世上的事情。而所谓爱情，就只有两个人，而没有世界。两个人就是世界。在友谊中一加一等于二，在爱情中一加一还是一。

友谊可以逐步演变成爱情，可爱情却不能降格，最后成为友谊。一旦爱上一个人，之后要么爱，要么不爱。友谊有升华的空间，因为它并不占有所有的地方。可是爱情没有扩张、收缩的余地。它一旦存在，就充满所有的地方，否则它就不存在。当它看到它的权利在不断减少，就没有兴趣再去占有友谊的方寸之地。昔日高踞宝座的国王，可同意当无牵无挂的游方僧，却怎么也不会甘心情愿地当纳贡的诸侯！要么手握权柄，要么四海云游！中间没有他的立锥之地！

换言之，爱情是寺庙，友谊是住宅。神明离开寺庙，不可能去做住宅区的事情；但在住宅区里，却可以安置神明。

据五十多年的人生经验，我觉得泰戈尔的话是圣明之言。所谓买卖不成仁义在，是成立的，因为买卖双方还有未来的利益；但不能当恋人却还可以做朋友之说，却是欺人欺心之论。因为爱情是非功利的存在，是纯粹之地，容不得丝毫杂质。要么爱，要么恨，即便不恨，也是远离或冷漠。心火烧尽，只有死灰，死灰之上，再用力地吹，也不会死灰复燃。

所以，衡人论事，要说真话，不要为那一点所谓的文雅、所谓的高尚，而说违心的话。

泰戈尔的可贵，就在于他始终在说真话。

爱尔兰篇

当你老了，然后懂得爱情

儿子儿媳每到假期，都要出行，他们有自己的道理，觉得只有在远方，才能喂肥他们的爱情。

我虽然待在家里，但心也向往远处，就读《叶芝抒情诗精选》（袁可嘉译，太白文艺出版社，1997年4月第一版），沉醉于纸上的爱情。读叶芝，自然要读到他那首著名的情诗《当你老了》。

当你老了，头白了，睡意昏沉，
炉火旁打盹，请取下这部诗歌，
慢慢读，回想你过去眼神的柔和，
回想它们昔日浓重的阴影。

多少人爱你青春欢畅的时辰，
爱慕你的美丽，假意或真心。
只有一个人爱你那朝圣者的灵魂，
爱你衰老了的脸上痛苦的皱纹。

垂下头来，在红光闪耀的炉子旁，
凄然地轻轻诉说那爱情的消逝。
在头顶的山上它缓缓踱着步子，
在一群星星中间隐藏着脸庞。

…………

如果只读叶芝的这首诗或类似的情诗，一定会觉得叶芝天生就是朝圣诗人，对纯美感情特别珍重的人。然而，一旦把他的诗作做全盘的阅读，至少是把袁可嘉译的这部收入他各时期代表作的诗选读完，你会发现，叶芝的“朝圣情结”绝不是他一开始就有的纯洁本性。他也有过世俗的低劣欲望，也曾在炫目的市井红尘中久久陷落，也曾经历了灵与肉百般纠结的种种不安与痛苦。这一切，从他给贵妇人的三支歌中可窥见一斑：

贵妇人的第一支歌

我转过身，
就像戏里一只哑巴兽，
不知我是什么，
也不知我往哪儿走。
我的语言被铸成一个名字。
我落入情网，
那是我的羞耻。
损害灵魂的，

我的灵魂崇敬，
并不胜过用四肢爬的一只畜生。

贵妇人的第二支歌

什么男人回来，
躺在你两腿之间？
有什么要紧？我们不过是女人。
洗洗吧，使你浑身香甜，
我有成柜的干香粉
把床单撒个遍。
愿上帝宽恕我们。
他会爱我的灵魂，
仿佛肉体完全不重要，
他会爱你的肉体，
不为灵魂而苦恼，
爱情充塞爱的两部分，
保持他实质完好。
愿上帝宽恕我们。
灵魂必须懂得，
适合我胸怀的爱情，
对每个高贵的畜生，
肉体是通常的爱情。
如果灵魂会看，肉体会摸，
哪个更有福音？
愿上帝宽恕我们。

贵妇人的第三支歌

你和我真情人在一道，
他在你双腿之间吹曲调，
你不要讲灵魂的坏话，
也不要以为肉体是一切，
因为我是他白昼的夫人，
知道肉体最坏的事情；
为尊严，他把爱分成两半
使两个人谁也不满；
如我们接吻，我会听到
对位的蛇嘘嘘叫，
而你手把大腿摸来摸去，
所有忙碌运转的天体叹息。

我相信，读完这三支歌，许多人一定会惊诧不已，一个为爱情唱出最动人的赞歌的人，居然会写出这么俗艳的谣曲，真是岂有此理！然而，道理就在这里：是女人大腿之间淫荡气息，是在女人大腿之间的摸来摸去，让他听到了纯洁的呼唤，进而转化成对灵魂之爱的强烈渴求。一如污泥是莲花的依托，淫荡正是纯洁的淬火；也一如不经风雨哪见彩虹，正是经历了肉欲的幻灭，方知道精神之爱才是真。

其实，追溯叶芝的生平，我们不难得出结论，正是爱情的不能实有，对爱情追求的一次次破灭，才让他高唱爱情的泣血之歌，才最终地把他推向伟大诗人的艺术之巅。

1889 年 1 月 30 日，初涉文坛的爱尔兰诗人叶芝与爱尔兰戏剧演员、爱尔兰独立运动领导人毛特·岗相遇。这一年，叶芝二十四岁，毛特·岗二十二岁。

毛特·岗身材高挑，有着雪白发亮的皮肤、赭金色头发和神秘的金色眼眸，第一次见面，叶芝就对她念念不忘：“她伫立窗畔，身旁盛开着一大团苹果花；她光彩夺目，仿佛自身就是洒满了阳光的花瓣。”“我从来都没有想到会在一个活着的女人身上看到这样超凡绝伦的美。这样的美属于名画，属于诗，属于某个过去的时代。”更让叶芝着迷的是，这个女子还是个革命家，在叶芝眼里，她是爱尔兰的圣女贞德，并且“有着朝圣者的灵魂”。

叶芝对毛特·岗一见钟情，并给她写下了大量的情诗，世界上恐怕没有哪位诗人像叶芝这样把一个女人赞美到如此程度，在诗中，他把毛特·岗比作玫瑰、天鹅、女神和海伦……经过两年的密切交往，1891 年 7 月，叶芝向毛特·岗求婚，却遭到了拒绝。不仅如此，毛特·岗还告诉叶芝，她在十九岁时就与法国政治家、老迈的吕西安·米尔瓦纳生下了一个私生子，不过在两岁时就夭折了。为了让儿子复活，她又与米尔瓦纳的儿子在墓地野合，并生下一女。

叶芝如遭雷击，但很快就“原谅”了她，并继续向她求婚。1892 年，叶芝为毛特·岗写下了那首脍炙人口的不朽之作——《当你老了》！这首感动了整个世界的诗，却并未感动毛特·岗。诗人的疯狂爱情，得不到任何回报，“仿佛是奉献给了帽商橱窗里的模特儿”。

1903 的一天，叶芝惊闻毛特·岗嫁给了她的同道、爱尔兰解放运动的领导者之一约翰·麦克布莱德少校，心如死灰，当即写下了《冰冷的天穹》。1916 年 5 月，起义失败的约翰·麦克布莱德少校被处以极刑。叶芝再次向毛特·岗求婚，仍被对方断然拒绝。

1917 年，叶芝再次向毛特·岗求婚，失败，爱屋及乌，他竟然转而向毛特·岗的养女伊莎贝尔求婚，同样遭到拒绝。他心如死灰，痛定思痛，终于和一位一直仰慕他的英国女作家乔治·海德里斯结婚。

这时，离他在苹果花下对毛特·岗的一见钟情已过去了二十八年。

1923年，叶芝因“始终富于灵感的诗歌……精美地表达整个民族的精神”而登上了诺贝尔文学奖的领奖台，成为获此殊荣的第一位诗人。艾略特称赞他为“这个时代最伟大的诗人”。

晚年的叶芝疾病缠身，在妻子的陪伴下到法国休养，于1939年1月28日病逝于法国的快乐假日旅馆。作为一代文学大师，叶芝的身后极尽哀荣，但尚在人世的毛特·岗却并未前去凭吊。毛特·岗对叶芝的决绝，至此已表现得淋漓尽致。

摄影家约翰·菲利普斯曾同晚年的毛特·岗有过接触，毛特·岗对他谈到叶芝时说：“他是女子气十足的男人。”这句话，或许是整个悲剧的关键所在。原来，作为革命者的毛特·岗根本不爱文质彬彬的诗人，她爱的是那些孔武有力的男人。

香港作家李碧华说过：“世界上最悲惨的事情，莫过于全世界的人都给你青眼，而你最在乎的那个人却给你白眼。”这句话放在叶芝身上真是再合适不过。叶芝被称为爱尔兰的灵魂，爱尔兰可以没有风笛，但绝不能没有叶芝。他征服了一个时代，却未能获取一个女人的芳心。他的一生几乎没有失败的作品，但他的爱情却失败了，并且败得很惨、很凄凉。

但是，正是爱情的巨大不幸，才让叶芝像荆棘鸟一样，越是刺痛，越是唱得欢快和热烈。毛特·岗在晚年写给叶芝的信上也曾说，世界会因她没有嫁给他而感谢她。就凭这句话，也足够有资格让叶芝把《当你老了》献给她。

掩卷沉思，我还感到，就叶芝的艺术追求本身，他也应该那样写、也应该写出那样的诗篇。

叶芝的创作，从理想主义、唯美主义出发，爱情的屡屡受挫，更让他感到万物皆空，“真理只存在于你的心里”“只有辞章是真正的美好”。到了后期，他对新柏拉图主义和东方神秘主义产生了极其浓厚的兴趣，相信灵魂可以转世，肉体之外有精神的接引。有这样的写作背景，他在处理自己的“失败”经验时，就要有意地“抹掉了人的形象和哀号”(《爱的伤痛》)，让心象代替实有，让圆满代替残缺，不发怨声。他相信理想境界一定会到达，在冥冥之中，爱情之神正对伤痛的人拈花微笑。所以，他必须回报以花一般的意象和花一样的诗句，让世俗的感情升华。因而他的诗歌，有了亮色，有了复调，堪可谓理性和感性高度融合、象征与写实巧妙交织，做到了人神共舞。

依托于这样的认识，再来读他的《当你老了》，我不禁眼界大开：它既是献给具象的毛特·岗，也是献给理想中的抽象的爱情。

西班牙篇

阅读的况味

西班牙的阿左林，在中国，是几代中国作家私心钟爱的外国作家。

汪曾祺把他的著作形容为一条“覆盖着清凉阴影的小溪”，并坦言自己的创作深受其影响。戴望舒、徐霞村、卞之琳都翻译、辑录、出版过他的作品。可以说，中国现代文学史上存在着一股阿左林风格的暗流。当然，这暗流以他们共有的“清淡”“疏淡”“恬淡”“平淡”格调（戴望舒、唐弢、汪曾祺和金克木的形容）而存在，这一“流派”，绝不显赫喧哗，只如小溪安安静静地悄然流淌。

按照藏书家、书评家沈胜衣提供的版本线索，进行对照阅读，我觉得徐霞村的译文最贴近阿左林的风格。譬如《一个劳动者的生活》，他译道：

> 这位可怜的人却觉得这是无所谓的，他只是漠然地活着。
>
> 他的道德观念只是：不加恶于人，尽力工作。
>
> 他的口头禅是“上帝有数”。
>
> 微笑了，安命了。
>
> 这位可怜的人只是不抱任何希望地、毫无欲望地活着。他

的眼界只是群山，田野，天空。

我也特别赞成沈胜衣对阿左林风格的概括。

这是阿左林笔下的典型形象，在其他作品中，也常见类似人物，虽然身份不同。阿左林写的，就是这样一种素朴的人生：平凡，悲苦，然而总有随遇而安的镇静，故而虽幻灭却庄重，虽感伤却温情，将温和的爱与哀融合起来，热烈的底下是挥之不去的悒郁，寂寥的背后又不乏明悦，像本篇写到的种种农活、种种花草和雀鸟的名字，便让读者仿佛感受到那农人琐细而朴实的喜乐。

阿左林的独特情味正如那种野薄荷（西班牙田间的一种花草）的风味，可让人清凉安宁，惕然冷静，看透悲与欢的虚无，抚慰或躁或疲的心神。不论是春风得意时还是焦虑委顿中，读读阿左林，都能使人恢复清寂平和。

我以前曾经说过，阿左林不是大作家，正如汪曾祺不是大作家一样，他是一风格化作家，只反映小人物的幽微情感。他过于寂静，所以，并不是在什么阅读环境下都能读得进。他选择读者的年龄和心境，五十岁以上的读者，有了“安命”的情怀之后，才能透过平淡，而读出深刻的况味。

这一点，或许汪曾祺也有如此感觉，所以，他学阿左林的风格时，有意涂抹些亮色，避免过于阴郁和枯寂，给读者多一点阅读快感，让年少者也能走近他。

保加利亚篇

土地上的生命叙事

经年的阅读与书写，使我强烈地感到：书籍与人的关系，正如人与人的关系一样，也是一种宿命关系。

保加利亚的作家埃林·彼林有很好的乡土文字，我爱得不能释手，但他不是一流的作家，作品在中国的流布很是寂寥，许多文坛名宿竟不知道他是谁，每一提及，我都要费很多的口舌。

其实我得到他的著作，也是在一个很偶然的机会。那约略是 1984 年夏天的一个午后，因烧酒喝得多了一些，总想在街头走路，便任性走下去。走到一棵街树下，发现那里有一个书摊，便停了下来。那是一棵矮矮的龙爪槐，树冠很小，洒下的荫凉就那么小小的一块。一个垢面者正坐在那块荫凉之下，微阖着双眼。书摊上大多都是花花绿绿的杂志，像样的书，就那么三两本。那本《埃林·彼林选集》就躺在其中，土黄的封面，书角已有些翻卷，蒙着薄薄的一层风尘。

我拿起书来，漫不经心地翻着。那个垢面人睁开眼皮斜了我一眼，就又阖上了。

看得出，他已习惯了书摊上的寂寥，已不报有丝毫的期待了。

但躺在书页中那土地上的情仇，虽不露声色，却也藏着机锋，像个笨拙的刺客，动作虽然有些迟缓，但刺中的位置却十分准确。我眼睛一亮，觉得埃林·彼林等待的中国伙伴就是我，因为他的叙事和语言，跟我这个山地人的性情与习俗、悲喜与好恶是相通的。

“多少钱一本？”我问。

“你撂下一块钱走人吧。”垢面人懒懒地说。他的口气不像是卖书的，倒像是设卡打劫的，有注定了的味道。

掏出一元钱给他，他却不接，抬手指了指脚下，那里有个空纸盒子，意思是让你自己把钱放在那里。

走出了很远，我回头看了一眼，原来放埃林·彼林的地方空着，醉眼蒙眬中，我觉得那不是小小的一个空白，而是一个巨大的黑洞——埃林·彼林的灵魂被摄取走了，不会再有对等的精神来补充了。

突然就刮起了一阵风。垢面人纸盒子里那张纸币被吹了起来，朝着街头飘零。那个人却无动于衷，任纸币兀自飘零。

真是个诡异的人啊！

不过这正是埃林·彼林的气味，因为他即便是写着杀人的凶险故事，笔调却也是那么漫不经心，像田垄上的小麦，一定要被收割一样。

被一种好奇心支配着，第二天，我又去了那个书摊，发现在昨天的空白处，又出现了同一本埃林·彼林。我很扫兴，恶狠狠地瞪了他一眼。

回到书房之后，居然就没有了阅读埃林·彼林的兴趣，因为心情被街头的那一个埃林·彼林搅乱了——难道在这个弹丸小城，还有埃林·彼林的另一个同伴？

之后，我又去了几次那个书摊，那个埃林·彼林还静静地待在那里，呈现出一种无奈的样子。我预感到，他的另一个伙伴是不会再来了。

最后的一次，在我即将迈过书摊的时候，那个垢面人叫住了我：

“你等等。”

他指了指那本埃林·彼林，对我说：“这个，你拿走。”

我摇摇头。

“你真的不拿走？”他追问道。

我依然摇摇头。

他诡异地笑笑，猛地站起身来，一把将埃林·彼林薅在手里，点着了。

在炽热的阳光下，几乎看不到火焰的样子，只见到纸页渐渐地卷了起来，且越缩越小了。

“这回，你该满意了吧。”他居然懂我的心思，让我大吃一惊。同时，我竟无端地兴奋起来，从器官到内心。

当我的“唯一性”被垢面人证明之后，我与埃林·彼林的感情关系才真正上路了，且在短期内发展得如火如荼，终身难解了。

他的文字真好，好到像刀子轻轻地刮着我的骨头，在真切的痛痒中，让我思念肉的包裹。

这是什么意思？

我的意思是说，他的小说是土地上的生命叙事，能让我找到自己的来路——虽荒山野土，蛮人陋事，却是人性生成和繁盛的地方。或者说，在阅读他的同时，我竟能感到他也在阅读我，并且在互相进入的状态下，建立了一种在“无罪之罪”中承担“共同犯罪”之责的文学伦理。

王国维认为，人生总的来说是一场悲剧，悲剧的形成有三种样相：

> 第一种之悲剧，由极恶之人，极其所有之能力以交构之者。第二种由于盲目的运命者。第三种之悲剧，由于剧中之人物之位置及关系而不得不然者；非必有蛇蝎之性质与意外之

> 变故也，但由普通之人物、普通之境遇，逼之不得不如是；彼等明知其害，交施之而交受之，各加以力而各不任其咎。此种悲剧，其感人贤于前二者远甚。何则？彼示人生最大之不幸非例外之事，而人生之所固有故也……

埃林·彼林的小说呈现的就是这第三种悲剧。一切的悲情与怨事，都非由“蛇蝎之人”所造成的，也非盲目的命运使然，而是由乡土中的每一个人共同制造的——他们都不是坏人，也根本没有制造悲剧的本意，他们只是本分地扮演着生活“分配”给他们的角色。每个人都有为何如此行事、如此处世的理由，每个人的理由也都符合社会确立的人情与伦理——一切都是顺乎自然的发展，无可无不可，无是也无非，既无善恶之对立，也无因果之轮回。然而，正是这种自然状况下的“无罪之罪”，这些“通常之人情”，毫无预谋地制造了一个又一个的悲剧。

以中国的叙事传统，即惩恶扬善、因果报应的陈旧模式作比，埃林·彼林提供了一个超越是非、善恶的道德评价，而进入到经验的内部、人性的深度的全新文本。他的文字，有很深的情理，然而却是家常的。正因为是家常的，便有质朴而准确的价值趣味，即人性之真。

比如他的《割草人》。拉佐由于娶了村里的美人潘卡，便总是担心她红杏出墙。在外出割草的路上，伙伴们围着篝火，也多是拿潘卡来插科打诨——既然是乡村美人，自然就会成为议论的话题。然而，伙伴们不经意的议论，就更增加了拉佐的疑心，他眼前总是出现这样一个情景：在一片茂密的矮树中，露出了潘卡雪白的漂亮脸蛋儿，一只男人的手——这是一个野汉子的手，抚摸着她的脸……于是，拉佐再也沉不住气了，悄悄地踏上了返乡的路。从此，即便是家里穷得叮当乱响，即便是潘卡的漂亮脸蛋因积聚了厚重的菜色而一天天变丑，拉佐也再没有勇气走向谋生之路。

一个本该兴旺的家庭却陷入困境，不能不说是一种悲剧。这种悲剧的形成，不是因为“意外的变故”，而是因为“通常之人情”。是潘卡的美，拉佐的疑心，伙伴们的议论，这些“无罪之罪”共同制造的。悲剧中的人物，都可以被指摘，但又都没有理由被指摘，他们都陷在“无物之阵”中，身不由己。

还比如他的《列波》。退伍兵列波老实能干又美，和他能般配的姑娘便只有“村花”伏侬卡。不幸的是，他身份低微，只是富农家的一个雇工；更不幸的是，伏侬卡竟在城里当了三年的保姆，对生活的看法发生了变化。于是，她不再接受他了。伏侬卡是“一头游走在乡间的美丽的小兽”，既单纯又善良，身上的美，是镶嵌在列波的身心之上的——假如列波是骨头，伏侬卡就是附着于上的肉。所以，在猝发的变故面前，一种致命的忧郁便在他心中凝结了起来。在一次打猎的途中，他看见伏侬卡在赤杨树隐蔽着的一个清水湾里戏水，“她赤裸的身子，白得就像刚落下的雪”。更要命的是，“阳光穿过欢跃的树叶，仿佛金色的鳞片落在伏侬卡身上”。美得令人心痛，美得令人绝望，在一种“混沌”的状态下，他扣动了扳机。

幽密的清水湾，欢跃的赤杨树，金色的阳光，雪白的胴体，忧郁的人心，都是“无罪”之大美，却在冥冥之中成了同期到达的“凶手”。

这就是生活的真相，使世俗的道德标准和社会纲常无法指认、无法评判。

埃林·彼林不是圣人，但他却让人们看到了什么是真正的文学。所谓文学，就是用最柔软的方式，建立一种道德之上的道德、伦理之上的伦理。

“每束阳光都有照耀的理由啊！”我忧伤地感叹道。

从街头垢面人的手里，居然拿到了这样一本《埃林·彼林选集》，真是一种天意啊！就像昆仑山上的魔法大师，透过剑雨刀林，一眼就看准了在角落里的一个传人，而把江湖秘籍独授于斯一样，不堪究竟、无法言说。

于是，躲在窄仄而昏暗的书斋里，我心豁达起来，且窃笑不止。

因为此时的我，正面临着一个困扰，就是如何解决一个写作者的身份问题。

埃林·彼林的“秘籍”告诉我，一个写作者，不是规则的制定者，也不是生活的评判者，而是人间信息的记述者和传递者，要按照生活的“逻辑”写作，而不是把自己的理由强加给生活。生活的逻辑是什么？已发生的、正在发生的、将要发生的，都是自适自足的——是不此不彼，而不是非此即彼。因此，我没有必要采取高高在上的姿态，能够准确地呈现人间的真相便是写作的意义了。

这是一种“文学的境界”，它能够使写作者，从道德的困境、经验的困境中解放出来，走向自如、宽广而人性的世界。

我轻装而行，一路欢悦，且一路收获——以我的出生地为素材，写了几百万字的“山地笔记”。这些笔记，既有散文，又有小说，既有写生，又有工笔，体例不拘，任性而为。在我的笔下，山地人事，既原始又开放，即固守又旷达，既质朴又复杂，既高贵又卑贱，既宽容又褊狭，既正经又淫亵，既善良又恶毒……总之，都体现着对生活的照拂与尊重。

我何尝不想做高于生活的“塑造”？但山地之上，只能生长那样的植株。人工的培植，只会制造假象、制造怪胎，甚至是死亡。身后，埃林·彼林那双忧郁的眼睛在始终注视着我，我哪敢自以为是呢。于是，我极力克制住自己站出来讲话的欲望，以“无差别的善意”写人的悲哀和生之喜悦，让“天道人心”自然而然地说话。

许多读者告诉我，读你的文字，有身临其境之感，能读出“我”来。因为书中的人物并不比“我”高明，所以，阅读的过程，就是建立自信与自尊的过程，我们很受用。同时，我们也增强了对生活的承受能力，因为善恶是在相互涵养中的，罪与非罪是相伴而生的。有的时候，不公之中却蕴含着公平，绝望之处，未必就是绝境，相反，或许就是新生之地。因此，我们感谢你，对你有新的期待。

他们还说，读了你的文字，我们对世事的愤懑竟渐渐地平息了，竟渐渐生出一种温厚的情绪，就是做人要厚道，要宽容，要有悲悯心——人生于世，都是在扮演被命运“催眠”的角色，可怜见的，许多，许多，是身不由己的。

这或许就是对写作者最好的回报了——因为，大地道德最核心的支撑便是良知、爱与悲悯啊！

于是，我欢喜于自己的写作生活——我既制造着文字，文字又加固和温暖着我。我不再担心破碎，也不再畏惧寂寞——生命因此而强壮起来。

奥地利篇

女性的身姿

近来欣赏了一系列关于女性在男性社会如何自处的作品，比如美国电影《纸牌屋》、英国艺评家约翰·伯格的随笔集《约定》《讲故事的人》，还有奥地利诗人里尔克的长论《奥古斯特·罗丹》，感觉到，女性身体（往往是裸体）的姿势问题，不简单是个生物问题，更是深刻的社会寓言、生命寓言，与权力、心象、品格，甚至宗教信仰有关。

《纸牌屋》里的女性，香艳地仰卧在床上，权贵人物把头俯下，呜哝吸啜，含混放言。这时他忘情，无节制地许诺；她也心花怒放，一如主宰于天地之间。

这时女人身体的姿势，属于权谋，是政治寓言。男性要想在政坛立足，征服天下，就要首先征服女性的裙下江山，通过这道玫瑰门之后，才能致远。女性身体的屈辱姿势，此时被虚荣、被潜规则所催眠，好像是她的话语优势，又回到了旷古的定理：男人征服世界，而被女人征服。其实，女人何时征服过男人，只是给她征服的假象，在她可怜的迷醉中，男人更加如鱼得水，攫取他更大的现实利益。

约翰·伯格很清楚女性在现实中的真实处境，所以他心生悲悯，借对印象派画家雷诺阿画作的分析，实现对女性的关怀。他说雷诺阿本人的照片和他笔下的男像，都显得紧张、羸弱、苍白、愁苦，而女体则被他描绘得舒畅、丰满、温润、快乐，这体现出，雷诺阿是个真正具有人文情怀的艺术家，有女性至上主义的倾向，其作品价值应该被重估。

他认为，一切痛苦的姿势，一切对女性不利的选择，都被雷诺阿从绘画中自觉地剔除了。他之所以绘画，就是为了给自己和别人带来快乐。因此他要营造一个没有边界、没有尖利和冲突，一切都被包裹起来的世界，就像一位母亲敞开上衣和胸脯。对他来说，快乐不是索取，快乐必须是自然的存在，非功利的无时不在。所以他的女体绘画，特别注重修饰润色，让其温柔可亲，舒适快乐，漂漂亮亮。

他特别赞赏雷诺阿晚年的一句话："对女人来说，最好的锻炼是跪在地上擦地板、点炉火或洗衣服——她们的腹部需要这样的运动。"

因为在他看来，雷诺阿的主张，已消解了女性身体姿势中的痛苦因素，一切都基于女性身体之美——那些貌似屈辱的动作，正可以消减去女性身体上的赘肉，给她们一个平滑结实的小腹，符合健美的黄金分割律。由此观照现实中的女性，那些整天在家务中忙碌的女人，并非是家庭的奴隶，是她们身体美学的需要。用一句绘画术语来说，是"裸体的反面"，即：健美的体魄和朴实而庄重的生活。

与约翰·伯格和雷诺阿不同，里尔克对罗丹裸体雕塑的解读，是从感官层面深入到身体内部的哲学思考，他给女性的身体姿势赋予了有关信仰、责任、尊严和担当的生命意义，其庄严的性质一如宗教。

就《永恒的偶像》里尔克说道：

> 一个少女跪着，她那漂亮的躯体温柔地向后靠着。她的右臂伸向后方，她的手试探着摸到了自己的脚。她的生活和生活的秘密，就被这三条线包围起来。她的跪着的身体被巨石

托举，像托举一尊圣像。让人突然间从少女那慵懒、梦幻或孤独的姿势中，认出了原始的肃穆姿容，遥远而庄重的宗教仪式上的女神就曾经沉浸在这样的姿态中。这个女人的头略微前倾，她的眼神带着一种宽容、尊贵和悲悯的表情，仿佛在一个静谧的夜里从高处垂怜地注视着怀里的男人。男人沉浸在她的怀里，享受着一种令人陶醉的力量。

里尔克对《女性柱》的阐释，更是摄人魂魄：

一个女人的裸体，跪着，弯曲着，蜷缩着，充分表现了手的负荷，其重量不断降落，最终落在整个四肢之上。那块石头仿佛一个巨大的、古老的、强大的意志，分布在这躯体的每一个最微小的部位上，它支撑的命运从兹开始。它支撑着，像在梦中支撑着难以想象的重物，她找不到退路，只有兀自承担。于是，不论它倒坍还是崩溃，总归还是要支撑着。一旦疲惫不堪，身体完全躺倒，即便是躺倒，也是支撑的姿态，无止境地支撑着，直到永远。

女性的身体，即便是躺倒，也是支撑的姿态，这是多么令人震撼的意象！直让人感到，女性的身体，绝不是因其跪倒、蜷曲，甚至躺倒就可以轻侮之物，它是基督转化的金身，是用来支撑天地的，是用来拯救人类的，即便是她身姿之低，低过了尘埃。

这是神，这是偶像，不是肉！

震撼之余，不禁想到国人对待女性身姿的态度。

不论是在现实中，还是在文字记述和画面的描绘中，女性的身姿总是关涉欲望。跪、蜷曲、躺倒，都让男人生出便于娱乐的联想。

晚年的朱安曾经说过："我好比是一只蜗牛，从墙底一点一点往上爬，爬得虽慢，（年轻时还是觉得）总有一天会爬到墙顶的。可是我现在没力气爬了，（因为我知道）我待他再好，也没用。"

朱安的话，虽然具体地指向鲁迅，但是我觉得，她是代表所有的中国女性，向男权社会所发出的血泪控诉。中国的男性，对女性身姿的欣赏，普遍的不是她们的直立，甚至也不是她们的坐，跪、蜷曲和躺倒，也未必能让他们赏心悦目，他们最喜欢的，是女性的爬。因为爬远离直立、独立、自立，使女性天然地失去分庭抗礼、平起平坐的生存能力，她们必须人身依附，必须接受被奴役、被使役的人生命运。这样一来，男人就坐牢了性别的优势，他们在孱弱中强大，他们在不为中有得，在不争中获益。所以，他们希望女人永远保持"爬"的身姿，即便是你爬到了墙顶，他们也要把你重新掀下，让你无休止地爬。"我待他再好，也没用。"朱安不是没力气爬了，而是她看透了。

中西文化就是这样的不同，比较文化的研究，如果以如何看女人的身姿为起点，或许更有通透之论。

剑不能至，笔未必完成

一

闷热的夜，无法入睡，读茨威格的《巴尔扎克评注》。

巴尔扎克在拿破仑的肖像下面写了一句话：“他用剑无法办到的事情，我将用笔完成。”

正好前十数个夜晚，我重读了托尔斯泰的《战争与和平》，对拿破仑与库图佐夫的较量还萦绕于胸，便对巴尔扎克这句话多有会意，生出一番感慨。

虽说巴尔扎克与拿破仑，正好代表了大人物争雄的两翼，文与武，但两个人都没有最终“完成”，有五十步笑百步的味道。

他们两个人的行径都是前劲后疲，雄风不能贯穿到最后，令人扼腕。拿破仑进攻沙俄，一开始是摧枯拉朽、锐不可当，直至占领莫斯科，让俄国有了亡族之虞。然而狂妄之后，理性的缺失，导致内部的崩坏，不得不从莫斯科撤军。俄兵追击，冰雪作怪，退回母国时，六十万的远征军只剩不足六万，可谓惨败。而巴尔扎克怀着雄心建构长篇，初始气韵饱满、激情四溢，写得精致细密，大有经典品质，但是越写越稀松，到了最后，既不讲结构，也不讲人物的刻画，一味地只想迅速地完成，彻底滑落了。直让人看到，两人都是从野心开始，前半途是大力征伐，不可一世地主宰命运，后半途则气力不接，内心失衡，不能掌控自己的情绪，被命运所主宰。

当拿破仑从莫斯科撤军的消息传来，库图佐夫喜极而泣，不禁跪倒在地不停祷告，大喊，俄罗斯得救了！他既感谢上苍，更感谢自己，因为他一直力排众议，坚定地认为，大事的完成、战争的取胜，就靠两样东西：时间和忍耐。

拿破仑和巴尔扎克的不能善始善终，其根本原因，就是缺乏这两样东西。

野心一过于膨胀，就迫不及待，就失去理性，就失去对时间的信任；激情一过于强烈，就任性而为，就失去耐性，就失去对事物规律的从容把握。有野心，不意味着就有意志；有激情，不意味着就有力量。这是普通人都懂得的道理，但在大人物那里，往往就不灵了，因为大人物总是高估自己，自以为是，甚至是不可一世。他们败在自己手里。

二

1942年2月22日于巴西的佩特罗波利斯，斯蒂芬·茨威格感于纳粹的猖獗、回归祖国的无望，与夫人双双自杀。他在绝命书中写道：

> 在我自觉自愿、完全清醒地与人生诀别之前，还有最后一项义务亟须我去履行，那就是衷心感谢这个奇妙的国度巴西，它如此友善、好客地给我和我的工作以憩息的场所。我对这个国家的热爱与日俱增。与我操同一种语言的世界对我来说

业已沉沦，我的精神故乡欧罗巴亦已自我毁灭，从此以后，我更愿在此地开始重建我的生活。但是一个年逾六旬的人再度从头开始是需要特殊的力量的，而我的力量却因长年无家可归、浪迹天涯而消耗殆尽。所以我认为还不如及时不失尊严地结束我的生命为好。对我来说，脑力劳动是最纯粹的快乐，个人自由是这个世界上最崇高的财富。我向我所有的朋友致意！愿他们经过这漫漫长夜还能看到旭日东升！而我这个过于性急的人要先他们而去了！

（张玉书译）

他的这一临别留言，被我看作是写作者的精神宣言，其中的一句："脑力劳动是最纯粹的快乐，个人自由是这个世界上最崇高的财富"，更让我当作自己的座右铭而铭刻于心。

它包括三个核心要素：精神故乡（母国），脑力劳动，个人自由。

受茨威格的影响，我一直认为：一个人，如果有一份稳定的世俗生活，再自觉地经营一爿精神家园，勤奋地进行脑力劳动，能充分地享受思想的自由，那就是最大的生命快乐了。

所以，写作者的生活，是人世间最简约、最本质、最富有的生活，它不需要过多的人生成本，只要你愿意，就能做得到。关键的是要有和平、稳定的生存环境，能让你生命无忧、衣食无虞，能容得下一张书桌，让你安心读写。因此，我们能生在这个太平盛世，能很容易地得到茨威格所说的这些基本的保证，就应该有感恩的情怀盈满于胸，其他种种不平的抱怨，都是俗念和奢望太多，而偏离了知识者的"纯粹"所致。

危险的情感

《爱与同情》(原名《心灵的焦灼》，浙江文艺出版社，1983 年 6 月第一版)，是奥地利著名作家茨威格唯一的一部长篇小说。这是一部杰出的心理分析小说，它不用众多的人物、广阔的历史背景、绚丽多彩的风俗画面、错综复杂的故事情节来收到引人入胜的效果，而以狂暴激烈的内心斗争，变幻莫测的感情起伏，也就是以内心世界的波澜涌动来撼动人的心弦。

这部小说的情节很简单：奥匈帝国轻骑兵少尉霍夫米勒在一个偶然的机会结识了下肢瘫痪的富家少女艾迪特，因同情而常去陪伴她，致使艾迪特心底萌生了爱情。霍夫米勒原以为自己是出于侠义之心同情弱者，一旦发觉艾迪特倾心于己，便不禁惊惶失措。他因为同情和怜悯艾迪特而答应同她订婚，但旋即后悔。艾迪特得知少尉悔约，自己又康复无望，痛不欲生，跳楼自杀。少尉遂终生抱恨。

初读这部书时，我刚刚走出校门参加工作，对世道人心既敏感好奇，又缺乏了解，便以本能的善恶感觉感受这部情感复杂的书。读上半部时，感到同情者可敬，被同情者可喜；待读罢下半部之后，又觉得同情者可恶，被同情者可怜。总之，是受到了一次反差太大的情感冲击。记得刚巧是读完全篇的时候，我泪流满面，继而又痛哭出声，激愤之下，竟把崭新的书页撕得粉碎。待心情平定之后，我感到自己可笑，且生出一丝隐隐的羞愧，并且因为强烈的再阅读的愿望，便悄悄地踅回那家店面极小的新华书店，又买了一本。

虽然这之后并未做第二次的阅读，但它对一个心智尚不健全的青年，却产生了巨大影响：其一，警惕甚至反感一切同情者，对面色红润、志得意满者尤甚；其二，尝试着以自我牺牲精神做一个真正的同情者，埋葬霍夫米勒少尉在我心灵上造成的阴影。

这第二点，我是很快就付诸行动的。我勇敢地向当时的一个著名的残女写了求爱信，承诺如果她肯嫁给我，我保证给她比别的女孩还要多的人生幸福。但那个著名残女并没有回信，我激荡的热情，在长久的期待中，竟自然冷却了。后来，就又选择了身边的一个残疾女孩。这个女孩接受了我的友谊，却回绝了我的“爱情”。她向我手示了她的一则日记，算是对我的解释：

> 摆脱生存的困境，因着友谊的支持和主观的努力，是容易达到的。也就是说，人有能力、有信心去经受“风雨的磨砺”。但最可怕的，却是陷入温情的纠葛，一味地剥噬他人的感情，若时间一久，就变成了一种极不自觉的感情依附，给自己与他人带来痛苦。要跳出这个圈子，有多难啊，但必须跳出去：有多少残疾人面对现实的磨难是强者，而在比常人更强烈更特殊的感情需要面前，却变得异常迷茫，经受不住“温情的磨砺”，终致不能得到最后的超脱……

没想到这个残疾女孩是早熟的，比她的同情者还要有思想，使其同情者失去了所谓献身的资格，只能望而却步，遥祝安好。

但无论如何，茨威格的这部书诱发了我的同情心，并转化成愿与弱者感同身受的情怀，使我有了很强的平民意识，能与残障者、落魄者和贩夫走卒为伍，且相处得比跟权贵者、富家子和名优雅士还要自然还要亲切。

某日，在整理旧书时，静静地插在架上的这部书突然就撩弄了我的眸子。是《爱与同情》这个书名让我感到了兴味——译者张玉书是个智慧的人，把《心灵的焦灼》改译成《爱与同情》，便简洁鲜明而准确地涵盖了书的主题：爱和同情的确不是同一个层面的东西。爱是双方的共同需要，同情则是一方的主观施与；或者可以这样说，爱是私淑之心，同情则是博爱公德。所以，仅限于同情层面的霍夫米勒少尉是不会对艾迪特小姐产生爱的；而艾迪特小姐把同情混同于爱，几近于虚妄与奢侈。

我惊异于自己的感觉，便拂去浮尘，重新展开书页。书读完了，内心却异常平静，感到书中的结局，是命运安排好了的，当事者双方，都既有责任，又都没有责任。掩卷沉思，竟生出许多理性的感慨，揣摩这些理性的思绪，居然有一种今是而昨非的判断。不知是经过人生风雨之后，心智变得健全了，还是变得世故了，亦不可定。但这些想法，却是实实在在的。

同情既是一种美好的情愫，又是一种危险的感情。因为被同情者不是一个机械的承受者，他（她）有自身的精神活动；同情的施与，会引起他（她）心理的反应，打破他（她）原有的心态平衡。这没什么不好理解的：再柔弱的花朵，一被触抚，也会战栗；再枯瘦的枝条，一经雨水，亦会滴露，更何况敏锐的人心。原有的平衡被打破之后，被同情者要与同情者一道，建立一种新的平衡，那么，同情者便是被同情者的精神支柱和感情凭依。这时的同情者已不是居高临下的施予者，而是被同情者新的平衡的共建者，双方已进入同舟共济、感同身受之境，同情者须以强烈的责任感和无畏的牺牲精神做最后的支撑。霍夫米勒少尉的同情是侠义情怀的激情产物，没有尽责任、做牺牲的心理准备，所以，一旦发现艾迪特动情的附着之后，便陷入惊惶失措之地，便本能地选择了逃离。于是，指责少尉的薄情，是不公平的；说同情心是个双刃剑，既伤人亦伤己，倒有几分公允，不然他也不会把余生泡在悔愧的泪水之中。但从被同情者的角度说，不彻底的同情者（即没有责任心和牺牲精神做依托的同情者），既是施恩者，又是迫害者。

说到底，同情是一种不平等的感情，是强势者对弱势者的垂顾与呵护，有居高临下的味道在。所以，同情者必须保有自己的强势地位，一旦失落，便不再是同情，而是同病相怜，同气相求。为什么同病相怜者能建立深厚的感情同盟？盖缘于他们之间有着平等的人格基础。霍夫米勒少尉的强势地位是摇摇欲坠的。他是通过不择手段和隐姓埋名才取得贵族称号的，虽然做了军官，但不体面的历史和卑微出身依然像个阴影笼罩在他头上。而他一旦与艾迪特小姐结婚，会被军官阶层和贵族阶级所不容，他会重新陷入社会的底层，这一点，是一个有失败经历的人所不能承受的。所以，少尉的最终逃离，与其说是自私，不如说是无奈，是不平等的社会制度造成的。从艾迪特小姐的角度说，既然同情是一种不平等的感情，她应该有勇气直面这种不平等。爱和同情是两种感情，而以不平等的人格基础，去索取人格平等的、比同情更深刻的爱情，她未免有些孩子气了。坦诚地说，在那种情形下，即便她勉强地得到少尉的爱情，她也是不会幸福的——“离之则双美，合之则两伤”，这是必然的结局。所以，艾迪特小姐不仅是社会制度的牺牲品，也是她自身性格（比如刚烈、要强和感情用事）的牺牲品。

从道义的层面上，同情是一种伟大的人间情感，是人心向善、向爱的象征，也是奉献和牺牲精神产生的人性基础，更是锻造社会良心和伟大人格的砧石。所以，人世间不能没有同情。但同情不能仅停留在良心发现、感情用事、行侠仗义和个人努力上。同情，应该变成一种社会理性和社会规则，同时，也要变成一种道德评判和价值评判的标准，使愈来愈多的社会强势分子被规束到尊重弱者、关爱无助的情感轨道。一旦同情发展成一种浑厚的社会情感，变成一种心灵的向度，具有责任感和牺牲精神的彻底同情便会成为一种人性的自然。那么，弱者就有福了；那么，弱者不弱，孤者不孤，便不再是一种奢望与梦想。

捷克篇

读变小札

不揣薄陋，卡夫卡的代表作《变形记》，被同行们早已咀嚼得烂熟于胸的情形下，很晚我才读到它。也曾刻意地搜求过他的这部著作，终是未得。但在休闲的散步中，却意外地在一个个体的小书摊上发现了它（漓江出版社，1994 年版）。很光鲜的一个封面，书中还同时收了《变形记》的“逆向习作”《致科学院的报告》，配以德国著名画家赫尔曼·诺曼的插图，是一个令人爱不释手的版本。

激动地读了一个通宵，感到在沉闷的生活中，出了一大口浊气。这种感觉是读书生涯中罕见的，盖因眼前的生存环境，酷似着小说的背景，便不遗憾于很晚才读到它，且窃喜读它正是时候。读一本书，也如渴慕于一个人，须随缘。缘至，白水如酒，空气如诗，人如花。

《变形记》作于 1912 年，发表于 1915 年，是卡夫卡生前发表的少数作品之一。写主人公——一个产品推销员格里高尔一天早晨醒来，竟变成一只巨大的甲虫，由此便生活在亲人的歧视与厌倦之中。卡夫卡说过：“为每天的面包所感到的忧虑摧毁了一个人的性格，生活就是如此。”《变形记》便是这一主题的艺术表现。紧张的生存竞争和强烈的物质压迫，使许多人的精神不健全乃至崩溃，使其部分或全部地失去人性，这岂不是每日每时都在我们身边发生的么？人的变形，无非是在外力下自我异化的极端化的表现方式，以变形做异化的惊警的哲学概括，这个概括，出现在马克思1863年《资本论》第六章的初稿里：所谓异化，便是“物对人的统治，死的劳动对活的劳动的统治，产品对生产者的统治”。

1863年—1912年—1995年（笔者读到《变形记》的年份）。这不是简单的年号，说明人对自己的生存状况是有历史性的预见，人的生存历史是个大的循环。鲁迅、周作人都信奉历史循环论。周作人的循环是平面的循环，只附着于历史的表面，为我们不取；鲁迅的循环观是螺旋上升式的循环，历史在式微地进步着，这是看待我们生存历史的落脚点。这一点，使我清醒地读懂了《变形记》。

正因为清醒，才更感到了在历史的式微进步中，人的变异的可怕。

人对幸福的本性追求，使人感到了物的重要。但幸福从来并不取决于物质和财富的多寡：宫殿里有叹息，茅屋中有歌声。人感到物对自己的挤压之时，社会的导向正引导着人们整体地倾注于物质的追求，物的有限性和欲的无限性，导致了占有的差别，这个差别给沉浸在物中的人们以痛苦（可恨的市井之上那煽动物欲的鼓噪）。

然而，梭罗幽居在康科德郊外林中的瓦尔登湖，过自耕自食的极为简朴的生活，却写出了被称作“超验主义圣经”的《瓦尔登湖》便足以验证：人只有从物欲的泥淖中自我解放出来，才能保持尊严，保持健全的人性，获得自由。我的朋友苇岸很推崇这样的话：“多余的钱财只能够买多余的东西，人的灵魂必需的东西是不需要花钱买的。”这话说得质朴而沉实，系人性的豁然的悟语。

生活中，有一个奇异的现象：穷人从来不怕贫穷，只有富人才真正惧怕贫穷。大概穷人已有了对贫穷的承受与调节能力。穷人有一颗坚韧的心。

贫穷着而听着风声是美丽的。

反复吟诵着这样的诗句，紧张的心，渐渐地轻松起来。

瑞典篇

双重人格的写真

某晚浓茶之后失眠（我历来有晚间喝浓茶习惯，可以醒神，助益写作，停笔之后，也能自然睡去。但年逾五十，情形突变，一喝就失眠，可见衰老的征兆，是神经的衰弱），辗转反侧惹身边人烦，便披衣下床，从书架上随机抽出一本发黄的小册子——《侏儒》，坐在客厅里阅读。

书是我1983年从良乡新华书店所购，那一年我刚参加工作。不知为什么，买下并未读，竟被遗忘了许多年。看来，书与读者，也有缘分般的宿命关系，一如男女。

一读，竟被强烈吸引，从十一时读到次日凌晨四时，十二万字的一部长篇小说，悉数读尽。其间，撩人段落多多，频发感想，不停地眉批，一如思想者。经典就是经典，虽湮没于时光，却照旧日月常新，触及灵魂。还不禁发出感叹：幸亏是今日阅读，如果是那时阅读，因涉世未深，阅人太浅，难生撞击、会意与共鸣，不会有现在的深刻感受。

巴·拉格维斯，1891年5月23日出生于瑞典的一个小镇，父亲是铁路电气线路保养工。少时就爱好文学，并对社会主义有所憧憬。他从大作家斯特林堡身上吸取营养而形成了一个坚定的信念，即：善终将得胜，因为善是最强大的力量，不论这个世界看起来如何狰狞可怕。因而他具有鲜明的人道主义、理想主义倾向，一生戮力于对政治专制和残暴的揭露和批判，是表现主义的代表性作家。1940 年，当选为瑞典皇家学院院士，1951 年获诺贝尔文学奖。获奖理由，是由于他“在作品中为了寻求解答人间永恒问题而显示出来的那种艺术力量和植根深远的独立性”。

其《侏儒》是表现主义的经典作品。

表现主义艺术以“自我表现”为最高目的，其基本特征是注重探索和剖析人的内心世界，着力描写潜意识。作者正是以这种方式，将现实世界的邪恶和隐藏在灵魂深处的邪恶意识，毫不留情地揭露出来，以呈现“善终将战胜恶”的写作主题。

《侏儒》的着眼点，是人的两面性和双重人格，因而设计了两个主要人物，“王爷”和他的仆人“侏儒”。王爷，代表的是人在现实中的表演人格，即社会形象；侏儒则是他的另一面，即人的内心世界和真实看法。在表现手段上，采取侏儒的视角，以第一人称“我”的口气展开叙事。“我”处于压倒一切的地位，一切都是“我”眼中、心中、口中的人和事物。

因而整部作品不注重客观描写，不进行完整故事的叙述，而是把重心放在心理分析、人性本相的揭示上。“我”凭直觉观察世界，一有触动，潜意识就出来发言，说出自己对外在行为和客观事件的感觉和评价。所以，侏儒的自白和议论占了相当大的篇幅。同时，作者又赋予了“侏儒”的第三重身份——人性的化身和作者的代言人，因而侏儒的议论，就有了两种截然不同的语言：一种表达的是芸芸众生的想法、感情，甚至弱点和偏见；一种是源自作者的主观思考和哲学论断。前者代表广度，即广泛的人性基础；后者代表深度，即对“本质”的终极关怀和批判重量。于是就有了典雅堂皇的词风与村言俚语杂然相处的浑然气象。

在《侏儒》中，侏儒（“我”）虽然是王爷的仆人，却也不一味被支配，相互之间，既对抗，又合作，因为他们是一个人。王爷在战争中取胜，“我”却嗤之以鼻，因为王爷无信、惯用阴谋；但“我”也心中惭愧，因为是“我”在与敌首媾和的宴会上，执行王爷的指令，在酒杯里偷偷放进了毒药。王爷最宠爱他的战将堂·李卡多，因为后者在战场上救了他的性命。但“我”却为王爷感到羞耻，因为“我”知道，堂·李卡多与王妃私通，他实际上是为王妃而战。但他却也不忠贞于王妃的献身，刚离开王妃的身体，就进了另一个女人的怀抱，所以“我”感慨道：“他真正的爱情宛如一朵奇花，在那英武地推开了的面甲之上怒放；但他的肉体依然见异思迁，欲情正旺。”不平之下，在给敌首投毒时，“我”顺手也给了王爷这位爱将一杯，“这原不是我的任务，我有另外的任务，我命令我自己去给他斟上。”“我”是王爷的潜意识，本能地为他服务。

但主仆一体并不是经常的状态，经常的状态，是质疑，是对抗，是否定。

当王爷怀疑爱情，做出“爱情不过是一首并无内容、至少是并无明确内容，而是背诵得有声有色、动人心弦，因而让人人爱听的诗歌”的判断时，“我”用自己的发现予以否定。敌首被害，他的儿子率军队攻城，实施复仇行动。城欲破，却突然陷于平静，原来是青年在那次宴会上爱上了王爷的女儿（女儿自然也爱他，因为他面前的那只有毒的酒杯，就是她给偷偷换掉的），他借夜幕的掩护，只身翻过城墙，进了小姐的闺房。“里面无声无息，就着忘了吹熄的那盏小油灯的微光，我看见他们紧挨着睡在床上。在初次认识了爱情那种兽性本能之后，他们像一对玩得筋疲力尽的孩子，在那里沉沉大睡。”“我”告诉人们，爱情泯灭恩仇，更蔑视战争。等待王爷的，定将是失败的命运。王爷的确是失败了，尽管他乘机杀掉了对手，但他的爱女却跳城墙自尽，他失掉了爱情、亲情和臣民对他的信任，他成了孤家寡人，荒野游魂。战事的平息，也不是因为他的阴险、狡诈，而是因为不断蔓延的瘟疫，敌我双方的百姓都想活。

在全篇中，这样的否定“句式”比比皆是。譬如：

> 真是奇怪得很，我这个能看到那么远的火堆的人，对星辰之美却不能领悟。

> 权力和地位有什么用？他心里明白，命中注定的事非顺从不可，生活本身本就不是单给人快乐的。

> 他之所以爱她，正是因为他已无法得到她，也正是这个原因，他把我铐起来叫我受苦。我的清醒，让他恼羞成怒。

> 如果说我对主子还有认识的话，那就是，他是绝不能长久缺少他的侏儒的，否则他将迷失自己。所以，他很快又会来召唤我，并亲自打开我身上的锁链。

所以，《侏儒》虽然很单薄，但却是一部人间大书，他把人性和善的最终胜利，阐释得淋漓尽致、撼人魂魄。

阿根廷篇

一种文化别解

解读“作家的作家”博尔赫斯是件困难的事，他的散文名篇《骑手的故事》叙述了骑手在广阔的城市中无所适从的情状，颇耐人寻味，引起我对文化形态的思考。

应该说，中国人敞开自己的国门和敞开自己的心扉一样，是一件非常困难的事。因为历史与文化的经验积累，使中国人记住了一个朴素而真切的道理：“外邪”进不了一个封闭的世界。不设防的城池是最容易被攻破的，而不设防的心灵也是最容易被伤害的。在这一点上，秦始皇是最得其要义的：他焚书坑儒与修建长城，正是为了给他的统治人为地制造一种空前绝后的安全存在的理由。焚书是从时间上着眼，割断人们对历史的记忆，使其成为“始皇”；修建长城，则是在空间上立足，阻挡一切陌生的不可理解的异质化的信息与文化的侵扰，使其唯我独尊。他掌握了时空的支配权，即拥有了比帝王更本质的权力，所以，从政治形态上认识他，他是一个专制的暴君；而从文化形态上理解他，他则是一个伟大的智者——他是中国文化的标志性人物。

康有为周游欧陆十一国，悟出外国之所以常有“弑君”的变故，是因为宫墙太矮（见康有为《塞耳维亚京悲罗吉辣记》）。为此，鲁迅在《谚语》一文中，着实羞刺了他一番。尽管鲁迅有他特别的用意，却更反证出了中国文化是一种时空感很强的文化，这是民族封闭性的历史渊源。

如果抽象地理解中国文化的时空感，一定会产生歧义。因为：时，是历史的延续；空，则是个广阔的疆域——从本源上，它有很强的开放意义。而这里所界定的时空，正是它的反面。所以，理解中国文化的时空含义，必须和它的历史结合起来。由秦始皇的统治历史可以看出，封建专制的文化形态，是从疆域的有限性中，追求时空把握的无限性，其政治含义，就是不仅囊括权力之内的拥有，更要取得权力之外的支配权。这就是封建官吏既专制又贪婪的历史原因。这种文化的特征，是重支配而轻实践的，在行动人格层面上，便封闭而保守。它的传承者的精神面目必定是迟疑不前的：他们不会义无反顾，他们要进退有据，即要有依托与据守，一定要靠点什么，扶点什么。一旦无“墙”可靠，无“墙”可扶，便茫然无措——远处的花草再艳丽，也不可贸然采撷，那花草丛中，很可能有一口陷阱。

然而，开放的民族就一定有健全的文化品格么？

成吉思汗发动的战争进入到了最后阶段，他的一位将领说，新归顺的臣民不会打仗，对我们毫无用处，倒不如将他们斩尽杀绝为好；城池也应该烧毁，把它变成巨大的牧场，不然，城市便无法利用。很显然，这些游牧民族根本不知道如何管理城市，他们不懂得利用城市来巩固扩大他们的势力范围的道理。这是一个有意思的例证：让来自草原的群落不经过某种过渡便立即接管具有现代文明的城市，也正如让在城墙里待得太久的人出城而治，同样是一件不可思议的事。所以他们的烧杀，并非出于本性的残忍，而是由于他们不知该怎么办，他们别无选择——从文化形态上说，系他们没有现成的文化经验可借鉴可凭依使然。

游牧民族的开放性，只表现在疆域的无限性，其时空的把握是有限的，权力的支配能力也是有限的。另外，游牧民族生活空间的不稳定性，使其文化资源的积累变得尤其困难。相反，秦始皇的“围墙”虽然有封闭功能，但也有仓储功能，可以避免经验与文化的漫漶与流失。所以，从某种意义上看，封闭的过程，也正是建立秩序与理性的过程。而游牧文化（开放性的文化）就不具有这样的稳定特征，它重感受而不重经验，率性而缺乏理性；经验与理性的缺席，使它不具备包容性，使它无能力完成对外来文化的消化与承接，便以破坏为指归。因此，在它攻击与征服的同时，“外邪”也就乘虚而入。

有人说，游牧民族只有出行的路，而没有回家的路，这有一定的道理。因为，围墙正是“家”的象征。由此可以看出，勇敢的人未必就是智者，开明的人亦未必就是有力量的人，这与他们的来路有关。所以，文化优劣，只是个相对的概念——优即劣，劣即优，要以辩证的眼光看。但无论如何，秦始皇与成吉思汗，一个农夫，一个骑手，生存状态的不同，导致了他们不同的文化走向；但他们都是卓异的人，因为他们都给各自的文化找到了存在的理由。

所以，我们应该动态地审视历史文化，那种偏执于本体文化的人，往往是危险的，他们要把文化推向死路；那种崇媚于外来文化的人，也同样是危险的，他们要掘空脚下的土壤，断了本体文化的生路——一味的封闭，正如罐水养鱼，鱼游得再怡然自得，终究是长不大的，也是游不到大海中去的。要达到这样的目的，须有大的生存空间，还要有活水的滋润。而盲目的开放也是不可取的：开放只是手段，目的是更好地“固本”，使肌体更强健；为了开放而开放，拥有的同时就会丧失，因为丧失了“本源性”的东西，便会使人忘了来路，使文化失了根性——而无根的“植株”是很难长得茁壮而高大的。

眼下，颇有些把手段当目的的氛围了，一些歪曲和贬损民族文化的声音也愈来愈响亮了，直让人生出一丝担忧。文化理性的建构就显得愈来愈重要了。

澳大利亚篇

土地的《圣经》

《人树》（上海译文出版社，1997 年版）是澳大利亚作家帕特里克·怀特所著的长篇小说，是他的成名作和代表作。

《人树》叙述了斯坦·帕克一家从拓荒创业、生儿育女到最后斯坦去世的故事。斯坦和他的狗刚到达时，这里是被森林覆盖的一片荒地，但是，随着迁居的人不断增加，这里成为悉尼郊外的一个城镇。斯坦和他的妻子艾米经历了水、火、旱灾的侵袭，度过他们的蜜月，也尝过貌合神离、同床异梦的滋味。他们的儿子雷自幼乖戾，成年后堕落为罪犯，最终死在枪战之中。女儿塞尔玛顺着社会的阶梯爬了上去，做了律师的妻子，成为上流社会的一员。故事脉络清楚，表面上看去，并未有什么惊人的起伏。

然而就是这么一部没有动人情节的小说，却让我耽读不已，至今已细读三遍了，爱不释手。

一般垦荒小说，容易写成人与自然的征服与被征服关系，而怀特却着眼于人在垦荒时与土地建立起来的亲和关系和根性关系：人不仅开发着土地，也开发着自己——人的情感、思想无不因土地的开发而生发，人能感受到土地的脉搏，人其实就是土地的神经。土地不仅是人的生存基础，更是人的心灵家园。

怀特正是以现代人的“家园意识”写这部小说的。他以极为精细的笔墨，叙述了人的心灵在垦荒中成长的过程，绵密的心理波动，幽微的情绪感觉，攫住你的心魄，让你忘掉阅读者的身份。准确地说，怀特的诱人之处，就是他抒写了业已被市井情感湮没了的土地情感。

市井情感，是表象的，做作的，也往往是功利化的，更表现在对美好感情的钝化。而土地情感，是本质的，率性的，非功利化的，不仅对美好情感有本能的亲和，更有对人性温度有极其敏锐的感觉。土地情感的最本质特征，就是对美好的事物与情感，不仅敏锐地感受，而且真诚地感恩。

比如，女邻居到帕克家拜访，帕克的妻子艾米，以不设防的心理真诚地予以接待，并以敬慕的眼光看着邻居——“这位女邻居的微笑很好看，用肥皂洗过的皮肤，对人们充满了友爱……”

又比如，帕克与艾米初婚的日子里，她感动于他身体的结实，他望着她脸上的颧骨和心甘情愿地向他裸露着的颈上的锁骨，也漾起无边的柔情——他们无声地感激着对方，“连他们的皮肤都充满了感激之情”。

人最敏锐的感觉部位是皮肤，且皮肤的触感是最真切的感觉，怀特的“皮肤语言”便很让人心领神会——他实际上写的是土地之上的人们的心灵感应。在这里，我为什么要加“土地之上”的定语，是因为这种情感产生的背景，是土地的原色，而绝非市井上的声光电色。

是的，他们的一切情感都因为脚下的土地而生：

黑暗中，他们相互搂抱着，一起抵御死亡的可能。他们息息相通，精神上壮大了许多。他们爱抚的手使对方的身体又暂时获得了一种生命的活力。

垦荒者的夜晚，被无边的夜色所包裹的，是旷远的孤独，于是，他们的生命状态，只能是那样的“搂抱”：

> 洪水的世界寂然无声，划船的人们也缄口不语。因为有一种庄重的感情攫住他们的心，也因为他们的肌肉和筋骨还不适应眼下的工作。他们激动不安的呼吸声和雨丝落在洪水上的刷刷声交织在一起，他们的心像桨叉那样单调而又十分沉稳地咚咚地跳着。

这种“庄重的感情”，生于此时此地，是那么的令人信服与感动——肌肉和筋骨虽然还不适应眼下的工作，但人们毕竟在工作着，桨叉划得单调而沉稳。对洪水的敬畏，使人们“激动不安”；承受灾难，寻求生路，又使他们有了几分从容。于是，没有洪水的冲击，人们无缘生发那样“庄重的感情”；灾害既毁坏，亦成就，人类本来稚嫩的心灵，正是在如此磨砺下，变得坚耐而成熟了。

最后我要说的是，与土地息息相关的人的生活，是一种朴质的、有节制的、自律的生活，是一种纯洁的生活。

> （她正在桑林里采桑葚）后来，丈夫来了。他们站在一起，在那棵闪着亮光的树的覆盖之下，绵绵细语，无端大笑，采集着果实。她突然在他那张惊讶的嘴上热烈地吻了一下。她还记得他们牙齿的相撞，弄破了软软的、熟透了的桑葚。他大笑着，看起来几乎吓了一跳。他不大喜欢白天接吻。于是她又静悄悄地收那树上的果实，很为自己旺盛的情欲和那被桑葚染成紫色的手而羞愧。

这里的情感是颇耐人寻味的：这不是一对初恋的情人，而是一对养育了一双儿女的劳动夫妇，情感已变得豁达而粗糙了。但女主人公却为对自己丈夫那情不自禁的吻而感到羞愧！这是一节圣洁之诗。

土地的庄重，使它的耕作者没有沦为欲望主义者。而且永远不会。

小说末尾，斯坦与布道者的对话是异常精彩的——在布道者喋喋不休地讲了一段教义之后，斯坦吐了一口唾沫在地上，然后指着唾沫说："这就是上帝。"

土地被视为上帝，那就是对土地的膜拜；而土地感情，或曰土地情结，正是一种人性的宗教感情。这种感情是神圣的、深厚的，是令人敬慕的（尤其是现代人）。那么，说《人树》是一部土地人的《圣经》，或不为过。

加拿大篇

充盈之外

艾丽丝·门罗获2013年度诺贝尔文学奖。这是出人意料的事，不仅仅因为她只写短篇小说，而且常被人忽视，更主要的是，她只是个家庭主妇，写作只是她的生活之余，只是因为她坚持得久，又幸运地长寿，就有了意外发生的几率。

她只上了两年大学，用她的话说，因为家里穷，奖学金只够她两年的学业。她试图用写作所得，支撑学业，但发表困难，无济于事。正好遇到一个刚刚毕业的叫吉姆·门罗的校友，肯于跟她组建家庭，便干脆退学，随夫去就业，开始了长达二十年的家庭主妇生活。

为什么还坚持写作？因为写作是她唯一能与外界发生联系的途径，也是能把她从平庸和琐屑中拯救出来的唯一途径。1961年温哥华的一家地方杂志上有篇对她的人物专访，标题就是《家庭主妇找到时间写短篇小说》。最初，选择写短篇小说，是门罗在家庭生活与写作之间妥协平衡的不得已之计。多年后，她在一部短篇小说集的自序中说：

> 我从来不是主动选择写短篇小说，我曾经希望写长篇。但如果你需要掌管一个家，照顾年幼的孩子，尤其是在一次性尿

布和洗衣机发明之前，你很难找到整块时间。孩子病了，亲戚来你家住，一大堆无法摆脱的家务，所有这一切都可以毁掉你正在进行的写作，就像如今突然的停电会毁掉你电脑里尚未保存的文本一样……所以，我只能写一些几天、几个星期、最多几个月就能完成的东西。

是双重的生活状态，使门罗只能写短篇小说。

到了后来，生活有了余裕，时间有了相对自由的支配之后，为什么她还只写短篇小说？是因为长期的短篇小说写作，慢慢地使门罗对这种形式有了深刻而独特的认识，她体会到了短篇小说之妙，便情有独钟了。还有，一如屠格涅夫“只有在俄罗斯大地上才能写得好”，她只有运用短篇小说这种文体，才能驾轻就熟、得心应手，写得好。这是惯性写作的必然结果。

家庭主妇式的写作，使门罗从来不对作品报有多余的期许，她只是习惯于写作，或者说写作是她每天生活的一部分，是一种生活习惯。她每天上午八点开始写，写到十一点就自然停下，然后去做一个家庭主妇应该做的事情。有规律的生活，使她内心充盈，有自我的愉悦，足可以承受漫长的庸常与凡俗。

这种生活方式让她终生受益，让她区别于别的女人。用她自己的话说，那些女人唯一的发泄方式，就是在派对上和别人的丈夫调情，那是她们仅有的能够真实地感到自己存在的机会。但是，她们和男人们唯一发生关联的，具有实质内容的，是性。否则男人通常不和你说话，或者即便跟你说话，也是居高临下的样子，让你感到性别的缺陷。所以，写作使门罗对自己很满意，可以自由地支配笔下的人物，平等地说话，对世界发表自己的看法，因而人格健全，充满活力，不以自己的人生为鄙。

当获奖喜讯传来，门罗作为八十二岁的老人，正在酣睡。当别人问她有什么感受的时候，她说，我还没有从意外惊喜中醒过来。这很真实，如果没有意外的打扰，一个无所期待的老人会睡到自然醒来，伸伸懒腰，打个哈欠，感觉活着真好。

于是我想，文学给人带来的快乐，从来不取决于别人的承认，或附着于什么奖的嘉许，它很自足。所谓成功的光环，总是意外的照耀；所谓大师的冠冕，总是额外的恩赐。

写着，充盈着，就足够了。